瀲家蜷彎

沈惠勤 ——著

文匯出版社

图书在版编目（CIP）数据

渔家蝶变 / 沈惠勤著. —上海：文汇出版社，
2025. 1. —ISBN 978-7-5496-4435-3

Ⅰ . I267

中国国家版本馆 CIP 数据核字第 20252G4C16 号

渔家蝶变

著　　者 / 沈惠勤
责任编辑 / 熊　勇
装帧设计 / 书香力扬

出版发行 / **文匯**出版社
　　　　　上海市威海路 755 号
　　　　　（邮政编码 200041）
经　　销 / 全国新华书店
印刷装订 / 四川科德彩色数码科技有限公司
版　　次 / 2025 年 1 月第 1 版
印　　次 / 2025 年 1 月第 1 次印刷
开　　本 / 880×1230　1/32
字　　数 / 200 千
印　　张 / 9. 125

ISBN 978-7-5496-4435-3
定　　价 / 68. 00 元

姑苏盈然　文采翩飞

——序《渔家蝶变》

王猛仁

　　江南才女沈惠勤女士嘱我为她的长篇散文集写序，我的确惶恐了一阵子。一是在散文界我寂寂无为，二是散文诗圈我也只会"炮制"几块小豆腐干，至今未见一粒闪光。古有言："淡如秋水闲中味，和似春风静后功。"感于她才情繁茂、雕琢文字的真功夫，加之盛情难却，怎敢有违为文同道之善言懿意？文田字海，定然风景殊异，它必然能够点燃我于其中一览风光的热情，故此，且敢鏖战甲辰暑月之溽热，执笔而往之。

　　前不久，我们在一次文学活动中相识，知她是中学高级教师，启蒙诸子、敬业有为，在家则相夫教子、雅正贤淑，正是她态度温和、温雅素朴的性格特点，给我留下了十分深刻的印象。

　　她虽然肩负着生活与教学的双重重担，然而却几十年如一日，坚持文学创作，写散文、写文论，参与多种文学活动，身恒

坚韧，渐露圭角，不断地追逐着自己的辽阔梦想。

　　一位看似平平凡凡，实则内心坚卓的黄桥渔家女，足迹踏遍田地河川，为创作寻芳觅踪，甘愿远离尘俗地，钟情漫漫岁月，付出浩浩精力，在俗尘不洁的当下，广播文学的种子，催生精神的嫩芽；一位"学以道尊，礼为教首"的园丁，经济并不宽裕，在人人崇尚安逸生活的今天，却克明俊德，节衣缩食，辛勤写作，赀用于兹，终于将多年心血聚成一书《渔家蝶变》，直举胸情，刮抉浮华，这不由得让我对她心生敬意。

　　在有些人看来，也许这部散文集并非什么皇皇巨著，或许分量不是很重。但它却是一部十分耐读的书，也是一部渔家三代情感浓缩的结晶。惠勤呈现的这些文字，既让我感到意外，又让我感到实至名归。这些以前只被当地文学爱好者津津乐道的作者，如今却成为当地一道丰盛的文化风景线，足以说明其作品所蕴含的文学魅力、思想魅力。

　　这些作品，已成为年轻文学作者拓宽视野、丰盈精神世界的富丽宝藏。近日，我有选择地拜读了其中的部分作品，分明感觉到这些作品在技巧和文字上有待雕琢外，却是情真意切、饱负奇色，让人掩卷沉思、眼前一亮的好散文，非一般女性可以驾驭的长篇"巨制"，字字句句闪烁着亲情的光辉、文字的朴质和理性的光芒。尽管散文是自由性写作，但它又是性情、感悟之作，处处展现作家的个性色彩。杜甫曰："不薄今人爱古人，清词丽句必为邻。"素朴为美，唯真有情，包含着真情、真言、真善的文章，就像甘泉醲醴，陶醉人心。

在时而充塞着平庸、乏味、颓废的文艺界，惠勤的文学作品，犹如黑夜中的一颗星、大漠中的一泓流泉，给人以光亮，给人以滋润，给人以向上的力量。美兮善哉。

散文，在我看来，有一半是属于诗的范畴。但它的特点，是要有文字上的天真流荡、诗意里的生动有趣和生活里的精粹提炼。一篇好的散文，真情是它的灵魂。在不间断的阅读中，能体悟出作者的思想信仰、道德规范、人格魅力。惠勤的散文，能吸引读者、引起读者的共鸣，其原因在于作品中的真情。她写作不是随意而为，而是将自己的生活经历、自己的故事、自己的审美、自己的思想个性诠释得多姿多彩，又真实可信。

书中的首辑《清风一园》，环境之变，生活之变，思想之变，恰如生活中的哲学意味，深邃而高远。这是她生活的本来面目，更是她的心性与智性写作。在这些篇章里，她写作的才华得以华美呈现。那种心灵的触动，那种敏锐的深度挖掘，那种对生活的情感不露痕迹的点染，让我近距离看到一位持重、严谨、虔诚、虚心、优雅的女子，在追求思想的高度和文学创作的高度上，甚至在描写日常生活经历与生命体验之时，彰显出作品中所蕴含的价值与意义。

《渔民一双》为第二辑，收录四篇美文。这些篇章是她黄桥

家园生活的又一生动写照。村东头的池塘，母亲开垦的菜地，父亲劳作时的背影，从当初在底层生活的艰难，到如今充满着对新生活的向往，一幕幕，在外人看来也许是一次必须经历的磨难，但在作家的笔下，却成为一种难以描述的行为自觉。父母的养育之恩与生存之艰，对于我们来说，又何尝不是子女眼中的又一风景呢？

生活大抵如此，只是变换了光影，见证了变迁，秋风萧瑟，记忆清浅，而回忆依然绵长。

惠勤的散文，不仅给人一种亲切的熟悉感，更增添一种对亲人的尊敬和歌者的美质。作家将生活的亮丽画面放置眼前，娓娓道来，徐徐有声，诉说着对家乡、对乡情、对父母的无限向往与感恩之情。文章的妙处不仅仅在写情，更在于写生活里的大事小事，写风雨中的父母苦累，写思念中的故土情深。这样撬动人心的叙述，是那么生动，那么自然，一脉一动皆充满土地之情、母性之爱，在爱怜与抚摸中，去滋润女儿成长中的心灵。

如是，她的文章才显得深刻而厚重，真诚而美丽。

惠勤的《新城一对》和《情意一片》为三、四两辑，如《沉湎旧事》《追忆》《遇见》等，写两位老人从渔村步入城市生活的困惑与喜悦。这些作品，她用心提纯美，并以巧妙的构思，将自己的生活与成长过程中的几种回忆作为叙述的对象。每一处都是用她的爱、她的善，诗化点缀，或以对这些乡土文化和亲情文化的不断探寻，绘制出不同的生活场景，加之不同时间、不同色彩的缤纷画面，使文章具有了坚韧的质感。

渔乡的变化，唤醒了凝固沉滞、缺乏活力的现实生活，也为新时代有追求、有理想的"渔民"，带来了生机与希望。

惠勤有文采、有温度的散文写作，是其心声的符号记录。

她无意于为写作去故意拔高、升华所谓的思想主题，那样做会伤害这一文体的纯洁性和自然性。惠勤通晓这一文体细微钩织的文句之美，更懂得散文庞大结构的立体之美，她总是自觉不自觉地，并且十分恰当地将灵性、情性和真实性融汇，让人们感受来自她心灵深处的真情信息和思想矿藏，也感受到她纯真、善良、质朴而浪漫的柔美心灵。

惠勤的最后一辑是《心香一瓣》，收入《梳理生活》《幸福如此简单》《年味》三篇。仅看标题，我们就有一个清晰的判断，作家对过去生活的回忆与梳理，思念与挚爱，畅想与知足，美好与期待，真实不虚地流露于文章的字里行间。

海明威曾说："生命总是让我们遍体鳞伤，但到后来，那些受伤的地方一定会变成我们最强壮的地方。"作为一名优秀的散文女作家，一定要写出生活中美的事物，提炼出生活中美的成分。

惠勤有着积极向上的人生态度，有着对自己职业的良好操守，还有对美好事物深刻的洞察力，以及独有的作为一名教师的触觉感受，这才使得她的笔下，始终葆有新的生命，具备内在的

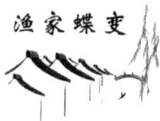

美。形象是文学艺术的开始。作为一名擅长写散文的行家里手，她的情感细腻、思维敏捷，她比一般人更能具体地把握事物的外形和本质。在今天，惠勤一面形象地理解着这个世界，一面又借助于形象向人们述说着这个世界。她理解世界的深度，表现在她创造的形象的明确度上。在文字的书写与用词上，她颇费心思，经常为一些新的词和句，如采摘珍珠般遨游在海藻的纠缠里，并沉潜到海底，一探真伪。在散文创作这个领域，惠勤安安静静地生活着，默默地坚持着，终于春花褒褒，且绿荫片片，满目葱茏。

我们生活在文化大发展的新时代，在今天，文学具有无可取代的魅力。美好而文明的世界，更需要文学的加持。惠勤的这部《渔家蝶变》，是一曲对姑苏情的吟诵，是一曲对黄桥渔乡的讴歌。她除了赞颂生活中的真、善、美，有不少文句，更闪烁着光辉的人性美。

惠勤的文学创作有着较高的艺术格调，这源于她高尚的人品和丰稔的文化修养。在紧张有序的教学之余，她笔耕不辍，传播教书育人的种粒，收获更多文学的殊荣，让人尊敬，让人仰望。

"成功的花，人们只惊羡她现时的明艳，然而当初她的芽儿，浸透了奋斗的源泉，洒遍了牺牲的血雨。"这是冰心先生的一句话，我亦有同感。在未来的文学创作中，我相信惠勤仍会保持着宁静清灵的心境，不倦地深化作品的内在意蕴，写出更多唯美唯善的经典散文，使之无愧于我们拥抱的五彩斑斓的新生活。我也同样相信，惠勤在散文的道路上会愈走愈宽广，为喜欢她的读者带来不一样的阅读享受。

一语赠之，且曰：

净意容乃大；

修辞立其诚。

是为序。

2024 年 7 月 31 日，草于沙颍河畔之仁庐

王猛仁，中国作家协会会员，中国书法家协会会员，河南省文联委员，周口市书法家协会终身名誉主席，周口师范学院兼职教授，希腊文学艺术与科学学院外籍院士。先后获第十八届黎巴嫩国际文学奖、第六届中国当代诗歌奖、第十九届俄罗斯国家文学奖金笔奖。有作品发表在《人民日报》《人民文学》《诗刊》《星星》等报刊，部分作品被译成英语、意大利语、德语、法语、西班牙语、泰米尔语、日语、韩语、希腊语、俄语、荷兰语等。著有《养拙堂文存》（九卷）、《平原书》《平原歌者》《平原善辞》《平原帖》等。

唱响新时代渔乡的伟大华章

——序沈惠勤长篇散文《渔家蝶变》

韩树俊

"我的血脉里流动着黄桥的水韵，我的眼眸里贮存着黄桥的风云，我的心窝里激荡着黄桥的情愫，我的脑海里萦绕着黄桥的故事。"澎湃的情感融进了家乡黄桥的水土、黄桥的密码。浓墨淡写绘渔乡，黄桥渔家人的基因铸就了《渔家蝶变》全篇的魂。

钟灵毓秀，浑厚华滋。作者以女儿眼中和心中的父亲母亲形象，以朴实的记述笔触，以"父亲""母亲"这样一对江南渔民夫妇为纽带，引领读者阅读渔乡巨变，走进渔民的生活和心灵世界，展现出一个江南地域，或一个时代广大农村的真实面貌。

全书五个部分，《清风一园》铺展一幅渔乡风貌图。村西头潺缓流淌的东塘河，揽出修长的手臂，东头连一小池塘，酷似母亲温柔的手掌，母亲河手掌里的短浜村东头第一家，正是作者祖祖辈辈赖以生存的家，低矮如棚，猪圈，粪坑，破碎的地砖，土灶，母亲开垦的菜园，父母结婚芦苇编席的隔帘……作者翻开了短浜村过往的一页。70年代吃的是西头鱼塘里的死鱼烂虾和母亲手植的绿蔬，80年代父亲精卫填海一样地"衔"来石头、砖头、木头、黄沙易地营建新居，90年代中期黄桥镇工业改革欣欣向荣，购置商品房，后又搬进有个园子的"底楼人家"，而今，家园筑高层，生活节节高……作者不尽其烦地列数父母不忍心放弃陪伴了大半辈子的老物件，圆肚扁身的米瓮，母亲做蚌珠的银针，父亲搁置多年的渔具……"撑兜、马达、行灶、网箱、揉刀……"犹如引领读者步入了渔家博物馆。

《渔民一双》侧重表现渔家民俗的传承。屋檐下，安详地靠在老藤椅上的老外婆，心之所向是近一个世纪渔乡的风，离开了鱼塘，告别了渔村，渔民的习俗依然渗透在生活的每一个细节中。捆肉猪、编藤条、垒砖墙、砌河滩、种花草、搭行灶、开水井，被称为"齐天大圣"的父亲无所不为；买汰烧，刺绣品，做毯子，植蚌珠，卷绢花，粘纸盒，贤惠的母亲也是个多面手。两段记录20世纪60年代"浪网"，以及母亲珍珠育蚌情景的描述，可以视作江南渔业史的珍贵资料，犹如两幅老照片。渔民父亲，蚌娘母亲，这"渔民一双"的形象映现在波光粼粼的"渔乡图"中。

《新城一对》则表现了家风的弘扬。母亲这双手能铺抛筒、糊布衬、做蚌珠、刺苏绣，还能割猪草、纳布鞋、做毯子、做绢花，70岁上，曾经动过4次手术还要坚持带3岁的小外孙女，关照小辈不需操心。女儿感慨"这是一棵老树在用衰弱的阴凉释放护犊的能量"。父母关爱小辈，小辈孝敬父母，这个渔乡传统家庭，传承着优良的家风，四世同堂，融融乐乐。而今，携手在小区便道上慢悠悠地散步是耄耋父母的日课；下班匆匆回家，女儿的必修功课是陪着老父母坐上一会儿。

《情意一片》凝聚了乡愁亲情。岁月是一条潮起潮落的河，外公外婆的苦难人生是旧时渔家的缩影。大姨的不幸遭遇，乡间大好佬的闹市，外公的被逼悬梁自尽，外婆的遗腹子年幼夭折……读这段辛酸史，犹如读小说、看大片。寻根问祖，家国情怀，乡愁绵绵，情意深深。

《心香一瓣》让我们读出蕴在作者身上的文化自信。而今的居室，有幽兰，有根雕，有鲜花，更有书香，"有书真富贵，无事小神仙"。

一个"园"字，一个"渔"字，一个"城"字，一个"情"字，一个"心"字，作者通过这部散文集展现的是渔乡图腾，揭秘的是黄桥密码，也是渔家蝶变的关键词。

"愿这些非虚构的真实文字能成为新时代人们生活物质之变、精神之变的注脚，以一滴水的方式植入时代洪流民众生养的气息，真实而又活泼地跳跃、流淌……"后记中的一段话，道出了作者撰写本书的初衷和寄托的良好愿望。

村庄，是一个地理概念，更是糅合了生存与生活、历史与未来、个人与宗教的人文概念。同样是"村庄"，"黄桥"是苏州最传统的渔村，它的生老病死、时空变化以及律动是中国无数村庄的基本样态。《渔家蝶变》的写作过程是作者的一次回乡之旅，作者试图通过黄桥的变化，让历史重新汇入时代精神并找到它的活力和魅力。

沈惠勤，一个土生土长的渔乡女儿，她用《渔家蝶变》记录中国江南最后的渔村，荡网牵起花子潭的鱼苗，三次浪网鱼苗才能养殖成家鱼繁殖后代；开口钳打开蚌口插以钢砧钩针轻挑一只蚌中种植数十颗肉粒，字里行间萦绕着黄桥河上古老而丰盈的元气。一个古老渔乡星云闪烁的记忆，渔蚌繁衍耕织社稷的文明初心，乡村振兴的远方与乡愁，沈惠勤以散文书写渔蚌桑蚕之事，编就一部黄桥渔乡档案。一眼千年黄桥乡，此处"最江南"。她书就的《渔家蝶变》，连同已经出版的《姑苏渔姑情》《行云止水》组成的"渔乡三部曲"是河道水陌行舟的辞章，一曲灵动幻美、柔软温婉的非虚构渔乡曲。

文友沈惠勤，创作热情高涨，悟性好，擅长吴文化题材，常有交流，且同在一些散文大赛中获奖并同赴颁奖典礼。沈惠勤新作即将付梓，嘱我写序，我欣然命笔，写下以上一些文字，以此

求教于方家同仁。

乘风扬帆正当时，期盼笔耕不辍的沈惠勤女士奉献出更多新时代渔乡的最美华章。

韩树俊，中国作家协会会员，出版散文集《靠近驿站的古街》《一条河的思念》等6部，曾获吴伯箫散文奖、刘成章散文奖、奔流文学奖、苏州市精神文明建设"五个一工程"奖等多种奖项。

目 录
CONTENTS
• • • ▪ 渔家蝶变

清风一园

　　我是一棵幸福的树，苏州虎丘山麓的渔乡黄桥是我扎根的家。

　　生活的骤变，驱散了曾经温馨的生活场景。这种场景既然是勤劳的双手创造的，在这里落下一片生活的帷幕，必定也能在别的地方重整旗鼓。

数易我家，乡情永驻

一只候鸟，冬去春来，其飞越之累和羁旅之苦非是一棵恒扎沃土的树能想象的。

所幸我不是一只候鸟，我是一棵幸福的树，苏州虎丘山麓的渔乡黄桥是我扎根的家。

几十年来，我的血脉里流动着黄桥的水韵、我的眼眸里贮存着黄桥的风云，我的心窝里激荡着黄桥的情愫，我的脑海里萦绕着黄桥的故事。黄桥是生我养我的家园，我当仁不让也应该是一只要反哺黄桥的小鸦！在这个家园里，我虽然数易过我的小家，然而我从未生发过远离黄桥的念想，我的生命源自黄桥水土，镌刻着黄桥密码，遗传着黄桥渔家人的基因，我确确凿凿曾是个渔乡小娘鱼，也的的确确把满腔的生命热诚全部挥洒给了黄桥这片热土。

而今，步入半百，不觉要翻翻我在黄桥家园生活的小篇章，叙叙一个平常老百姓的家居日常。所幸我半百生命中的青壮年与

祖国改革开放的 40 年同步节奏，所幸黄桥作为一块江南富庶地，敢为人先、勇立潮头，因而我的小家之变与之深深相契，密切相关，印证了黄桥这个大家园变化的神速和巨大。

20 世纪 70 年代末改革开放初，我即将结束的童年生活可谓艰苦。童年的家在黄桥北庄村短浜上。东塘河从村西头潺缓地流淌，长年累月，经久不息，她在我家村前揽出一只修长的手臂，东头连一小池塘，酷似母亲一只温柔的手掌，母亲河用细若游丝的那点情怀呵护着我们十来户人家。那水像干瘪乳房生硬地挤出的最后一滴血，浓稠得化解不开，最终干涸出一床淤泥。

我家就是母亲河伸出手臂盈握在她手掌里的短浜村东头第一家，低矮如棚，附设猪圈，因为地处边缘，也免不了附设粪坑，母亲因地制宜在这里就近开垦菜地，用泥土滋养的最为廉价的绿色菜蔬饱暖了我的童年生活。这个棚屋一样的家，地是破碎砖，据母亲讲，父母结婚时用芦苇编席一隔，就算是与爷爷奶奶分家了，父亲结婚时所穿袜子为两只不同品类的鸳鸯袜，算是把艰苦朴素的作风发挥到淋漓尽致了。我的童年眼睛里，父母用一排板壁将这间小屋一分为二，给北面卧室一个隐蔽的遮挡，解决了睡觉问题；前面的半间设有一个土灶，摆有一张小方桌，便解决了吃饭问题。穷苦人过日子，人生两个基本问题能得到解决，哪怕极为简朴，能让生命安然就好。那时吃的是西头鱼塘里的死鱼烂虾和母亲手植的绿蔬，虽然因为缺乏营养患过奶痨，但母亲愣是用山芋把我的小身体调养出了一个渔家女儿的精气神。我就这样安然地在这个短浜村小棚屋度过了人生的最初时光。

80 年代初，当改革之风劲吹进这个小渔村的时候，勤劳的父亲开始思变。他精卫填海一样地"衔"来石头、砖头、木头、黄沙，准备着易地到三家村营建新的居所。石头是外出放小鱼途中捡回来的，砖瓦、黄沙是一分一厘攒了钱买回来的，木头一些是旧木市场买的，一些是先前由自家场门前种植的，进行了浸泡、刨皮、上油等准备。父亲虽然只是个渔民，但要改变生活，得让双手经受各种考验，父亲是家里的顶梁柱，他的双手什么都能做得，能打地基，能砌墙头，能架大梁，能做长板凳，也能做小背椅。父亲兼具泥瓦匠、木匠、粉刷匠各种人等本领，这样的无所不能，是贫苦里用勤劳历练出来的，省了家中的钱，却让每堵墙、每块砖、每根梁都浸润着亲力亲为、苦心经营的温情，这里怀揣着父母对我成年结婚的美好梦想。80 年代中期，我念完师范就在这座农家小平房结婚生娃，在父母身边一起其乐融融地享受三代同堂的温馨。

80 年代末，我家和众多村里人一样都在尝试平地起高楼，有的人家仅仅只能造一个空壳子，内部建设放着以后一步步充实。最大快人心的事情是逐步做到了改善生活：一是在楼房里建起了真正的卫生间，脱离了马桶时代；二是使用上了煤气灶，脱离了土灶和煤炉时代；三是接上了自来水，脱离了饮水靠小河、水井

的时代；四是家中增添黑白电视、洗衣机，进入了声电时代，连续剧《红楼梦》《西游记》便在这个时代里成为家中最好的娱乐之源。这种种变化，让昔日的农家人、渔家人恍若变成了城里人。事实上，家还在农村，心还在水边，尤其我家，就紧紧地依着西边那条东塘河，隔河眺望的是三角咀一带众多池塘，这片水域还在尽着最后一丝绵薄之力滋养我们这些村里人的脾胃，父亲等渔人正把渔业承包制的事情做得风生水起。

一晃，90年代中期，黄桥镇的工业改革欣欣向荣地兴起了，经济发展出现了前所未有的良好势头，我也思量着脱离这个小渔村，到黄桥镇上营建自己的小家。美好的期盼中，学校建造了教工楼，我与先生购得一户66个平方米的屋居。这套居所让我脱离了渔家生活，真正意义上进入了居民时代。教工楼共四层24户，一个模型，居民大多是教师，圈内人生活来来往往，生活气息上下串通，哪家缺油盐酱醋了，邻家有；哪家裹馄饨了，邻家一起分享；哪家小娃没人带了，去邻家寄一下，生活在这里安然静好。

事实上，走进小屋，日子并不是那么顺心随意的。所谓客厅，只能安置一台四凳，就餐后必须马上将椅子藏于小方桌下；所谓卧室还得兼具晚上办公的功能，经常是坐于床上在书桌上备课；所谓阳台，除了必须满足晾衣需求还得满足堆叠杂物的功能。拥挤逼仄的小屋空间里，冬天倒是差强人意，一到夏日，燠热难耐，空调是奢侈品，怎么也不肯下手买，但愣是省吃俭用购得孔雀牌彩电，看了连续剧《三国演义》，配套着书本看，倒是切切实实弥补了小时不读三国的遗憾，甚而在《苏州广播电视报》上发表《看三国君主如何待才》的处女作，算是真正能够在小屋里静下心来满足了兴趣，一种小确幸在心中像一颗糖渐渐地弥漫出甜甜的滋味。

90 年代末期，黄桥小镇第一批楼群悄然兴起，这些居民楼往往在单位安排后多余一些底楼或顶楼的屋居为一些居民改善生活所购得，我家卖掉了教工楼里的那套小屋居，再集家中两代人的合力和借款，换上了东街 141 号 1 幢 101 室那套 120 来平方米的底楼，成为底楼人家。最喜是有个园子，在这里一展我这个农家人的身手，侍弄了满园的生机。还把东面一间小屋打造成书房，书房正儿八经地有了，却不能正儿八经地静心享用，因为这里其实是一个通往小园的通道。底楼不为人看好，潮湿阴暗，然而我们并不鄙夷，倒有点敝帚自珍的自得其乐，全家人十分满足于这种小镇居民的生活，在这里我们一点一滴地经营自己的生活，从微薄的薪水里一点点还清债务，还逐渐购买了红木餐桌、摩托车、空调，置换了自动洗衣机，可以说，小日子一步步迈向了现代化。每家每户都在喜悦地奋进中，如同拔节的春苗，展露了前所未有的美好，小镇腾飞成闻名遐迩的老板镇。

2006 年，我家又一次变迁，在附近觅得一个新的归处。但我

像一只母亲手中的鹞子，从未脱离过那根乡情之线。我依然在黄桥尽心工作，节假日总要回到父母身边一起感受那个渔村之家的暖暖情义，还总牵挂着黄桥那个底楼人家，租客们可否打破了我满园子绿植的美好生活期？可否摘除了客厅里那幅海浪翻滚的油画？那两处浸润着我们生活气息的老屋，不是一只狡兔随意更换的小窟，是我曾经魂牵梦绕的家园，这里萌发过我们的美好追求，这里承载过我们奋斗的汗水，这里生发过我们生活中的喜怒哀乐，有了它们的存在，我便对承载过我家园的这片黄桥热土永生了一种美好的乡情，我深深地爱着这里的一花一草、一水一土。黄桥永远是我心中的原点。

40年弹指一挥，黄桥经历了改革开放后腾飞的苦痛和辉煌，倾注了众多像我这样的普通之辈的美好追求，我们在这里打造了无数美好的居所。我们的家园共同兴起在改革开放的春风里，如同雨后的春笋，欣欣向荣。

如今，新一轮高层建筑的家园在兴起，我们众多黄桥人又在思变，变迁进一个个高层小区，与鸟儿一起俯瞰黄桥板块上翻天覆地的生态新气象！

黄桥，你是我永远的家乡。小家之变，变出的是对美好生活的节节攀升，变不走的是我永远的乡情！黄桥，我爱你！

告别渔家

三家村前原来是片荒地，逐渐承载起村民的垃圾。由于整个北庄大渔村人口增多，住宅区需要发展壮大，我们的三口之家便由小村短浜搬迁到三家村前的这片荒地，我家也成为新长村的西头人家。

把屋建在村西头是有利有弊的，利的是这里傍着水，父母摇船出工到西边的池塘做渔事就方便了；弊的是村里划分给我家的宅基地还缺那么一点，父亲不舍得放弃这里，硬着头皮在垃圾场上盖全了二层小楼。可是，这村西头所留的路实在狭窄，村里头的垃圾源源不断地倾倒在这里，有的耸成小堆，有的落入水中。

父亲当起了义务清洁工。他把滚落水中的一些影响水质和美观的大件垃圾打捞起来，移位到稍远处的荒地边。

为了方便生活和打捞，父亲挑一豁口处准备驳河滩，有村民建议说："这河滩反正是供一村人一起用，向大家掠些钱也是应该的。"父亲笑笑说："掠什么钱呀，造房子用剩的石头、断头水

泥板都是现成的，我只须花点力气就能搞成。"

父亲借来铁撑、榔头，又准备好几根木桩，选一风和日丽之日，开始打造河滩，我和母亲体贴他，也不忘搭把力。全家合力奋战一天，一个三层台阶的小河滩诞生于村西头，从此村里人来此洗个拖把，上个船就方便多了。

那时村内早就用起煤气，但许多村民还是守着节约的老习惯，喜欢生炉子烧水，一大部分垃圾便是烧过的蜂窝煤球，天长日久这些煤灰在路边越聚越多，父亲想合理利用它们。他在水边打木桩，内侧垒了些泥袋，煤灰累积其上，路面就长宽了。他又拉来一小车泥土将河滩南边的宽阔一角铺盖一层，母亲竟然种起菜来。从此，这里绿意葱茏，变作了一片宝地，村里秀英阿姨、老白娘、长阿姨都喜欢抬着粥碗来到河滩边歇脚聊天，人气渐旺。

隔了些年，路基越来越结实，父亲在河滩北的路径外围种了一排香樟树，以固岸基。村东头掀起工业大潮，村级企业如雨后春笋林立起来，昔日渔民纷纷上岸摇身变作工人，村西头的这条路渐渐不再有人们奔赴池塘作业的身影。

村东头的工厂吸引了许多外地民工来打工，他们远道而来融进村子，几乎家家户户都腾出屋来让他们租住，我家也有租客。父亲特意向西开出门来，又在路上铺了道砖，在屋顶和香樟之间盖了彩钢瓦廊顶。这里成了一道特别的风景。民工下班回来，特别喜欢在廊棚下洗洗刷刷、说说笑笑，时不时望望西部由池塘整合变作的湿地美景。

廊南头的河滩边冒出一丛夜饭花，洋洋洒洒开了一大片，民工们谁也不知道这片花是盛开在昔日的垃圾场上的。美好总是和勤劳相辅相成的。

如今渔村拆迁，那片垃圾场上盛开的风景永远烙印在渔村人的心中。

老父母一早就来电告知，北庄村拆迁就在眼前了，二老要来我们小区车库腾地。

2018 年，北庄渔村人没有少议论这件事情，但是不承想，拆迁竟然来得这么快，像六月的气温迅速飙升得出其不意。

虽然对于老家的拆迁家中已经小有规划，但真要行动起来，有点招架不住。倒是老父母思路特别清晰，他们一早乘着公交车赶来腾车库，我迅即发动家里所有人开工，让老父母歇着，可是他们哪里闲得住，父亲老当益壮和我一起通力合作进行择优劣汰，母亲静坐在车库外把纸箱拆卸垒叠，这是多年养成的习惯，母亲有条不紊地把纸板打理得整整齐齐。

车库积存了很久的灰尘，原本有些可以卖的或将被淘汰的东西终于再无立足之地，被痛快地移除出局；而原本以为还有些价值的但经不住时间磨损的，终于也无插足之地；最让人犹豫不决

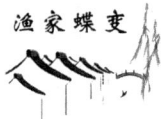

的是那些模样还差强人意却已无用武之地的东西：女儿结婚时特别精心挑选的一对锦鲤、一对布娃娃，乐儿用了半年的摇摇床，用上汽车后那些已无作用的头盔、雨披、手套之类，那些模样老式的骨牌凳、靠背椅……那些在我们的人生时光里闪亮登台过的东西被时间毫不留情地搁置在生活的浅滩，虽然能勾起诸多美好的回味，但毕竟人总是义无反顾地随着时间的流水在勇往直前，那么，挥一挥手，和它们道一声离别吧。

最难以割舍的还是那些书籍，它们曾经充实过我的灵魂，如今蛰伏在麻袋里，总有千般不舍万般难弃。就尽量在一些橱柜中见缝插针，努力争取做到最大限度的留存。

半天折腾后，车库腾出了好多空间，父亲指点江山一样安排着：嗯，这里放一个橱，嗯，那里放一对沙发。我知道老人家要想保留的东西太多了，积攒了一生的不舍，却要在这70多岁的年纪进行清空整理，这是一件非常艰难的事情。可是出乎意料的，父亲竟然如此沉着，还叮嘱母亲："老太婆，只要拿那些最有用的，死了不能带铁板上的，小辈不会用我们的，不要不舍得。"

母亲还是有很多的不舍，那张雕花大床是父母壮年时省吃俭用为我攒下的婚床，时值500元，是地主人家后辈手上转辗过来的，拆迁当口自然吸引来很多看客。他们来了去、去了来，说尽大床的点点不足，而父亲执意的心理定价是3000元，要不然就单卸雕花木板保存到我们车库里。终究抵不上一茬茬人的心理战术，床的价位每况愈下，最后一天，母亲咬一咬牙以1500元出手了。

有一只米瓮，圆肚扁身，平时置于檐下积水，不期然被人相中，要买。母亲说："还是我娘留下的，放米最好，老鼠钻不进，虫子爬不进。"父亲说："你这也舍不得那也舍不得，车库里怎么塞得下？"米瓮终于任由父亲处置了。

母亲掏出几根银针和一只类似钳子的东西，列队于地砖上，我拍照为母亲留个念想，这是母亲年轻时候用了数年的做蚌珠的工具。母亲操起两根银针，架起左右手娴熟地比画着，说以前就是这样在蚌肉上做蚌珠的，母亲灵巧的双手种植过太多的珍珠。我的童年就是在母亲静坐的身影边长大的，闻着蚌肉的水灵腥味，挑选过圆润的珍珠置于手心，在阳光下看过折射的五彩辉色。而今，美好的时光悄然飞逝，母亲也不得不放下那些银色小针，放下它们，似乎就是放下母亲曾经的那段美丽过往。

一对乌龟，体型壮硕，在缸中肆意地昂着脖索要食物，父亲无休止地投喂以螺蛳已经几年，乌龟在一对老人孤独守望的晚年岁月里应该感念不尽他们的善心吧。它们依然不觉拆迁的硝烟已经迫近它们赖以生存的方寸之地，父亲对于这对乌龟提出了决绝的处置措施：宰了炖给母亲吃。母亲即便生病开刀也没有动过这样的丝毫念头，于今宰割实在不忍，最终的结果：放生，放生在

三家村边那片湿地里。

父亲搁置的渔具也有好多年了，从渔民转为工人，渔具再也无用武之地，可是它们无不浸润着父亲养鱼时代那种战天斗地流下的辛勤汗水，撑兜、马达、行灶、网箱、揉刀，退出父亲的老屋，却退不尽心间的万千不舍。父亲不善言表，像嫁出女儿一样，虽然心里痛，但不得不舍弃。两位老人都要在人生的晚年里重新展望崭新的人生，他们应该有新的梦想。

一只书桌，是母亲特意为我保下的，说是既然我喜欢，就不要嫌烦，搬到车库里，说不定以后有用。我知道，在母亲的心里，女儿的喜欢总是她放不下的情结，感谢母亲，即便在搬迁的日子还是要努力为我力争一方书香方寸地。

一辆电瓶车，是早被遗弃旮旯的，此刻的命运似乎唯有出卖，可是父亲硬是不肯，说那样好的车，以后他可以骑着走走近路。小辈告诉他，刹车坏了，危险。父亲偏不信邪，三下五去二，一来二去就将刹车修好了。一位老人，对于物件的珍惜远胜于小辈，小辈可以仗着物件的一个小缺点顺势把它淘汰出局，而我的老父亲，偏偏敝帚自珍！车子真的在老人家手中复生，从而逃过了一劫。

拆迁，是一场痛，优胜劣汰。有的物件还大好着呢，为着有限的空间还是得扔，在取舍中权衡，最终作出裁定。感谢生活里曾经出现过的那些东西，它们身上镌刻着我们生活的密码和印记，浸润着我们奋斗的心血和汗水，而今虽然留下的仅仅是一部分，但那些淘汰出局的，我们依然深情铭记，铭记这份生活中曾经珍贵的拥有！

老宅拆迁半年，多少次星夜梦回，可是一直没有勇气踏进那个虎丘山麓北部的渔村——我的娘家所在地北庄村，因为那里已成一片废墟。

一日，在村子东边新建的小区高楼里眺望，小叔指给我看老宅的位置。我的目光在一片废墟上逡巡，游移不定，小叔却很肯定地指着一排树说："那是以前你家老宅边的樟树。你看，河西边是湿地的高树，河东边只有你家的那排樟树最醒目。"

果真，我看到了那排偎依在河边的樟树，它们联袂组成一堵绿壁，在废墟上焕发一片春的绿意。

春风骀荡的一日午间，我磕磕绊绊从东而西穿越，到得原北庄村西头，还是紧张兮兮。来不及找到一块驻足地，一阵飒飒的声音传来，循声举首，恍然大悟，哦，娘家的樟树在向我致以问候，我竟然置身在一片小有气候的树林边呢。

由于树身高大，我不敢尽情扬脖，先找了块插足地，稳一稳神。目光落定在樟树根上，它们稳扎于东塘河边，无视满地的废墟，大有一种我自岿然不动的怡然自得。我不禁走近去用双手触摸比拟了一下，树皮皲裂斑驳，树围浑圆几拃，树干高大挺拔，

差不多都在两人高的地方分出枝杈，那是以往父亲修正的缘故。往上，杈中分杈，这些分枝越往上越绿，越往上越细，密密层层缀以绿叶，形成巨大的树冠，枝枝相连，蔚为壮观。树梢顶部孕育的新叶芽苞呈棕红色，向阳的叶面尽情地沐浴着春晖，闪着油油的光亮，映衬着蓝天白云。微风拂过，树叶临风招展，"碧叶风来别有情"，一切那么美好，一个新的鼎盛时代来临了。

樟树这么高大，应该也算成了材的，可惜了父亲十多年的栽培之情，拆迁的时候怎么竟至于没有出手将它们卖了？记得母亲当时语气稍带惋惜地说："如果要卖钱，倒腾来倒腾去，总归难免死伤的。还是由它们去吧。"

樟树们就这样得以继续在村西头做着守护，只是不知它们是不是懂得它们在今春相守的已经不是昔人昔物。老宅已去，绿樟仍在，它们究竟为谁而守？

废墟里，捡到两颗小果，是樟树果子，状如小豆，黑皮皱瘪，扔回泥土，不知它们还能不能自由成长起来。记得，曾经，落果的阶段，在一条人行道的一棵老樟树下，果子前仆后继，自由落体，滚满一地，被行人践踏，汪出一摊摊污紫，血迹也似，惹烦了人。殊不知，无数落果的目的也许只是要在其中保得一颗两颗的成功粘泥，只要有一线生机，就会获得生命的不断繁衍生长。

想当初，这一排树就是由那棵老樟树的果子自由落体后生长起来的，父亲把小树苗移栽到这村子西头是有良苦用意的，一则期冀它们成材，二则让它们遮风挡雨、阻挡夏天毒辣的阳光。

一切如父亲所愿，15 棵樟树，棵棵成活，树树挺拔，经历 15 个春秋，可算得成材了；它们蔚然成林，竭尽所能地护佑老宅，树荫和就着荫头搭建的廊棚一度成为村头好景致，吸引了租客，租客在这里洗衣生炉，聊天歇息……

想当初，父亲遴选樟树，其用意应该还有其三：香。樟树之香是有明证的：植物全身均有樟脑香气，可提制樟脑和提取樟油。

只是这些樟树等不来主人对它的物尽其用。樟树忘情地在春日里挥洒它们的馨香，主人已经无求于它们，它们也大可不必矜持于曾经的过往，笑对今春，了无牵挂，焕发新的活力。

生活的骤变，驱散了曾经温馨的生活场景。这种场景既然是勤劳的双手创造的，不见得，在这里落下一片生活的帷幕，就不能在别的地方重整旗鼓。只是，星夜来临，梦里忆起，还是要祝愿那片樟树林一切安好。不知樟树林可否进驻了新的鸟雀？

底楼人家

　　家在商品房的底楼时，底楼有个园子，站在园里看天有点井底青蛙的感觉：天被高楼切割成一块，面包一般窄窄的，点缀在天宇上的星星像面包上的樱桃，仅就三颗两颗，总也舍不得吃，一吃就啥都没有了；飘浮在天空里的云霞有时只露"公鸡"的尾巴、"蛟龙"的金鳞，或者"老虎"的爪子，从一鳞半爪里我只能管中窥豹，不过精骛八极，想象力倒是提高得很快；月亮滑行的全过程我无缘悉数饱览，总是只能看到电视连续剧中的精彩片段，其余况味靠心灵补白。在小园里还能收获捕猎的便是东邻的飞檐、西邻的桃枝、北邻的峭壁，其单调的情状，犹如囿于牢笼。

　　不似楼上人家，阳台上翘首昂视便能目及遥远的天穹，有如许多的星星可数点，有如许长的天路可揣测；再极目眺望，又可以看万家灯火，数川流车辆；若俯首低看，我那窘相就原形毕露于光天化日之下了。楼上人家上得天、入得地、伸得远，真扬眉吐气也！

头顶的天空如此狭隘地于我只一小块的恩赐，让我想起了一句话：每人头上一方天。我是真正只挣下了一方天，而楼上人家凭借着阳台却得到了对广阔天空的白白享受。

不过，相对来说，我多得了一块地，我终于找到了心理平衡的依据，而且侥幸地想，楼上尽管在我头顶吃喝拉撒，可承载他们的是我这底楼人家，我根基的牢固与否、家园的美丽与否对他们似乎也是举足轻重的，我一时之间别有一种顶天立地的豪壮气概在心头。根基在乎建筑师，而家园在乎我这家庭主妇，我总想营造一方美丽的家园，让自己享受，也让楼上人家的鼻翼畅通、耳目清亮，美的家园是不单单属于我这底楼人家的呀！

于是我为底楼家园作整体的规划，不能布置小桥流水，却安置上鱼缸、石凳、假山；不能种植参天林木，却也有百花齐放之佳境：春有杜鹃烂漫，夏有莲叶田田，秋有桂子飘香，冬有蜡梅傲雪，我的家园是向楼上人家预告季节转换的窗口。

我的家园也是画卷，更是栖息的佳境。说是画卷：你看，一溜溜的盆景，一堆堆的绿荫，一坛坛的花丛，它们展示或长或短的生命，它们绽放或明或暗的花朵，它们也传送或浓或淡的幽香，这一切不是画卷胜似画卷。说是栖息的佳境我也一点不矫情：缸里的游鱼恬静安详，网里的彩鸟叽喳嬉闹，更有我借着晨风、沐着阳光端坐石凳的宁静恬淡，唯有这样的好居所才能让我

心无旁骛地把一天工作的劳累消解在这扶乩打坐、静心修性的小花园里。啊，家园，我美丽的家园，你虽然狭隘，可你优美。你是我精致的一个蚕茧，我不是作茧自缚，我在这里读懂了安守，安守一份宁静的美丽。

选择家居，现代人似乎更钟情于高楼，而我却喜欢选择底层。原因在于底层可以有一个青青小园。

刚住进新家，我常喜欢把家门向着小园敞开。我除草，铺水泥，筑花坛，挖坑，施肥，浇水，又费尽心机地从各种渠道引进花草，于是，在第一个春天里，居家就开始享受着绿色生命的蓬勃生机。

如今，我的小园里，青青竹叶已有万竿乱登墙的风姿，美人蕉也有了才露尖尖角的端倪。龟背竹伸展着生命的绿色脊梁，碧桃虬曲着古拙的棕色枝杈，十里飘香散发着生命的甜美芬芳。紫荆才勃发了一树灿烂，宝石花已经在枝头又簇生了新的叶芽。葱兰绿油油，三叶草碧莹莹。常常是才谢了红花又开黄花，才结了果实又飘来了暗香。

愿如此美好的生命循环出一季季的美丽，让我的家人循环出幸福、健康、清雅的情趣与昂扬的斗志。

青青的小园啊，我们用劳动让你常绿，你以生命给我们鼓舞。

　　这是一条只供我们家人享用的小弄。一面为公寓楼顶天立地直通苍穹之马赛克墙，油光光、亮闪闪，通体现代；另一面为驳杂灰脱的水泥围墙，揽进天光一片，让落在"井"里的人沉闷时有个幻想的由头，好梳理纷乱的羽翅。

　　为防蟊贼，北头封闭，长砖、短砖、断砖、三角砖，一应聚垒包容于水泥之中。内植蔷薇，春夏之交，便有一片红艳出墙去的况味，散落一些春光，让路人好生歆羡这园里会生活的人来。借此自豪，虽庸人志趣，却也情怀融融。

　　南头天光豁然，穴风聚蓄，瓶颈口探出一只大喇叭，乃为家园一片。如若风成流水，犹比钱塘江潮。夏来，凉意习习，冬来，暖日熏熏。喝粥、吃饭、拣菜、看书、培花、歇息，居此，无有不可，风水宝地也！

　　弄内，植青竹、芭蕉，挂吊兰、天门冬，还摆一溜花花草草、盆盆罐罐。屋内，向弄开凿一窗，半窗芭蕉，细雨淅沥，静添几多秋意；一角竹叶，有时风扫雨落，狂卷漫飘，有时暖日熏蒸，青意可人；几挂吊兰，围墙布景，探出嫩嫩青青细枝长叶，抛出蓬蓬松松戏蝶绣球。

　　弄，收集自然风光：日来，天光云影；夜间，星斗月牙。弄，隔绝世外喧嚣，专有自然天籁：蟋蟀唧唧，竹叶萧萧，雨点沥沥，天然八音盒也！

　　下班，关上门，却打开窗，尽收小弄风光，独享小弄天籁。

握一卷闲书，剥几颗葡萄，泡一杯清茶，在夜的小弄边随时间散步，这难道不也是人生一快乐？

窗似乎恒定地给我留下一幅寂寞的画：一角飞檐，两道砖墙，几抹树影，一方青天的底板。

窗也展示着世界细微的变化：斗转星移，季节交替，有小雀飞落，蝴蝶翩飞，这是驻足于寂寞太久的人难得所见的欣慰。

窗，总而言之太狭小了，它剪贴的这个世界之角实在有限，它只能让我管中窥豹，一切尽在对世界的无限遐想中。在窗前，我的所见太短浅，因而我总想着改变窗的风景。

我的道具是三盆两盆花儿、四盆五盆草儿，它们在窗前摆开阵势，用鲜活的生命布下一道风景，设下一片绿屏，让我的小心从此有了呵护和观瞻的对象。

那飘摇于窗心的是一棵酒瓶兰，肥硕的酒瓶根裸露在窗外鲜美的空气中，酒瓶顶心向四围飘散下一片片细长柔软的兰叶，如同绿瀑，又如秀发，婆娑成团，绿意盎然。一壁厢陪衬着一盆一叶兰，每一张如剑的青叶蓬勃地把剑锋指向青天，如同林立的卫士的戈矛。又一壁厢挨着一盆玉树，厚厚的叶片层层叠叠地在茎外张成一个蓬蓬的大绿团，仿佛绿色正要滴下来似的，这是一种何等醉人的绿啊！一边还挤着一盆金枝玉叶，红色的枝头上密集地点缀着一片片肉嘟嘟的小指甲盖一般大小的绿叶，红绿相衬，格外惹人喜爱。还有那一盆君子兰，虽然在我这技术并不高明的准园丁手里，花卉越金贵越无所适从，然而我依然一如既往陶醉地为它松土、为它浇灌，瞧它向两边月亮一样弯下的对称的阔叶，它们的绿色的些微变化都会把我的心攥得紧紧的。

在窗口的两边我喜欢垂挂常春藤和吊兰。常春藤那黄绿驳杂的掌状叶片垂挂着，那绿色的瀑布好像要将我满心的欢愉一起流散到这个美好的世界中。还有那银边绿叶的吊兰，它盛开在一只造型优雅的青花瓷盆里，如同一朵绿色的大花儿，还伸展出一条条细茎，向世界抛出一个个绿色的绣球，仿佛有满腔的爱意要播撒。

我的植物们解除了我的寂寞，它们生长繁殖、相拥相簇，各自流淌着生命的欢歌，向我，也向这个世界证明着一份精致的美丽。

窗前的那道绿波并着窗外的飞檐、砖墙、树影和一方青天一起组合成一个立体的世界，让我有了无穷的兴致去常常趴在窗口遐想着自然的玄机，时而朦胧，时而舒爽……

居家有园，种植花草的初级阶段没有选择，只求花草欣欣向荣，因而但凡入我眼中，只要是家中不曾有的花草都一并请进园。观花草生生死死，心中便别有欢乐和忧伤。

而后，真当花们草们存活得多了，便讨厌起那些作践的东西

来：八角金盘长势奇旺，支棱起一张张叶片卖弄风情，它挡住了周边矮小的同类，我可不喜欢它如此霸道；紫荆惯于丛生，如若营养吸足，便会以一孕十，以十长百，半年之中，它就遮遮盖盖把小园侵吞了一大片，如此嚣张自然是可恶的。

因而一直努力地做着取舍。唯有优胜劣汰，方能称我心意。然而活了的植物们不大愿意在我粗鲁的干预下俯首帖耳地被淘汰出局，因为它们已经有了坚实的根。我的力气有时只够做表面文章，斩得了草却除不了根。我狠毒地刀劈斧削，将八角金盘斩至地平线，我也自作聪明地对紫荆灌之以一铫子沸水，我畅想着不久的将来，我会在它们被埋杀的地盘上重新侍弄起美艳的杜鹃和华丽的山茶来。

谁料，来年，它们重新探出生命的脑袋来了，而且以迅猛的势态不断伸展、伸展，终于又蓬勃到让我为旁类忧心的地步。我便再一次动起彻底清除它们的恶毒的脑筋来。这回看来非得刨根不可了。

我全副武装，用铲挖泥，用刀削茎，用斧劈根，每挥一次手，进展微乎其微。我难以设想原本松散的泥因了盘根错节竟然会黏稠成秤砣一般的一块，坚如磐石，硬如水泥，这枝枝节节的根竟然成了钢筋，又和泥一并成了混凝土，而且所有根枝伸向八方泥土，牢牢地抓成一只铁耙。我终于懂得植树造林能护住黄河大堤的原因了，我也懂得为何我向根中心浇沸水而没能置紫荆于死地的原因了，原来这"铁耙"的每一条须根都有从各方重新运输生命之源的本领。看来，我刨根不能仅仅停留在刨主根、挖主根、摇主根的事上，它因八方根须的合力已经万难摇撼。

可是这天我下定了决心，这根一定得刨！我努力从根的四周探出每一条根须的走向来，然后断其一脉又一脉，原本坚不可摧的主根竟然一点一点地摇撼了。当我将斧劈向最后一条根须后，主根终于被轰然拔了出来，赤裸裸地，展着雕塑一样的身体，因为皮的被削，如森森白骨，我不晓得它流尽了多少滴生命的"血"。

只有刨却了根，我方能在这块领地里重新施展我的手脚去植杜鹃、种山茶，设若我又一次退却在曾经坚实的旧根前，来年它一定会生出百倍的坚韧，那时恐怕我更难以下手了。然而今天我以一点一滴的心力刨却了根，终于走向了最后的胜利。

刨根只有拼着一股韧劲，一点一滴地坚持到底方能赢得最后胜利，要做成功一些事不都要有这种刨根的勇气吗？

短短三十年，村里的变化翻天覆地，就拿我们家来说吧，住了平房变楼房，可是先生就是不满足，再怎么着这也是村里的民房。先生一直想过把居民瘾，就在我们黄桥镇东大街上买了一户商品房，我们便可以村、街两栖了。

令我匪夷所思的是先生执意要底楼，囿于底楼就如青蛙被困

井底，真是鼠目寸光啊！先生却说这底楼人家非同寻常，它有一个大园子。大园子？难不成让我不忘农民根本继续垦荒种菜？先生摇头说人家都搞规模种菜了，哪还需要你多此一举，喏，偌大一个园子是让你种些花花草草，美化环境，改善条件，提高生活质量的。

说得倒美，可是我这双笨拙的手哪曾会侍弄花花草草？真有点丈二和尚摸不着头脑啊。

先生自从做了这镇上居民，老爱往居民活动中心跑，下棋、打牌、打乒乓，无所不能，活动中心真成了他大显身手的用武之地了。一日，他从中心回来神奇地变出一摞书来，呵，那么多小说，先生竟然要做书虫啦，搬来镇上，看来这文化生活是让人养情怡性啦，不由得玩笑之。先生却不苟言笑，从中拣出一本厚如砖块的书对我故作认真地说："农家书屋借的，学学。"我抬眼一瞧，不由得咋舌——竟是《花卉文化与园林观赏》，看来先生真是把这个家中小园当回事，要我一学手艺做一个装点门楣、侍花弄草、开辟花园美好生活的家庭主妇了。

我欣喜地翻阅着，书中图案精美：牡丹富贵、杜鹃美艳、蕙兰典雅、丁香传情。不由得爱不释手。再翻，犹如进入了一个鲜花烂漫的春天，我解读了十大名花的文化，徜徉在传统名花名树的文化中，深深地被打动了，原来花花草草可以让生活如此精彩！

书改变了我，书让我学会了憧憬美好的家园生活，而家中的那个几十平方米大小的园子犹如为我提供了一个实践的舞台。我像一头辛勤的牛开始了垦荒，我又像一只忙碌的蚂蚁到处去搬运，但凡中我意合我心的花草、花籽我都会引进，我又像一只灵巧的蜜蜂嗡嗡嗡地在这片小小的领地里做着我神圣的护花使者的工作。

渐渐地，在我的手下，种子们生根、长叶、开花、结果啦，花花草草们向我展示着它们成长的喜怒哀乐，我的心也随着花草们的生生死死而抑制不住地变化着。花草有生命，我努力地遵循着自然规律让这些把根扎到我家小园来的花草展示出最为鼎盛的生命活力。春天，迎春花竖起一只只金黄的小喇叭，那样热烈，那样娇媚，绣球花托出粉嫩的圆球一样的花朵，那样蓬勃，那样典雅；夏天，鸡冠花吐艳，凤仙花斗芳。秋天，桂花飘清香，枫叶展红云。冬天，仍有蜡梅傲霜，翠竹迎雪。一年四季，我家的小园季季传风情，月月染青阴，青青小园让我的生活美好起来。亲朋好友驻足其间，无不羡慕之至。那时，我指着我的手下花草犹如将军点兵，一一数点江山，好不令人幸甚、自豪之至啊！

感谢先生慧眼识宝，帮我在文化中心觅得了那样一本好书，改变了我枯燥的生活，让我提高了生活的品位，懂得了如何去点缀美好的生活。

我希望自己是一只快乐的蝴蝶，从自己的青青小园飞出，以后要多去文化中心寻寻觅觅，我想那里定有更多的宝藏可以让我

开发为我所用。我要飞翔，飞到我们家乡苏州市相城区的四城建设中，做一只真正能够遨游花海的美好生灵。愿我的青青小园能够满目春色，更愿我的青青小园能枝枝红杏出墙去，与家乡的花花草草连成一片，共同成就我们美好的花城梦想。

家有一园，数十平方米，有花有草，有香有色，有鸟有鱼，有凳有台，汇聚了花鸟虫鱼，乃我关起门来自娱自乐、开出门去引以为豪的一方净土。让家中有园，其实是想让心中有块找乐子的地方。我竭尽所能地绸缪、规划、调度、安置、布局，渐渐才如此入得绝妙的佳境。

境地佳绝，虽无凤来仪，但也蝶飞蜂舞，人气渐高。然而我万万没想到的是有一只猫儿竟来光顾，不知她经过了多少逡巡考察最后悄悄地鸠占鹊巢，惊扰了我的平静。

那是发生在"五一"长假里的事情，在工作中忙得像个陀螺的我好久没有启开这个后园了，一早我兴致勃勃地来到园中进行晨练，边练边欣赏着各色争相竞艳的花儿。绣球、百子兰、锦葵、月季都开花了，绣球更是娇人可爱，我不禁走上花坛凑近去。冷不防一只什么东西斜刺里"呼啦"冲了出来，我受这一惊，真是汗毛都要倒竖了。定睛一看，原来是一只花斑大猫。猫儿从蜡梅树边跃上围墙就再也不走开了，虎视眈眈地盯着我。白白受这惊吓真恨不能拽下这只死花斑来狠狠地出口恶气。然而我发觉那猫除了对我有敌意，它似乎更关注一个地方，那个它窜出来的地方，引起了我的好奇。我凑近一看惊呆了，竟是毛茸茸肉团团的一窝小猫，上有鸟笼作顶篷，下有芭蕉枯叶作席梦思床垫，真好个风水宝地也。

也许猫母亲误解了，以为这静静的园原该是天然之作，它怎知这是我的领地？然而如今它侵犯了，反倒把我视作敌人。

好人不同猫斗，我进得家门，向家人们汇报了这一特大新闻。先生一听立马戏言："有猫自远方来，我们要交好运了。"母亲也说："别惊了老猫，这是好运来啊。"我虽不信这邪，但谁不爱听好话，不由得刨根问底，母亲笑着说："也说不清是什么，反正老人传话，跑来的雌猫雄狗都是吉祥的征兆。"

一只跑来的猫将带给我怎样的好运呢？癞蛤蟆突然有了吃天鹅的机会，能不嘴馋？我疯狂地痴想起来：也许是父母的身体会越来越健朗，再或者先生摸奖能中大彩？一窝猫究竟能带来多少好运？也许一只小崽代表一个好机会，那一窝猫岂不美事连连，令人幸哉乐哉？

然而我是绝不敢收留这样的猫的，因为自小就对猫有着一种天然的敌意。我怕猫的腻烦，怕猫的声嘶力竭的叫声，怕猫的蓝莹莹的凶恶的目光，怕猫尖利的雪白的牙齿，更怕猫的寄生虫病菌可能引起的各种疾病。到得园中的这一窝猫让我犯难了，它们预示的美景让我不舍，它们可恶的猫态又让我不敢去亲近。最后

我自己开脱道："反正好运真要来是谁也阻挡不住的，就顺其自然吧。我不会供养它们，但如果它们需要这片领地，我便供无妨。"我努力设想着一个"猫不犯我，我不犯猫"的和谐共处的好局面。

为了实现美梦，我来到园中侍弄花草，努力不近猫窝半步，然而我总时不时地斜眼里关注着花斑母猫的动静。我入得家中，它就进入猫窝，我到得园中，它便迅速转移。如此的我进它退，它来我往，它始终保持着对我的满腔敌意，它时刻关注着我这个庞然大物有可能对它的猫窝造成的破坏。我努力以自己平静的气度消弭它的仇恨，我不想让猫所能预示的好机会失去，我也怕它突然蹿上来咬我一口。我奢想着井水不犯河水却能相安无事的局面，不知猫母亲是否理解了我这颗既慈悲又贪婪的人心。

收拾好园中事，我把园门紧紧关上了，想我就牺牲几天对园子的看头，让猫母亲好生饲养它的宝儿吧。我幻想着阳光下花圃里猫母亲带着一群儿女摸爬滚打、嬉戏玩耍的母子安乐图。晚上，有风吹动，有雨散落，我想那窝够给猫家族遮风挡雨的，想必它们安好吧。有纤细如线的声音传来，是否猫仔在争奶？

第二天女儿忍不住开了园门，失望地跟我们说猫儿不见了。我夺门而去，果不其然，猫家族大迁徙了，我的幸运猫带走了一切将能预示的美好机遇，不由得扫兴、失落。先生戏言："懂了吧，什么叫好机会？好机会也是要你亲手去抓的呀，好机会降临到你手头了，你不懂建立人猫感情，不给它喂点吃的，它怎么可能信任你呢？"

我没有抓住这一窝幸运猫的尾巴。该怨谁？世界上原本没有无缘无故掉下的馅饼的。

猫儿预示的幸运我是不会得到了，然而它们预示的机会该怎样去抓，我却懂得了：机会在人面前，如果不用心去抓，它是会和人擦肩而过的。我还是要感谢这一窝幸运猫给我的启示，尽管这次我已经失去了它们的尾巴。但，以后，当机会再一次出现的时候，我想我一定会去努力争取的。

在苏州乐园的鸽子广场，我看到了雪片一样纯洁的可爱生灵——白鸽，它们有的悠闲嬉闹，有的伉俪情深，有的飞翔到不远的欧式廊柱上引颈远眺，太阳底下的这些精灵向人们呈示着祥和与安宁。

在我们小镇的一座花园内，我看到那蜿蜒曲折的紫藤廊下也静歇着几只白鸽，它们"呱呱"地叫着，像撒欢的孩子为整座花园平添了许多生机。

实实在在的见证，让我喜欢上了养鸽。后来，我也拥有了一个数十平方米的大园，里边徒有花木，缺少鸟鱼这些精灵的点缀，我总感遗憾。女人爱做梦，还没进驻鸟儿，我早就精心设想了鸟笼，我还构思了一场美妙的生态平衡，到时花木与鸟鱼交相

生辉，该是一种多么祥和喜悦的场景啊。

笼子在一次冲动中建起来了，鸟儿却从没在冲动中被引进来。空巢一直总是我自豪地向人推荐小园花木的一个附件。终有一天这摆设成全了一对鸽儿。那一次我生病，一位朋友送来了一对肉鸽，一花一白，煞是可爱，先生懒于成为屠宰手，把肉鸽信手往笼里一塞，这倒拨动了我那根养鸽情愫，不好意思，信鸽没养成，权从肉鸽养起吧。

我的鸽笼是双层复合式的，外围凌空一个倒梯形网笼，足有两米长，一米宽，一米高，底宽也足有八十厘米，上平面稍宽，下平面稍窄，它支棱在四根水管上，内挂一个小木笼。我设想鸽儿一定会在这里安家落户，木笼是它们的卧房，网笼是它们的活动室，吃喝用具尽在木笼，拉撒方便咸集网笼。下面还辟一方沃土植以几棵花木，笼顶覆上一片彩缸瓦，够鸽儿们享受星级待遇的了。伉俪情深的一对肉鸽在此休养生息了两三个月，可是总也不见它们膘长，只有“萧萧落木”枯瘦之感，终于有一天雌鸽死了。死固足惜，然而看活着的没了伴也实于心不忍，于是一直想着引进新伙伴。

卖鸽人介绍鸽子喜欢结对而生，还说不能买单个的回去匹配，于是把一对“新人”一起引驻鸟笼。不想，从此鸟笼安宁全扫，那老雄鸽“乌一”挓挲于网笼顶上一角，那新雄鸽“乌二”站立于网笼底下一角，那新娘白鸽身子紧贴情郎，眼睛却出神地斜睨顶上那一只。白鸽尽管通点性情站在中间，像是有点劝架的情态，可是终于还是抵挡不住两雄相争。且看笼内上下翻飞，羽叶片片，鸽声呱呱，顶上的占着优越的地势一次次扑打，底下的占着成双的强悍不停冲击。"乌一"孤军奋战，而且粮草后路全被底下那对切断，故而"乌一"一天天消沉。那天，"乌一"一直在晚上呱呱不息，不知是它饥饿所致，还是恐惧所致，抑或是对新白鸽动了相思之念。一天早起，我竟然发现"乌一"的一只眼睛被啄瞎了。"乌一"啊"乌一"，原想成全你，却谁料竟得了如此下场？

实在于心不忍，我把"乌一"放归园内，让一对"新人"继续享受空中楼阁。这下，楼下的那只优哉游哉在花木间啄食，楼中的那对瞧着下面，眼睁睁一副呆思量的感觉，真是好一个塞翁失马啊，"乌一"虽然失败却换回了自由。

可是得了自由的"乌一"还一直于晚间呱呱地叫，深深地影响了我们另类的人的生活，细察其因，竟还是"乌一"在向笼中白鸽传递爱的信息。"乌一"啊"乌一"，你何苦得了自由又争欢愉？贪得无厌的结果是，"乌一"的叫声激怒了家人，终于选定一个节日趁我不备把其逮杀了，又是一个塞翁失马。

那一对"新人"驱走了第三者，却始终得不到自由，看它们一副相安生息的可怜模样，我因"乌一"的自由对这对"新人"起了恻隐之心，便把它们双双放下来。看它们得了自由，我心也

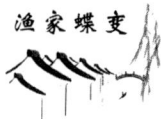

轻松了许多，可是这对鸽儿天天制造成片的粪便，而且尽在门槛之上，我足足弯腰伺候了两三个月之久，虽有愤愤之色，但眼见着花木因了鸟粪得以繁盛，心里也就这么平衡过来了。

白鸽突然又死了，大概是那天吃得太撑了吧，也许得了什么传染病？"乌二"低沉着头颅一眼不眨地静守在白鸽身边，我不知道"乌二"的眼中是否噙满了泪花。那天晚上失去了新娘的"乌二"突然扑扑振翻，我以为什么野猫子闯进园来了，猜测可能是"乌二"也得了什么传染病将不久于世？我不敢详察。

第二天一早我条件反射地抓了一把玉米去喂我的鸽儿，可是遍寻不着。先生也出来观瞻，竟然在高高的围墙顶上看到了"乌二"。有新娘的时候，"乌二"是从不曾飞过的呀，爱情的红绳牵缚了它的双翅，如今新娘远它而去了，它失却了爱情又重振羽翅要找自由了，先生说也许它羡慕隔壁别墅那边的亭台楼阁了，也许它要去寻找新的伙伴了。

我不想阻拦它，既然我给了"乌二"自由。

我轻轻地撒下一地玉米粒，心想："乌二"啊，这绝不是引鱼上钩的诱饵，你能找到新的天空，那么就让这玉米在泥土里生根发芽；如果你找不到归宿，那么你回来，这顿饭局依然可以为你开设。

"乌二"回来了，啄食着那摊玉米，像一只被人驯服的小鸡。每天早晚，"乌二"还是会站立围墙顶上痴痴地逡巡，我不知它是在作引颈长盼的美妙痴想，还是在留恋这个曾经的家园，我不懂。

水往低处流，人往高处走。我的家居由二楼迁往底楼，倒不是因为生活每况愈下不得已而为之，恰恰是我在顺应一种心理的走向，我喜欢家居宽松一点方便一点，也能够有个怡然自得的世外桃源——一个数十平方米的小花园。

当年进驻底楼的时候经济并不宽裕，心情却愉悦宽松，好歹房子变大了，因而对于所谓防盗的事只不过是摆个花样的架势而已。虽然人居屋中，但心还是喜欢插上翅膀想怎么飞就怎么飞，因而家中设有两门八窗，够我心骛八极自由翱翔的了。

有门真好，一门向世界洞开，在这里我走向社会、走向快乐的每一个工作日。另一门则向家园打开，里边珍藏我的"兴趣"，在这里我举目能邀明月、朗星、飞鸟、翔云，低头能见四季花木，日子在这里美好地流转。

有窗真好，能欣赏窗外景观，能观察窗外物象，也能感受四季交替，还能体味风雨云鸟。

人是矛盾的动物，当他置身于外界的时候就念着家，当他融情于家园的时候又想着外边精彩的世界。我乃食人间烟火者，也难逃窠臼，门窗让我蜗居家中的时候心能有所释放，我喜欢这样的门窗，云卷云舒，窗开门闭任我自由。

在家的日子，遇上阴雨天我喜欢把门窗全部紧闭，遇上雷雨天我更是会拉上窗帘以闭目塞听的情状拒绝大自然的怒威，因为我平生最害怕打雷。

在家的日子，遇上大晴天或是过假日，我基本喜欢把门窗全数打开，任清风穿行，任空气流动。

门窗任我开闭，它们忠实地为我效劳。

然而有一天，我家的门窗却出了问题，不是它没有履行好职责，而是它的牢固不足以抵抗贪欲之心的肆虐。不知有几个何样狰狞面目的人撬开了东书房的窗，他们像蛇蝎潜入我的卧室，动用我家生活所赖的刀剪撬开了书桌抽屉，偷盗了我和先生珍藏了许多年的金戒指、金项链，也偷掠了我母亲赠给我女儿的金手镯，我原本归类安放在各只抽屉里的相册、围巾、书簿，也变作"落霞与孤鹜齐飞"满床狼藉了。

我要入门却失去了自控权，因为门被歹徒反锁了，先生只能爬自家围墙撬自己的门窗，当我看到我们用来剪菜切肉的刀剪被歹徒用作窃取自家财物的工具时，我的心都要碎了。刀剪被罪恶的力量扭曲得已成铁的废品。罪恶的力量掳走了我们在生活中寄托精神慰藉的珍贵财物，也摧毁了我美好生活的固定节律。

在偷盗发生后的几天里我神思恍惚夜不能寐，我一个喜欢门窗的人恨不能封闭堵死所有能见天光的地方，原本温馨可人的家一下变得风雨飘摇虎狼四伏。女儿更是害怕独坐她的卧室看书，把我的肩膀当作了她的依傍，她和我并睡一床了，而先生在另一房听着我因不敢入睡而辗转反侧的声音送来一句："别怕，我会保护你们的。"

我笑了，他一个文弱书生，唯有这颗男人心在这个令我们母女害怕的日子里极度地膨胀，给我们母女以安慰。此时我想，我害怕了尚能得一颗男人心的呵护，而一个男人心里也害怕，他能凭借什么安慰呢？我想应该还是门窗吧。我立马将每一扇窗户的缝道里都加了条砖，窗子暂时被堵死了，我又在两扇门边都加了道道砖砌的防线，起码歹徒再犯，必定会惊动了我们，我们会合家拧成一股抵抗的力量的。

可是连日的设防犹如作茧自缚，一个家没有了透气的地，何以再能为家呀！

最终决定亡羊补牢加固防盗设施，请来了师傅说窗外加窗难看，要么干脆把原本的防盗窗拆了。我说这样浪费了原来的也不合算，最后师傅提了建议在里头再加一层防盗窗。

不日之后，我的家便有了双层防盗措施，窗玻璃和纱帘夹在中间，这将是生活中的极大不便，但总比被偷盗强。望着四周的条条杠杠方方框框，先生无奈地开玩笑：我们成笼中人了。

笼中人望天是棋盘样的，格子特多，月亮是支离破碎的，天空是四分五裂的，笼中人透气像是肺部漏了气，很烦闷！真乃悲哀也。偷盗猖獗，能奈其何？

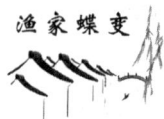

乐　园

　　我的家乡黄桥在苏州虎丘山北麓，曾经是个鱼米之乡，岁月变迁中，它与时俱进，取得了巨大成就。近十年来，单就住房而言，黄桥的很多乡村小楼夷为平地摇身变作了高楼大厦，荷馨苑、三角咀家园的相继崛起，让家乡黄桥增添了几分高大上的摩登色彩，吻合了黄桥街道的现代化称谓。

　　我是随波逐流的一分子，家居的变化自然也顺应着潮流。20世纪80年代，我住的是平房；90年代初，老屋翻作了二层小楼；世纪之交，我家拥有了黄桥东街公寓楼的底层套房。

　　黄桥东街141号1幢的那套120平方米底楼屋居是我的留恋之地。而今，时代的洪流即将冲刷黄桥东街，东街要在2017年的冬季开始一场凤凰涅槃式的大蜕变，不出几年，一条春申湖路延伸线将横贯相城区和工业园区的东西两头，黄桥作为必经之路上的一块母地自然要作出一番牺牲，那么，我的东街底楼小家也在所难免地要被拆除。拆，虽是一种痛，但拆后便要迁，迁向更加美好的生活，如同新陈代谢，代谢陈旧的是必然。那么，再违拗，我也得顺应潮流学会接纳这种痛。

痛失一座曾经的老屋，如同痛失自己一段年轻的过往，那里曾经承载过我一个平凡小家庭的甜酸苦辣，如今想来，百般滋味在心头。

买下底楼套房没有任何择房的悬念，因为那时我们一对教书匠勒紧裤带还是艰难，但孩子已经进入读书时代，亟待镇区的房子，这样离学校近点，老百姓图的就是这份心思。靠着父母的助力支撑，再加一些借贷，我们在世纪之交的 1998 年买下了这套房，从此真正意义上脱离了我的北庄渔村老家，脱离母家，拥有子家，开启了我们小家庭的独立生活，也开启了我们城镇居民的市井生活，这对于我们而言是心向往之的美事。那时的小确幸就是一桶沙一桶沙地拎、一块砖一块砖地搬、一根管一根管地接，我和先生像两只精卫鸟，很有雄心壮志。小确幸中特别感念一位小木匠的歌声，特此执笔为文，发表于当年的《吴县报》。

因为钱接济不上，装修中留下更多的是遗憾。匠人在安装灯盏的时候距离也懒得跟你量，凭着目测我就判断其做事的不给力，最终虽然移正了铜灯位置，却硬生生地在天花板上留下个不着调的印痕。不过，我也并不计较，原本资金匮缺还要勉为其难去做细装修这就够让人费事的，一些所谓美好的设想都自然要学会放弃或扼杀，手头拮据，做事只能放低格调。

底楼人家最实在的事情，是的的确确比上层人家凭空多出了一个几十平方米的大园子，这可够我大显身手的。我是渔家女儿，与生俱来地对绿植游鱼感兴趣。园里建了两个椭圆形的花坛，南墙与黄桥中心幼儿园紧邻，内层贴墙处也有一溜长条形花坛。这些足够我侍弄下一茬茬光阴、栽培出一季季美好的念想了。

种花花草草，需要有心好好遴选品种，我不管这些，总是选择好种易活的。园里，各种绿植在两三年期间就开始兴盛了，蜡梅树、石榴树、橘子树、桂花树、枣树、含笑花、八角金盘、含羞草、紫罗兰、百子兰……先后落脚园子，然后铆劲钻营生长。

我家的绿植源头在苏城皮市街，为此，我没少奔波。一次捧了几棵颜色鲜艳的微型月季，站在公交车的最末位置边，我把月季放在铁皮台阶一侧，到得家中，看到一朵橙黄月季的半边脸已经被汽车的高温烘烂了，那个心有不舍啊，真是一言难尽。

绿植源头也在黄桥东街的花车上。春季里，不知哪儿凭空冒出一些花农的花车，大凡是黄鱼车上架几层木架，盆盆罐罐就置于其上，逛街的人就会像蜜蜂一样寻觅过去。我是勤快的一只蜜蜂，因为我拥有一个花园，有时在与花农讨价还价的时候还会摆出一副对花事很精通的样子，他哪里知道我家花园里的花花草草们是要经过一番痛苦的折腾才能适应我那种随心所欲、毫无章法的栽培模式的。当然，有时歪打正着，一些花花草草不受拘束，反而疯狂恣肆，长得欢实。

花草们互相纠缠，茂盛得难以插足，这就让我不得不优胜劣汰或刨根剪枝。蜡梅丛生的雌雄枝条互相发力，挤破了花坛，我不得不动用刀斧进行砍伐，它才能收敛了性情。八角金盘的根系发达，它入了泥土就竭尽蚕食鲸吞之能事，霸占了许多小花小草的地盘，我可不能任其强势发展，刀劈斧砍也解决不了，就动用一铫子沸水。石榴在春夏之交使尽了浑身解数把枝丫伸展开来，虫子跋扈，我不会治虫，那就砍去枝枝杈杈。很多个周末，我就这样费力吧唧地折腾，折腾到精疲力竭，竟然也生发了一些刨根的乐趣。又在某个夜晚的月光下凝视我的这帮花花草草的臣民，然后在石台上挥笔写下养花心得之《刨根》，不久发表于《扬子晚报》。养花的乐趣变成了一种对生命互存共生的理解和期盼。

园子里的乐趣不只在花花草草这般臣民身上，也在一些小动物身上，先后养过金鱼、兔子、鸽子和一只跑来猫。

为了养金鱼，我到东街玻璃店去订制了一只超级大号的玻璃缸，足有一张书桌那么大，置于花园西南一角，养鱼需要水，还为此打造了一口小井。五彩斑斓的金鱼在大缸里还没逍遥上几日，就吸引来众多喵星人，它们闻腥赶来，掀起此起彼落的大呼小叫，我真担心，楼上人家会俯冲下来掀了我的大鱼缸。虽然人家都是金乡邻，并没留什么口舌，但我也得自觉啊，于是，把鱼们收至家中的小缸内侍弄，不久后队伍逐渐萎缩，终至消亡殆

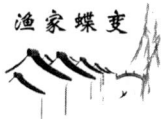

尽。我这个渔家女儿对鱼儿徒有一腔热爱之心，却没有从我的渔民父母那儿承继任何饲养技巧，致使金鱼命殒，于心不忍，从此洗手不干。

养过一只小白兔。先前的日子，我充满干劲，养兔也连带着自发培养了勤劳的好习惯，每天早早上菜市场买菜，顺带捡菜叶。唯恐人家误解我穷酸得吃烂菜叶，我总津津乐道地大谈小白兔，于是那只小白兔倒是在黄桥东街上出了些名头的。只是后来，它过足了富裕的日子，身体肥胖得一发不可收拾。一只大白兔的胃口是需要专心伺候的，不然它就会咬了一壁厢的鸡窝栅栏，这真让人深恶痛绝，好个贪得无厌！渐渐白兔失宠于我，又消瘦下来，最后不得不安置到父母的老家，给老人家一件多余的事情来做。

养过一对鸽子。父亲特意前来打造了一只空中鸟笼，也足有一张书桌那么大，吊挂于花园东南角，木的架子，网的页面，上有鸽笼，下有菜地，貌似科学搭配。鸽子就这么被圈养起来，一只竟然辜负我意，不能适应那样美好的环境，很快死去，另一只伤心欲绝，几天不肯进食。为了讨好它，我为它找来一对新搭档。殊不知鸽子是极讲究情义的，它与新来之客水火不容，开始了一段一山不容三虎的争斗日子。我并没有等来鸽子最终和平解决龙争虎斗的美好结局，却生生地又先后失去了两只，这回可是被迫地牺牲的，懊悔莫及。从此，那只仅存的鸽王开启了孤家寡人的生活，怕它寂寞，我也会给它制造放风的机会。后来看它每天老实归家我就百分百地予以信任，有时竟至于对笼门丧失警惕。

那段日子里，每天我都要尽责地对一只跑来猫喂以饭食，学校吃完饭，我挑拣剩鱼赶回家。家校只有五分钟的路程，当我路经公寓楼北边的那片绿色大草坪时，一只白鸟扑棱棱从绿草上飞起，在我面前划出一道漂亮的弧线，蓝天衬着它洁白的羽毛。我的心里一阵小窃喜，那是我家的白鸽迎接我的俏丽身影，有了它，我的归家就充满了动力，也充满了情致。感谢那只孤独的白鸽把我认作了它赖以信任的主人，可惜我并没有给它带去最好的归宿。那只白鸽给我制造的小确幸戛然终止在一天中午，我带着猫食赶回家，路经草坪的时候，没有一如既往的白鸽身影，有点失落，但不至于痛心，我还在傻想它准是哪儿疯玩去了。但我错了，从此，它像一只断了线的鹞子杳无音信，在随后的三天里，我怅然若失，又无所适从。当整整一个礼拜后，我确信那只可怜的鸽子定是丧身在某个罪魁祸首的魔掌之下了，因为它的忠贞使我坚信它是不可能弃我而去的，先生最不该在这时开我一个玩笑："不会是被那只跑来猫吃了吧?!"

冤有头债有主，我的痛恨目光定定地锁在了那只臃肿肥硕的"喵星人"身上，而它眼神迷离躲闪。我正恨它守在女儿的窗口用呼噜呼噜温软的声音干扰了她读书呢，于是在一个午后我把喵

星人放生到一块陌生之地。正是在那一年，女儿兴许是挂念白猫厉害，竟然在梦境里出现了一只白老虎，而就在梦后的第二天下班时分，大门死死地关着，怎么也打不开。先生从围墙上翻越，看到了家内触目惊心的一幕：一片狼藉，我家竟然遭遇了盗贼！当先生把反锁的门打开，我看着满屋凌乱的惨状惊得腿都发软了。经过打理，最终的结局是家中首饰一锅端。我试图找出缺口，竟然在东屋看到所谓的防盗窗被撑开了两根管子。先生用手挺一挺，那防盗窗的材料单薄得可怜，这哪能防得了一个或数个江洋大盗呢？分明只能作茧自缚而已。

晚上在卫生间，不经意间我看到玻璃镜上的一只手印，不由得倒抽一口冷气，也终于明白，卫生间是盗贼的岗哨之所。我的想象力不足以由一只手推断出一张狰狞的面目，但恐惧还是袭击了我，对于这个曾经温馨的底楼人家，我从此不敢一个人进门，每天下班只能死死地等先生一起开门。痛恨那一层简陋的防盗装备，为此，立马安装了第二层防盗铝合金窗，双层包裹，从此，我成了笼中人。

日子还在继续，安装防盗窗后，东房窗口外再也不挂绿萝、吊兰、金钱草、常春藤、吊竹梅之类植物，我的窗口景致逊色了，那种养眼的绿瀑从此挥手作别。

以后我独自在家的时候更喜欢待在园子里的弄堂口，总是唯恐盗贼会突然从哪间房里窜出来。而在这里，既能吹着弄堂风，又能看着园中植。苍天在上，白云飘浮，太阳明媚，它们会以一种宽大的胸怀给我的心眼注入一剂安定，更喜欢的是坐在园子一角看东侧弄堂里招摇过墙头的青青竹叶，听芭蕉在风声里拔节的声音，我的美好情致随着它们的不断成长还能被撩拨开来。我可爱的底楼之家啊，虽然，在这里经历了一次刻骨铭心的痛，但它依然能给我营造一种温馨的快乐。感念曾经在此看着满园绿植温暖欣喜写下《青青小园》发表于《吴县报》；感念曾经在此听着雨打芭蕉意兴大发写下《家园小弄》发表于《姑苏晚报》。

感谢生命里的那些匆匆过客在我家的小园子、小弄堂里出现，与花花草草、小猫小鸽以及园子上方的蓝天白云、日月星辰交往做伴，那段的生命时光特别充实、温馨。

一纸拆迁协议，我出卖了黄桥东街底楼老屋。在钥匙交出之前，我最后一次行使主人的权力启开这座老屋的大门，八年休养生息的蜗牛一般的日子幻作一枚枚记忆的树叶纷至沓来，十年租客们的生活气息掺杂在里头，乱码一样，我无法厘清这里的百般滋味。

大厅里，沙发满积岁月的风尘，餐桌默默地静守墙角，博古架上空无一物，地面却杂陈租客的弃物，厨房里水池早已被窃走，豁开一个牙口。

卧室里，橱门洞开，床板斜搁，租客的高跟鞋歪倒在墙角，

工作簿的纸页散弃一地。

小心翼翼穿过东卧，我一脚踩进了几十平方米的小园，满眼绿植出其不意地炫亮了我的眼。它们共同静守岁月，在最后一春里奉献给我满眼靓丽的春色，竟然如此美艳，如此热闹。

跨过楼上拆迁户弃置一地的杂物，我登上白色条砖贴面的椭圆形花坛。石榴伸过新枝拂扫我的脸颊，新叶娇嫩，羞答答地含着微红，一展娇容。

我低头钻过石榴枝条，却见酢浆草在脚下茂盛出满坛翡翠绿，绿意盎然，一派生机。

含笑在另一个花坛里友好地抛过花苞的媚眼，藏在绿叶丛中痴痴地冲着我一献殷勤。

一株野生的灌木丛讨俏地斜刺里伸过"手"来抢风头，凌乱了我的视野。

百子兰逼仄在一边，一侧的长叶拖拽出来，探求着坛外的空间。

南天竹挓挲着叶子滋润地在花盆里释放青春，坦坦荡荡、大大方方地平展了所有的叶面。

蜡梅在紧贴着南围墙根的条形花坛一角肆意地繁盛出枝枝条条，难不成还要蓄势待发下一个隆冬？

紫薇竟然将枝头招摇出墙，不知所探何物？

春风拂扫着满园绿植，绿植们不懂横陈在脚边的弃物的命运，它们就这样顾自无忧无虑、没心没肺地肆意张扬着最后的生机。

大型的网罩鸽笼仍然吊挂在小园东南角，只是鸟去笼空，咕咕的鸽音鼓荡着和煦的暖风在久远的岁月响起。一只书桌面一样大的鱼缸呆守西南角，鱼走缸空，鱼儿戏水的欢腾在脑际复苏。圆形花岗岩石台静立春风里，石鼓凳滚落在地，挺着鼓鼓的圆肚，恰似一名淘气的孩子。白瓷砖贴面的洗衣台好久没有人洗洗刷刷，顾自在春晖里殷勤地袒露着胸膛……

阳光普照着这些小园静物，它们不懂主人赋予它们的使命终告结束，依然忠诚地静守最后的岁月。

而我这所谓的主人，最是无情，用一纸协议换来新屋，所有曾经与我息息相关的这些事物都将清空在不日之后，只留得满地怀念、满脑记忆。

春风和煦，暖阳普照，岁月流转，我关闭这所底楼老屋的大门，犹如合上了一段人生长卷，却掩不住满心惆怅、满怀忧伤。

小区生活

老母亲今年"芳龄"78，是我们家最年长的寿星，一生过了整整76年接地气的生活。于2018年，我们把她和老父亲请到了水韵花都，过了2年"手可摘星辰"的神仙生活。

母亲却时不时地耿耿于怀这种鸟笼生活。我不解母亲的苦恼，母亲因为拆迁脱离了她的村庄，脱离了她脚踏实地的生活，脱离了和她一起聊天踱步的金乡邻。我自以为在拆迁当口，能给老两口安排小套房已经很尽力。

刚开始，我还沾沾自喜于所营造的这种新生活，入住高楼那天，我对着楼前活力岛的人工美景自豪地说："妈，这里能看到五座桥，能看到人民路底的彩蛋露天剧场，西边的河能直通书香公园。再远一点，能通到我们老家那边的湿地。"

我把楼前的景色说得天花乱坠，努力提高母亲入住高楼的幸福指数。我还进一步夸大高楼上的夜景："妈，你看活力岛南边的高楼，灯光里头，真像月宫里的琼瑶仙境。"如此王婆卖瓜，好像比住在金鸡湖别墅区还牛掰。母亲面露微笑，似乎对我们晚辈力所能及所创造的新生活很满足。

事实上，母亲的满足表露于颜面，而把那种新生活所带来的诸多不适应都隐瞒在心底。

我是从父亲那儿转弯抹角搞明白母亲的心思的，母亲不和我讲是因为怕伤我的心。她身边最能了解清楚她心思的是父亲，父亲知道她上下电梯犯头晕，父亲知道她住在高层不敢望远景，父亲知道她住在高层虽然南北通透，但是她敏锐地感觉到空气干燥，父亲知道她晚上因为听马路的汽车声吵而睡眠质量不高。但，母亲，在等待拆迁房的过程里，表现得总是很知足。

事情的变数有时出其不意，水韵花都的房子要易主了，我知道母亲在此的日子不长久了。

对于老两口的去处，家里小辈的统一意见是再租房。母亲不同意。她的主意是住到我们书香苑的大车库里，她说她喜欢过那种把脚落在地上的生活。可是住车库怎么行？好在书香苑房子里原本是为父母留有房间的，仅在二楼，与父亲商议后决定晚上住楼上，白天老两口在车库活动。

哪怕没有卫生间，不能用煤气，母亲坚持要到楼下活动，一应装修都不需要，还反过来安慰我："我在下面过日子踏实。你不要顾虑，好像把我们弄到车库心里过意不去的样子。其实，我喜欢着哪。28 平方米的地方，以前我和你爸干了半世活都没有享

受过的。"

母亲如此决绝地要争取白天的车库生活，我们小辈立马铺了地板。没几天工夫，小区里一波一波的老人家都不知从哪儿冒出来参观，看完后面露羡慕之色，把母亲的自豪情绪吊出来了，她笑眯眯地对我说："我都近80了，以后的日子就看身体情况，如果好，以后去住拆迁造好的新房子，如果不好，就在这里养老送终吧。"

母亲高兴这个能让她脚踏实地的新蜗居。蜗居里有一套我和先生结婚时专门请匠人打造的红漆家具，拆迁时没舍得扔，如今派上了用场。当年为了我们的婚事，打造它，是浸透了老父母多少心血啊，留为其用，母亲才是快活的！

母亲最为满足的是她能享受车库前的空地，一应大自然美好的东西，她都能直接真切地体味到。西边的小树林有充足的氧气，东边的日出有明媚的阳光，前面的小河有潺潺的流水。最可喜的是那片横亘在小河和车库前的一长溜绿化带，父母拔除了杂草，这里就变成了一个小小儿童乐园，以前这里"人烟稀少"，如今"花好蝶自来"，孩子们在这里追蝴蝶、跳绳、捉迷藏、荡秋千。母亲也很懂得小区的规矩，她坚决不种菜，不乱挂衣服，不用煤气，但当听说家中原来那套石台凳子还寄存着，便说："那个东西搬过来不碍事吧，老人小孩肯定都喜欢坐。"

母亲的意愿不久得到了实现，这儿便吸引了更多人，原来那么多人都是喜欢阳光、绿树，还喜欢那种自由自在面对面的交流的。

我们全家所有小辈，因为老父母车库蜗居的建设，都不由自主地变得脚头勤了，时不时来到这片天地，唠家常，说心事。母亲则是一个静静的倾听者，她的脸上那样祥和满足。

"面朝大海，春暖花开"，那是海子梦寐以求的诗意人生。

"采菊东篱下，悠然见南山"，那是陶渊明心向往之的桃花源。

在一个现代老人的心中，母亲，也是有简简单单的追求的，她喜欢脚踏实地地直面自然，还有亲人陪伴……

也许，这就是母亲要的好归宿。愿母亲在此安然！

苏州的初冬不会让人一下跌入冰窖，依然有着美艳和温暖。

杲杲冬日，书香苑像是打开了冬之篇的卷帙，温暖、斑斓、祥和地呈现着一派冬日的流光。在这卷帙里，一行行静伫的楼，就像一行行娟秀整齐的字，字里行间氤氲着小区居民生活的烟火，平凡不失温馨；一棵棵静伫的树，就像一幅幅五彩斑斓的画，无声无息间宣告着自然循环的一轮冬藏已然开始，安宁不失美丽。

书香苑的格局完全是中国式的对称。一条环形车道，由小区北中心点的传达室门口把日出日进的车流平均一分为二，两股车

流分道扬镳，缓缓形成两股动脉。但凡外车流入，无须指点，只需像一条游鱼跟进，也能从东半边顺流畅游到西半边，而后轻松返回原点出得门去。反之亦然。

车道把小区的十几幢楼搂抱在怀，呵护有加，一个椭圆的小区格局，无棱无角，成全了小区居民美好的生活。日子在相安声息间恬恬静静、平平凡凡地过。

书香苑，是一个小之又小的居民区，区域内的一些小广场、小土丘、小树林、小花道、小乐园尚且没有资格拥有中听的名字，正因如此，反倒成全了小区居民无尽的遐思。位于小区中心的小广场，原本是个喷水池，小区建立之初，它殷勤地盛放水花，辉映着日光和月色，颇得几分雅趣。然而，生活需要实惠，小区的孩子没有一片追逐嬉戏的场地那该有多么无聊。年久之后改造，喷水池摇身变为一片小广场，从此，它像一个大磁场，但凡楼道里出来遛弯、晒太阳、吹凉风、放逐身心，甚至海阔天空地东说阳山西说海，都在此间演绎，它成了一个生活的舞台。舞台的主角是留守其间的老人和孩子，但凡年轻人，都有工作在身，得为稻粱谋，基本奔波生活去了。

冬日来临，喜见太阳，陆慕奶奶就迫不及待地对囡囡说："快吃早饭，好婆带你去'太阳'广场白相。"胡家阿姨也会对团团说："带好扭扭车，我们去'镜子'广场玩耍。"还有陕西婆婆对着大爷说："'月亮'广场边的红枫像一片云，走，给我拍照去。"

呵，一片水泥铺就的广场如此得人宠爱，竟然拥有如许多的雅号，它袒露着胸怀，任着淘气的孩子在这里踢踏、旋转、奔逐、嬉闹；那些老人为自己创造了观瞻小区冬色的契机，他们带着孙辈，在偷得的生活闲暇里感受着广场周边冬日的美好。

黄桥阿婆在银杏树下捡到了一握白果，一副笑意盈盈的模样。陆慕奶奶拿着一片鎏金一般的银杏树叶逗着囡囡扇风，娃儿咯咯笑出一口小白牙。胡家阿姨的娃娃昂着脖子看到了香樟树上垂挂的无数黑果果，纠缠着阿姨要上天摘取那些天上星，阿姨无奈之下只能弯身弓背在泥地落叶间寻找残留的小黑果。陕西婆婆刚在鸡爪槭红艳的"云层"边拍好靓照，又在一边找到了滚落在地的松果。蠡口阿爹对一只扑棱棱飞起的鸟儿生发了兴趣，目光追随着它逡巡到高大的广玉兰树冠上。北桥阿婆的淘气包孙孙脱离了管束，手执一柄橙黄的网套，游离到土丘背后，竟然想捕一只冬日里的蝴蝶。讲话讲过头的北桥阿婆回过神来，因为眼睛里扫视不到小广场上淘气包的身影，正着急呢，目光不断转变扫描区域，终于停留在不远处那个小土丘上，淘气包安静地蹲守在半坡上，莫非已然逮到了一只冬日的小蝴蝶，还是捡到了一张比书签更美丽的冬叶，再抑或是在泥土里抠到一粒闪着光的小石子，误以为淘到宝藏了？

冬日流光漫洒在小区的一花一草、一楼一路、一亭一台、一

丘一场，它像一层温温的、暖暖的奶油。冬日的呵护下，书香苑洋溢着一派温情、幸福、安详。岁月如此静好！

疫情期间的周末一直是被淹没的，总是接着单调的日子过重样居家的生活，几乎没有出行记录，没有娱乐气息。掐指算来，孩子们憋在家里已经好长一段日子了，生活半径小到以米计算。

在日复一日的居家日子中，渔儿听说今天是周日，突然被激活了玩乐的念想："我太想出去玩了。"

我雄心壮志地对渔儿说："你早上赶紧把作业完成了，下午带你去附近公园转转。"

这是多令娃高兴的事情啊，可是查询得知附近好多公园都不开放，那么日子得复归死水一潭？

四月的春光如此美好，怎围得住娃的心？下午，奇迹出现了，渔儿从小区里转了一圈回来，火急火燎地在家里倒腾什么，又一溜烟地下楼玩去了。

我也随后下楼轻松片刻。小区最热闹的地段在小太阳广场，平常的日子里，娃儿们都在这里玩耍。疫情期间，这里搭建了帐篷，延伸到中轴线上，蓝色篷顶高高地悬浮在春光里，山峰一样。已经过了寒冷的日子，娃儿终于按捺不住，这里又现玩耍的身影。

找娃儿，自然首先要来这里，远远地，我就看到蓝色的篷顶下孩子们骑着各种小车在白色的支柱边穿梭，一会儿出来，一会儿进去，欢乐得像小燕子。我踱步进入，看到的是邻居家一些小娃娃的身影，有奶奶热情地招呼我："你家娃在那边呢。"

循着手指方向往东望去，隔几棵树，绵延的小坡上有几个大一点的学生娃在玩耍呢。趋近去，哇，几棵大树上还挂了几条帆布秋千，彩虹似的，娃儿们出来晒太阳，不负这四月春光，都把小区当公园玩了，一个个都戴着口罩。小坡下的凉亭边，看护娃们的爷爷奶奶们保持距离或坐或站，其乐融融，边聊边随心地看着小坡秋千上的娃。

娃儿们在各自的秋千里做自己喜欢的事，青衣小男孩优哉游哉，仰面躺着，眼睛微闭，接受春光的抚摸；粉衣瘦女生则推着秋千里躺着的小弟弟，一晃一晃，辫梢的紫色扎结被甩活了，仿若两只真蝴蝶；渔儿也在利用自己秋千的惯性晃荡着身体。突然，她看到了附近棕榈树上的小黑果，大发疑问："奶奶，棕榈树怎么春天结果子的呀？"

这可难不倒我，一句话便甩了回去："你有小天才手表，自己查证一下，别总依赖老人家。"

你玩你的，我也该赏我该赏的小区之景。

环顾小亭四周，我这个一直龟缩在家中的当局者着实是太迷糊了，小区里如此美好的景象怎么竟然没有好好留意呢？这里俨然公园一角啊。亭边的红叶檵木灿烂如云，正把华彩释放到鼎盛

耀眼呢。

　　踱上小木桥，穿过沙池，是一片小树林，鸡爪槭的绿叶平展在半空，撩拨得人心儿痒痒，凑近一看，茎尖抽出星星点点的小红花，细微密集。高大的银杏树枝条上也长出了嫩绿的叶子，一片片指甲一般，树下的坡地上落满了陈年的银杏。记得去年母亲等几个老人曾经来捡拾过这些自然馈赠的果子，可是更多的果子来自自然，又回归自然，它们集体躺倒在春日的松土里，逐渐会被光阴的小草湮灭，无声无息。一棵野桑树肆无忌惮地舒展枝条，招展出薄薄的、嫩嫩的、皱皱的叶子，一条条小桑葚垂挂着，绿色，边缘接受了阳光的照射已然微微泛红，像煞一条条毛毛虫。

　　四月，漫步小区，如同沉醉公园，满目春光，恍然如梦。春天终究是无可阻挡的，它在小区人间释放着满腔温情。

辑二　渔民一双

渔民一双

屋檐是家与世界的交界地带，它乃由家而闯世界的跳板，也是由世界而归小家的桥梁，是疲劳心灵的栖息地。

耄耋父母见到我回家，高兴得像小孩，聊天大片里他们总喜欢讲那过去的事，一触及渔事，便有无穷乐趣。

屋檐情

父母的婚姻稍微有些悖逆常理。母亲大，父亲小，母亲是姐，父亲是弟。母亲多吃一年饭，多食一年盐，多行一年路，所以在我们家，母亲主事，不过父亲并不是妻管严的那种，他至今掌管家中的经济，却听从母亲定夺。其次，论相貌，母亲至今还是个美丽的老太婆，父亲却长有一副五短身骨，皮肤黝黑。论性格，母亲性情温柔如羊，父亲年轻时据说是皮猴一个，羊如何驯服得了猴？自然匪夷所思。

由结婚的照片看来，母亲面容清秀，齐齐的刘海，长长的麻花辫，该算是一位美丽的村姑，因而母亲有两次被人追捧的经历，但不知是母亲觉悟高还是昏了头，拒绝了地主家的聪明小伙，也拒绝了外婆给她配的人。按常理，母亲那样挑剔，该找个相当的小伙，但却被父亲追上了。父亲什么人？年轻的时候调皮得出骨。父亲曾被上海的舅爷爷收为养子，但在区区小阁楼里大闹天宫，外加水土不服，自然惨遭遣送。后来长大成人时正值三

年困难时期，与叔抢食饭桶剩羹，竟然将饭桶倒扣至叔的头上，又险遭驱逐出境。按照青出于蓝而胜于蓝的理论推算，如若我继承了父亲的这些顽皮因子，那我恐怕不只是一只顽劣的猴子了，幸好，天无大任降于我也。我是父母的长女，在母亲的调教下，尚柔韧，能静得下心来绣花做毯，还像那么回事地读书，于是便有人说我像母亲，夸我呢。

其实像我父，也不赖的。父亲无师自通木匠、泥水匠等许多活计，我们这个小家的一步步由贫穷而殷实很多都是仗了父亲的这点子小殷勤。当然最终得归功于母亲调教有方。母亲的调教才让父亲将这些小才能发挥得淋漓尽致。

父母结婚的时候，是遭奶奶反对的，老人不喜欢属羊的反大了父亲一岁的母亲。但父母的婚姻在那个时代也有点小小的壮举，他们的自由婚姻仗着父亲雷厉风行的性格和母亲的漂亮贤惠自然最终是令人刮目相看的。

父母的洞房和爷爷奶奶的老房只隔一条苇席，父亲结婚时穿的袜子是鸳鸯的，并不是特立独行而为之，实在是贫穷哪。据说铺床的棉胎被花布包裹着，待母亲拆洗时发现竟然是藏有暗洞的老棉胎。母亲忆苦思甜时常常会摇摇头说："嗨，那时家家日子都不好过，只是像你父亲家这样的也真是贫穷到根上了。"不过那时贫穷的父亲根子正，母亲兴许就是冲着这点恋上父亲的。

　　结了婚，父亲还是父亲，父亲的雅号"齐天大圣"一直持续到我童年时光，那时我是很以此为荣的。在乘凉的场上，我边在竹榻上蹦跳边拿父亲的雅号抖出来逗小伙伴羡慕，那景象是我童年生活中十分幸福的回忆。

　　之后，母亲又怀上了。她体弱多病，还坚持劳动，一次因为挑担用力过度，母亲就早产了，生下了一对双胞胎兄弟，但兄弟们呱呱坠地后来不及抢救就死了，母亲也大出血。这五雷轰顶一样的巨大打击来之突然，父亲以一个男人的肩膀担起这个风雨飘摇的家的责任，也懂得珍惜母亲那虚弱的身躯。父亲连夜划着小船将母亲送往苏州城里。到得河埠头后，父亲抱着昏迷的母亲跑了不知多少路终于跨进了三院，医生立即施行抢救手术，出来告知父亲：由于出血过量，为了保全生命，得取下子宫，以后再也不能生育。父亲毫不犹豫签下要保全母亲性命的单子。院外，老天大雨如注，院内母亲昏迷不醒，父亲泪如雨下。

　　这一次磨难改变了我们家的走向，我成了那个时代的独养女儿，凤毛麟角。

　　我在父母的呵护下快乐地成长着，享受着独养女儿的尊贵，虽然到如今并没出息成何等样的角色，但回到邻里，父母总是以我为荣，因为我有一份比较稳定的工作，也懂得常回娘家看看，尽一份女儿的心力。这当然也得归功于母亲。

　　在奶奶生命垂危的那段时光里，母亲率先向父亲提出将奶奶

接到家来，母亲用她的实际行动尽着赡养老人的一切职责。母亲是我的榜样，渐渐地我当上了母亲的助手，也懂得去为老人洗衣、叠被、梳头了。

母亲的言行感动着家人和邻里，自然说话就有了分量，父亲就特爱听母亲的。人说夫唱妇随，妻荣子贵。在我们家是妇唱夫随，但也其乐融融。有人说：大富由命，小富由勤。父母始终坚信要让日子好起来就只有靠勤劳。父母六十多岁时，竟然老有所为都还坚持着要工作，母亲遵循的至理名言是："生命在于运动。"母亲还有一句话："生命在于科学养生。"母亲的话有理有据，均出自半导体、电视机，所以父亲特爱听。母亲坚持天天喝豆浆吃水果，但有节有度，父亲在母亲的生活理论指点下一天都不落地磨豆浆，吃得两人精神矍铄，面色如童。每每当母亲出现在我办公的单位时总有人不无羡慕地说："你妈皮肤怎么这么好？比你白。"咳，我另立门户了，父母的豆浆自然恩泽不到我这边了，真希望能天天回娘家啊。

回娘家是我每周周日例行的公事。父亲会受母亲之托携着小狗在村头驻足迎我。到得娘家，母亲就会指挥开来："老头子，去倒豆浆，去洗苹果。"把我弄得客人也似。其实我更想为父母做点什么，但父母总说："我们又没老到要让你服务。"

回娘家我最感兴趣的事那便是像一只猫儿那样蹲歇在母亲身边，看母亲戴着老花镜一针一线地绣婚礼礼服，母亲至今还能静心做这一类的加工活。而父亲呢，叮叮当当在如法炮制践行着母亲的家庭美学，几片木板在父亲的拼凑下便成了一只四四方方的鸽棚，几片枝叶在父亲的一番侍弄后就成了一盆小景。父母的家花草繁茂，鸟鱼玲珑。

闲聊中，母亲见这几年外地来的民工很多，就说在我家西边村头建些出租房兴许让人能图个方便，自己将来养老也有个盼头。父亲立竿见影就将计划变成了现实，还特地在村头驳了河滩，方便了大家。

日子过得真快，父母家西边沿河所建的几间平房如今已为老人家创收经济效益。父亲在沿河铺了彩砖、搭了凉棚、植了一溜香樟，香樟已然高过屋顶成就一片阴凉，给租屋的人带去了惬意和荫福。

有了出租房，父母的日子就格外充实快乐。哪家缺凳少桌了，父亲就会敲敲打打立马兑现；哪家停电断水了，父亲就会开放家园水井。母亲呢，也会裹些小粽、做些小鞋之类赠予这些有缘人。

父母有个约定：虽然他们是农村人，但如今政策好，有养老金，又有租房钱，他们希冀着能够攒够颐养天年的钱，到最终如若谁有个毛病什么的，当然得看，但用到他们约定的数字就放弃。人总有一死，生老病死是自然规律，他们说现代老人大多也可以自食其力不需要依赖小辈的。

生我养我的老父老母啊，愿你们一直这样健健康康、和和美美地生活。你们，永远是我的骄傲！我爱你们，我的老父老母！

我在混沌母腹中的时候，母亲与我的关系是脐带，是母亲一点一滴把生命的精血通过脐带输送给了我；我在牙牙学语的时候，母亲与我的关系是袍带，是母亲亦步亦趋拉着袍带把我从蹒跚的婴儿训练成一个能够"自立"的人。而后，我走上了自己的路，终于在我二十有几的那一年，我把目标锁定在黄桥镇上，在那里安上了我的小家。而母亲还在那个叫北庄的渔村，距我一条十五分钟才能步行到的曲折路途，那路从此便成了我与母亲往来的纽带。

这一条纽带从我走向母亲由热闹渐趋安静，终至寂寞。路的第一段是街道，有华灯，有人流，有车鸣；路的第二段是田埂，是池岸，崎岖坎坷，也风光这边独好；路的第三段是母亲的家和她赖以生存的那个渔村世界，有炊烟，有鱼腥，有谷香，也有半导体传出的袅袅的评弹清音，父母就在那一头寂寞地生活，因了"放飞"的我而寂寞地生活着。

这条纽带从母亲走向我是一种母爱的传递，是一种亲情的关注，是一种思念的寄托。十几年了，这路是一条时间的长河，父母就在奔波的路途上一点一滴地老去、老去；头发白了，皱纹多了，牙齿松了，背也佝偻了，而路承载了母亲送给我的一篮又一篮鲜鱼、一筐又一筐萝卜、一袋又一袋白米，父母的脚印嵌刻在泥里成了思念女儿的永远的"红色印章"。那"红"，是母亲的心所滴的血，那"章"，是父亲的力所烙的印。

这一条纽带从我走向母亲是忙碌趋于休闲，终至享乐。从小家里走出，我拽着女儿的手，我们似乎都是劳累的，因为平日里我工作着，像只陀螺，女儿学习着，像颗螺丝钉。走上马路，步入樟林，穿越田地，移步池岸，我们便成了自然景致的观光者，我解读着麦儿的成熟书，女儿领略着樟林的成长史，都喜不自胜。我们还驻足小桥，观假日垂钓的城里人。又偶尔欢喜地与往来于路上的似曾相识的村里人说天气、道年成、拉家常，优哉游哉。进入村里，饭香、炊烟、评弹交相蒸腾，挥发成一种迷人的农韵，让我们小娘俩不由得赛起脚步。往往女儿先奔到村里牵出老父，然后老父从弄口探出头来迎我，我们又汇聚成一个"幸福团"。折一个弯就到了家门口，我回到娘家了！母亲用张罗了整整一上午的菜肴款待我，我在父母关爱的目光里狼吞虎咽，无所顾忌地享受。

这一条纽带从母亲走向我是不尽的送行，是千般的叮咛。当我和女儿在我的父母亲那里吃饱了喝足了，父母就牵着一条小狗开始对我的送行。日里，送我的必然是母亲，母亲还有许多的嘱咐需要在路上向我倾吐；晚上，送我的肯定是父亲，执着手电亦步亦趋，带着母亲的叮嘱，父亲像是一位奉命的警官，一路赶去

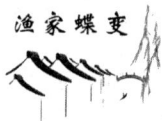

村野里窜出的狗，直到把我送入街区，明亮的灯光把我的身影投到脚底，父亲才消隐到乡村的黑夜里，归入他的寂寞中。而每每在我到得我的小家时，纽带的那一头又会从电话里传来母亲老迈的问候："你们到家了？我放心了，你们歇着吧！"

我可敬的老父、老母啊，我爱的回流在你们关爱我的那股洪流前永远是这般渺小！让我在心底默默地祝愿你们健康长寿，永远永远！

父母给予子女的爱是并不会因为自己的贫寒而打折的。父母给予子女的爱没法计算，这完全是一种极致的奉献。贫穷的父母和富裕的父母各自给予儿女的爱都是倾其全部爱心的，因而在爱的享受上子女都是富有者。

父母为子女奉献了全部的爱后终有一天是会老去的，他们在垂垂暮年的时候也理该享受来自子女对于他们的爱。这种爱的回报是没法等同于父母曾经的奉献的。

我不是一个钱财的富有者，没法让父母尽情享受现代的物质文明。

我也不是一个事业有成者，没法让父母为我而自豪。

我只是一只陀螺，我在事业上旋转是为了维持生活，因而我疲于奔命没法敬候在老父老母身边，只能常常地让老父母在电话里听听我一个女儿的心音。

　　即使我富有、我成功、我有足够的时间，我尚且报答不了濒老的双亲，更何况我如此这般平常庸碌，我唯一能做的就是挤点时间常回家看看。

　　可是我作为一个年轻的母亲同样也在用我全心的爱奉献于我的女儿，因而我的女儿成为我回娘家的阻力和屏障。星期六，女儿要学画，我得陪着；星期日，女儿要上苏州城吃肯德基，我还得陪着，于是我便让我的老母体验了什么叫望眼欲穿。

　　我作为一个男人的妻子，同样也在用我的真情生活着，因而当周日来临，似乎我的最佳表现就是牺牲我的休息去为这个小家打点干净而后准备一顿丰盛的午餐。如此这番，我的老父的餐桌上常常会因为少了我们的光临而寂寞难耐。

　　在父母与我的新生活之间我总是两难，有时拖儿带女回娘家看看便只能让先生将就一顿盒饭，先生有时一同回家便把父母忙碌得可以、高兴得可以。更多的时候是父母为了让我安心地享受难得的节假日就给我自由的机会，让我只管顾好小家庭就可以了。可是当我心安理得地享受了自由后，我最常念怀的还是老父母，他们老了，对我没有大奢大望，只简单地让我回家看看，这点小事我都做不了，我何其懂得父母的心啊！

　　回娘家看看是不应该有理由推阻的啊！回娘家，我既不出力，也不出钱，这些父母从来不曾要求，我只须带着一颗女儿之心去看看啊！就是这点老父母也不能享受，即便我难得回了趟娘

家，他们哪里知道我之心原本是被女儿偷了去的啊！啊，难道因为我要做我女儿的母亲而不能做好我母亲的女儿了吗？

我只求我的父母永远安康，好让我回娘家的梦想永远做下去。

屋檐是家与世界的交界地带，它乃由家而闯世界的跳板，也是由世界而归小家的桥梁，有时甚或是疲劳的心歇顿的栖地。

渔家人喜欢借个屋檐晾衣、歇足、聊天、打盹、织衣、晒种。而今渔家人造了楼房，楼上有了阳台，晒衣便怕风吹，看景更喜高远，故而对于屋檐的所用就渐显冷淡了。

而老人们似乎仍是钟情于屋檐的。外婆劳累了一世，在80多岁的高龄上已爬不得楼上去做居高临下或高瞻远瞩的美事。她静静地占据屋檐一角的老藤椅，心已占据不了世界，可是世界让她占据了一角的阳光、一角的和风、一角的安宁。在屋檐下晒太阳的时候，外婆浑浊的眼里始终含着对世界的感恩和喜悦。

屋檐下父亲所钉的铁钩上挂着腌鸡腌鱼，太阳的热温把鱼肉们熏蒸得油亮亮、焦辣辣，肥肉更显油，精肉更显红。母亲借着天气大好的时光把被啊衣啊褥啊晒得像飘荡的旗帜，这些家用中最温软的东西在太阳的爱情里抒发着最柔情的香味。母亲在屋檐下的水泥地上晒了一匾腌萝卜干，萝卜干们卷缩得尽显褶皱，它们比不得如今市上的时鲜货，可绝对诱人胃口。母亲还晒了一地毛豆荚，它们是被煮熟了铺在报纸上的，太阳无形的手把毛豆荚剥得哔哩啪啦，那毛豆的清香是能将小孩吸引得一个下午都团团转的呀。

母亲当然也会为花们留一席屋檐的风水雨露阳光月华的，不知花们在屋檐的冬天里会做些什么五彩的梦。

周末，母亲为一家所留的是一桌温馨的团圆饭，冬天的家里阴暗缺少阳光，屋檐底下低矮的临时餐桌上青菜泛着油油的青光，土豆冒着爆炒的清香。父亲把鱼骨抿了又嚼，而后随手扔给场上的小狗、小猫、小鸡、小鸭，看它们为了一点食而争个鸡犬不宁。娃儿吃一口饭就跑出屋檐下到场院去打一会儿弹子，练几圈花样漫跑。好不热闹的渔家乐啊！这是只有在屋檐底下才能尽情发挥的渔家乐呀！

屋檐下对于我们年轻人来说绝对是聊天之所、打牌之地，不久过后我们会在屋檐的水泥地上飞满瓜子壳、丢满橘子皮。而母亲是不全把屋檐底当作她理应歇息的安乐之所的。有时，母亲会在屋檐下飞针走线把一家人破损的衣类缝补个妥妥帖帖、舒舒坦坦；有时母亲会在屋檐下粘粘纸盒、剪剪橡胶底，以她垂老的双手继续着生命的运作而后获得自食其力的慰劳。啊，屋檐分明是母亲又一劳作的工场！可是她没有我们小辈劳作在办公室如同搏杀在疆场的丝毫怨怼，因为屋檐底下的母亲是平

静的、安详的。

母亲不喜欢阳台，据说是太孤、太高了，而仍然喜欢着她的屋檐，因为屋檐底下宽敞、明亮、舒坦、安宁。母亲、父亲是难了他们的屋檐情的，故而他们迟迟也不肯住到我们街上的房里来。

怀念那一屋檐的温情和热闹，那是老家曾经的特别风情。

父恩如山

我的父亲，五短身材，不魁梧，却结实。因小时家境贫寒，排行老三，故父亲得一绰号：小三子。苏州的方言大概有轻蔑的意味，我的祖父母却喜欢这样叫唤他，在他们心中越是无足轻重的小猫小狗之类越是在自生自灭中容易存活。父亲果然一直活得很好。

在我的印象中，父亲一直是我最好的依靠，他有强健的身体，从来不需要上医院，他从来不曾体验过头痛、发烧、感冒之类，因而大概也从来享受不到人们那种因病而得的特殊的关爱。在我们先前这个三口之家，从来都是父亲在关爱着母亲孱弱的身体和我幼小的身体。在现在我们扩展起来的六口之家中，即便父亲走过了盛壮之年，他依然源源不断地在向子辈、孙辈尽献着他的关切之力。爱从父亲这座山向我们这个温馨的家流动着。

父亲自己虽然不生病，却很懂得为母亲为我等防病治病。我小时候得了气管炎，一直干巴巴地咳，咳得两眼冒星，双胛耸成

两座小山，头里嗡嗡嗡地直作响。母亲心疼得掉泪，她打探到了一种土法，用蚌肉炖着吃。父亲往往是一个大实践者。他总会想方设法去摸蚌，附近的港河湖汉他都去过，其中西堰栅、三角咀里的蚌最好，父亲经常去那儿摸。摸回蚌来就想着法儿做来哄我吃。还听说枇杷叶煎露也能治病，父亲特地做了个长长的弯钩，往枇杷树上一钩，几张毛茸茸的枇杷叶被摘下了，父亲用那显得粗壮笨拙的手执着板刷在砖板上细细地把绒毛擦洗干净，然后入锅煎煮。小时候，我吃这吃那，气管炎果然治好了。我知道父亲的土法好，父亲的爱也深，不容我不好的。

父亲身体结实得让我们总是忽略了对他的关心，而父亲从来不计较，总是勤劳地干这干那，像台机器。母亲说老头子身体这样好全是因为他勤劳的缘故。

父亲确是勤劳的，不管做什么事他都有板有眼。父亲在工作场中向来是个抢手的人物，年轻时不消说，在他六十出头的时候，依然被人聘到橡胶厂里重用。他虽然是负责记账排单的，但得空总会到车间里又是收拾又是装袋，汗水挂得流进眼里发痛，流进嘴里发咸，父亲像一只永不厌倦的陀螺，转得欢乐。因而老板破例给他以青壮年人的工资待遇，为此，父亲格外自豪。

在家里父亲也是个闲不住的人。电视机勾引不出老父的闲情逸致，只会催他早早入眠，父亲不爱这玩意。家里旧式的灶台全拆毁了，父亲却念念不忘堆在一角的破旧木板，于是搭起旧行灶劈柴烧水，既打发了辰光，也节省了开支。父亲总不喜欢听见我为了一些兴趣的事忙个不停，怕我累坏了身体，倘若听见我出了什么花招而无能为力时又总是他在默默地帮我实现着心愿。我多半是个爱空想的人，想鱼饵，想鸟笼，想这样摆布，想那样装点，花头多得透。父亲默默地听后就开始了立竿见影的大行动，他回到他的老屋里叮叮当当地折腾。毛毛雨下起来了，父亲在场院里忙活，雨大起来了，父亲仍在场院里忙活。母亲责怪父亲不会把事情分到第二天去做，而父亲就是认定一个理：只要女儿喜欢，当天非要干出来不可。我在自家屋里悠闲地享受晚餐，父亲乐颠颠地扛了个鸟笼来了，怕我累着，又冒雨把它安进了我家小花园里。为了我浇花方便，父亲要替我家开一口小井，井儿开了，可就是隔几天出不了水。父亲趁着空当跑了我家不知有多少回，钻研了不知多少法，最后终于实现了我的心愿。父亲干活的那种执着精神一直让我深深地敬佩。

我深深爱着的老父啊，你的身体再强健，也总会老去，总会衰弱。女儿在这里为你祈祷，好人会一生平安！

那时节，村中大多人家都要创造条件养几头肉猪，以贴补贫乏的家用。猪的肥瘦、猪的轻重、猪的大小、猪的多少取决于主人的勤劳度。父亲养了猪，我童年的生活里便经常有些"猪饲料""猪毛屎""猪耳朵"之类的语汇，它们把我彻底地熏陶成

一个村娃，沐浴着猪草的芬芳、猪饲的腻味、猪粪的沤臭，我何尝不也像头小猪呢？父母勤劳养猪的生涯里，我竟也长得猪样壮实。逢年我会吃上肉饭，那滋味肥醇甘厚，经久不能弥散。我渴望并珍惜着童年生活里父母赐予我的这份不易轻得的肉饭。

每每肉饭之前便会经历一场戏，看被供养了好些时日的肥头大耳的猪被捆被宰。那时，日久也与猪生得一些交情，在屠宰场上，猪的性命关天虽然激起了我一星怜悯，可是我只选择捆猪一出戏看，至于如何被宰，我是连猪的挣扎于屠刀的嚎叫也不敢听的。屠宰的一幕我从不曾看得，可是想象的楔子会深入猪的骨髓，每每这时我会捂住耳朵拼命摇一摇头，算是了结了可怕的联想，以便吃肉饭的时候有个好胃口，有个好心情。猪生性是个被屠宰的命，肉饭香彻我饥馋的肠胃，我便不在乎它的被屠杀了，我更在乎大快朵颐的一幕。

捆猪一幕场景至今是记忆犹新的。一般捆头大猪总要物色个身强力壮的人做帮手，可是父亲只叫上母亲，父亲在捆猪时候爆发的威猛让体弱多病的母亲尤为自豪、满足、踏实。

父亲事先准备两条草绳让母亲拿着，以伺机传递。父亲在猪圈外一边喂猪饲料一边对猪实行最后的人道，他拍拍猪头、拧拧猪耳、敲敲猪屁股，而后跨入猪圈与猪斡旋。猪生性胆小，也生性愚鲁，因而常常估摸不到自己大祸临头，只一味地"咕咕"躲闪，遇有美味饲饵还禁不住诱惑馋上一嘴，往往这时节被父亲抓住了擒捕的契机。

你看，父亲轻轻掩至一边，而后猛地抓住一只后蹄把猪身扳倒又迅猛擒上猪身，猪只把浑身的力气在身上扭结，一侧的猪蹄早已被父亲牢牢握住。猪拼命地呼号着，那是临宰的哭丧。而对于村人，这分明是喜悦的征兆，一会儿猪圈前吸引了许多村人，这时节调皮的男孩会把我这个黄毛丫头毫不留情地挤至一边，恨不能凑上前去幸灾乐祸地戳戳猪屁眼。而父亲正紧张得可以，他使尽全力将一侧的两只猪蹄扳到左手中，母亲迅速递上草绳，父亲牢牢地把猪蹄捆索成交叉状，捆好两只脚，父亲仍然连喘息的机会都不留，因为这时节万万马虎不得，猪还剩两蹄可以挣扎，要是遇上草绳烂一点，很有可能把绳索绷断，第二次捆猪可不是那么容易的了。

父亲一手抓住交叉的双蹄，一手拽住猪耳猛一使劲将猪来了个侧翻身，然后双膝跪住肥胖敦厚的猪肚，再捆扎另两只猪蹄。

当猪四蹄被捆，只留下声声悠远持久的嚎叫时，父亲算是完成了宰猪一部曲，这时节男人们就会在一边悠悠地与父亲做个估计：毛屎多少，净重多少。男孩们伺机在猪耳上挠痒痒，在猪尾巴上系草绳，还甚或用稻草芯子戳戳猪屁眼，把猪折腾得长一声、短一声、高一声、低一声地嚎个不歇。我这时节往往是会拽住了父亲的衣角，又是替父自豪又是替猪可怜不已的。

猪啊，我幼小的心灵里是不懂为你祷告的啊！父母全身心地

把你和我一起供养长大。最终你的生命为了我这样的人做出牺牲！父亲对于我无限的怜爱让他在一刹那间对辛苦饲养了几个月的你失去了任何意义上的同情。你的生命将融入我们人类的血液，成为我们在日后挣扎于生活的又一动力。

如今忆及捆猪的一幕，对于父母给予我的那份肉饭的隆重典礼，我似乎应该读懂些许他们的心意了。

听父亲说他抱养了一只小狗，女儿不胜欢乐之至，说星期日定当去爷爷家认一认那家庭新成员。

我厌恶狗是因为其狂吠的丑样令人毛骨悚然，还有那同类所犯下的恶名声诸如"落水狗""恶狗"之类，实在叫人不敢恭维。狗忠于主就逆于客，狗们总是很盲从，它不嫌家贫，它不喜新交，它只一味地效忠于它的主人。它是那样紧密地胶着于某个家庭，成为这个家的守门神，它却又那样毫不留情地以黄眼小觑着一切所谓外人。它的狭隘的忠君侠骨让主人自豪，它同时也屏弃了无辜的甚至友好的其他人的一番热血心肠，它曾经吠乱了我造访一位朋友的一片热心，因而我觉得它可恶。更可厌的是它还说不准就带着置人于死地的狂犬病毒。因而哪怕我有幸成为狗的主人，我也并不稀罕它的尽职尽忠。

我竭力反对女儿去认小狗。可是狗已然成为老父生活中的一部分，而我是必得肩负着常回家看看的任务的，因而我无法拒绝小狗的介入。女儿因此幸会了狗：那是一条幼小得尚不懂世故的灰色草狗，它终日被颈圈锁着，兴许是出于老父对其的驯养？抑或是出于老父对其的爱怜？那绳索果真驯化了它，老父对狗的爱怜由绳索的一头延向狗的心间，狗对老父和对我们全家的忠诚便由着绳索的一头传输了出来。颈圈解下了，从此，在老父的身边常有它绕膝而行的憨模样，老父小屋场院的夕阳里也总多一道它坐守吠天的乡间剪影，当然在老父出出进进的路途上，就更是影随身形地多了一路十八里相送的缱绻。

从此我在节假日探望老父的场景变得热闹隆重起来了，因为有了狗的迎接；作别老父的场景就不再像以前那般干脆利落，是狗的一程又一程相送让我和老父之间多了几个回还。狗总介乎于守家和相送的两难之间，它的忙碌似乎让我有些懂得从此我该多回家看看，老父老了，如今侠义相伴的就只有小狗。小狗消解了老父生活的寂寞，我似乎应该感谢它。

我无法接受忠诚于别人的狗的攻击，可它作为我家的一部分之后，我却懂得了狗原来也是十分可爱的。

人喜欢把什么活计都会干一点的人称为"三脚猫"，我的老父亲就有点"三脚猫"的功夫。

我五六岁的时候，父亲在苏州光福白泥矿工作。父亲的身影藏在山里，他对我的满腔慈爱竟然是通过小玩意传递的。那柔软

的藤条编织的"小篮"细密精巧，那玻璃丝带缠结的"小虾"玲珑可爱。因为有了父亲编制的这些小玩意，我的童年生活就此精彩了许多。

我读书时，家里经济情况能有所好转，完全是因为家中的顶梁柱父亲的能干所致。父亲干活利索，什么都喜欢自己尝试着去做。家里盖个小平房，父亲操起泥瓦刀，砖是他一块块、一层层亲自垒上去的；梁是他亲自种、亲自刨的杉木，父亲的利斧起落，父亲的锯条呼啦啦地来回，地上落满了雪花一样的木屑，我的鼻翼飘满了木屑香，我们一家的心间都洋溢着欢快的融融情义。

房子盖成了，父亲又着手处理残砖断木。隔三岔五，他会垒出个鸡窝，打出个板凳，邻家男孩来了，就有木枪相赠。父亲还特意为我敲打出一个玩具小木屋，凿开一扇小窗让我塞硬币，我节俭的源头大概就始于这座小木屋吧。

父亲步入花甲之年，农村人没有什么养老的本钱。父亲想起西边整出的一片垃圾场上还有我们造房的计划，他要造屋出租。父亲断下杉木，刨下树皮，削尖竹片，码起装泥的袋子，在河边把垃圾场拓展出去了。为了使出租屋牢固，父亲浇地基铺水泥制板。又用四方小砖在小屋的西边铺就一条小道，还沿着小屋的屋檐用彩钢瓦搭成一道凉棚，路边植上小树，这里顿时成了景色宜人的小小"居民"住宅区。为了方便租户的起居，父亲沿河钉下了几个木桩，用铁钎和泥铲把几块长长短短的水泥板铺上，曾经萎缩的河滩又复活了。从此，这里人气兴旺，父亲也有了出租屋攒来的几个小钱可以为自己养老了，而租屋的人竟然像磁铁一样在这里转悠。他们洗衣、聊天、打牌，居有定所，其乐融融。

　　父亲就这样在用他的活计向我和我周围的人传递着他的关爱。

　　父母把生命赋予了我，在我还没有珍爱生命的能力的时候，他们用点点滴滴的深情呵护着我。在我拥有了这份自理自立自强自爱的能力后，父母依然没有放松对我远程的关心，我是他们永远的女儿，他们是我永远的生命之旅的关爱者。

　　我和父母住得不远，每个周末我例行着这样一件事：回娘家。常回家看看的人名声肯定好，因为她占着一条光荣的理由：孝顺。其实像我这类经常回娘家的人所孝敬给父母的只是一种心意，真正在付出的永远是父母。老父母自己平常不舍得吃用，但为了我和我新的一家的回归他们会像过年一样庆贺，准备了我们最爱吃的一些菜肴，还包装了几许可以供我带回享用的东西，源源不断。也许我在另立的新家里会像我的父母一样辛勤持家，因为我也有着舐犊之情，我也有了会让我无私奉献的孩儿，可是每次回到娘家面对老父母准备的酱油虾、葱爆鱼之类，我就是会大快朵颐风卷残云。我的胃在父母亲那儿总是能达到极限张力。这

时，父母好像也吃得特欢，看，父亲就着酒津津有味地啃鸡头，母亲也许会快快乐乐地抿那条已被我和我的女儿掘去了白肉的鱼肋。他们边吃边聆听着我工作的喜怒哀乐和持家的酸甜苦辣，时不时地会插几句，让我的小心始终保持着一种良好的情状。

饭桌上，我狼吞虎咽不经意间咳了几声，母亲就停下筷箸发现了什么大事似的把原因猜了个八九不离十。母亲责怪我贪凉了，然后就是一通吃药的嘱咐。

年轻人都是一样的，好逞强，好滥用青春的本力，我也不例外。然而父母的好意不可逆，于是命令只管听着，至于回我小家之后是不是去实行之就全在我的股掌里了。

回到小家，我行我素，一点感冒，几声咳嗽奈我如何？父母的电话铃声不断，而原来根本引不起我重视的一点小恙却总是会因为电话里难以掩盖的几声咳嗽被两位可爱的老人放大再放大，他们平静的生活里似乎有了大事要去做。母亲真像一位医治专家，她叮嘱我配双黄连、配止咳糖浆，我头点得像小鸡啄米，但老实说，谁有这份照顾自己的闲心？

又一次回娘家了，母亲就直奔主题，不提咳嗽感冒的事也许我倒真忘了，可经这么一重视，顿时喉咙里痒得难熬，咳出来了。母亲责我没听她老人家的话，没有好好地吃过药，我故作冤枉状，然而老人的眼力是能直透女儿的心的，见我死不改悔，父母立马开始了包办代替的大运动。母亲把晒干的一把剑兰叶取下，父亲则做了个简易的摘钩拿了条木板长条凳匆匆赶到叔家的院子里摘来了一兜枇杷叶。为了便于更直接地为我服务，减少我的周折，父亲又把枇杷叶浸入盆里，然后用那不怎么灵巧的粗大的手执着板刷在水泥台板上擦洗枇杷叶的绒毛，一张又一张，擦了正面又擦反面，洗了一次又洗一次，然后开锅煎汤。两位老人似乎在隆重地完成一桩心愿。

一锅土法自煮的枇杷露在沸腾起来了，浓浓的一股清苦的药味在升腾，此时我心间一股有劳父母的深深愧意和对老父母不尽的感激之情也在升腾、升腾……

以前家里装修的时候，客厅、房间、书房都紧随时代装了一种很中看却不实惠也不中用的灯，我不知它们正儿八经的名称，据其形，察其状，姑妄言之为"水晶六碟莲花灯"。顾名思义，玻璃灯罩如水晶般晶莹剔透，中间一只朝天磨砂玻璃罩笼住三盏小菊灯，形同花蕊，以此为核心向六方伸出一只只铜臂，臂头分别缀以一只只皱叶小"碟"，是为灯罩，灯罩里各个笼着一盏小灯，从下仰视，状如莲花，黄灯闪烁，朦胧迷离，很是诱人。

好看的东西往往不实用，日久尘积灯晦，家中暗无天日，这灯高悬于厅堂天花板上，叫我一介女生徒有一腔拯救之热情，却如同登天、如同缚虎一般总也下不了手。一灯不清，六神无主，晦暗的穹宇下过日子，心情也明朗不起来。

母亲来家，察之详情，欲呼老父，我连忙制止。我们在家消暑纳凉的人不自理，却要去烦劳年已花甲却因为手脚轻快还在"光荣"地被老板聘用的老父，我于心何忍？然而谁也阻挡不住老父母的殷殷关爱之心。第二天，老父就在厂里提早处理完了一些事情腾出半天工夫，专门做后勤来了。父亲的自行车车座上驮满了一应水、电、木工工具，大到电钻、榔头、虎钳、凿子，小到铁钉、螺丝。知女心，唯老父也。

老父来了，我就指点江山，电视厅需要重新安置日光灯，客厅需要拆洗水晶灯，房间插座需要更换，书房网线需要固定。父亲手之灵活快捷是远近闻名的，摊着这样勤快的后勤，我们做小辈的就退化了四肢，万事磨蹭蹉跎，反正老父一知必来"勤王救驾"。我想我真正成一个铁石黑心人了。

老父来做后勤，我不必像请了工匠来得献殷勤，老父不要工钱、不要烟酒，只求为我们的小家重新创造和美。我倒了一杯白开水，老父左推右挡，说没工夫喝；我递上一块毛巾，老父嫌自己的手脏会白糟蹋了东西；我开上电扇给父亲送些清凉，老父说干活的时候不能享受，吹掉了螺丝铁钉，哪里去找？

老父唯一要求我的就是让我做做二传手。老父上墙安置日光灯，我搬来梯子；老父欲打电钻，我嫌皮线老化总是小心翼翼胆战心惊非等他站稳了才插好电钮。老父说人家匠人天天要用这东西，像你这么细模细样还出得了活？父亲人不高大但特结实，六十岁的人了，臂力却极好，钻头落处，尘烟飞扬，父亲能屏足一股气直把电钻钻到所需之处，然后是削木片装灯，一切按步就班、井井有条。父亲的裤兜里塞满了钢皮卷尺、凿子、老虎钳、小钉，随时调用。父亲干活极精细，我一直嫌以前先生装的钟位置太偏，父亲就根据我的意愿一量再量重新定位。父亲知道我不喜欢在家随意拖拉线头，锁定笔记本电脑位置把线从台式机上拖了过来，很隐蔽地走墙串门，既方便了我的家用，也不随随便便拖拖沓沓，让我的小心得到了百分百的满意。

　　早就另立门庭的我依然是父亲的掌上明珠。我呼星星唤月亮，父亲登梯爬墙，身手依然那样矫捷灵活，我在心底敬仰我的老父是个顶梁汉。自小父亲就以勤劳在我心间树立了伟岸的形象，而今父亲依然以其勤劳之举让我崇敬。父亲六十岁了，仍在自食其力，还能一边关注我的生活，在我困难之时悄悄地当好后勤，父亲的使命就是为我创造幸福，而我为老父创造了什么呢？

　　娘家的老楼房在准拆迁阶段，有一间屋囤积了几件待处理品——竹榻便是。我知道这件承载了我孩提时代的家什最终逃脱不了或被拆或被丢或被烧的宿命，它退出我的生活，终于要遁迹历史舞台了。但是，哪怕是在奔向宿命的最后时日它还在发挥着作用，它默默地驮载着家中其他家什，父亲最后的处理方式是准备把它送到行灶去，可以烧煮几锅沸水。可是，这件曾经与我肌

肤相亲的家什，给予我多少快乐的回味啊！

竹榻，不过两个八仙桌面那么大，它起源于父亲的手。那个时代，父辈的手的功能特别强大，父亲会用他那双粗糙的大手运砖盖房、劈柴烧饭、织网养鱼、耙田种菜，当然还会打造生活所需的台、凳之类。竹榻，也是父亲的一项工程。父亲买来竹子，在煤炉上熏烤，经过一番打造，我们家便拥有了这样一件家什，它承载了我的孩提时代，给我营造了特别的快乐和幸福。

每当暑期来临，逼仄的屋内燥热烦闷，家，似乎不再有吸引力，母亲将家的内延拓展到屋外那块断板残砖铺就的场地。用清凉的井水泼散夕阳的余威，然后，端出两条板凳，架起一方竹榻，把洗好澡的我往胳肢窝轻轻一夹，我便被安置在这两三平方米的地盘上了。不过，地盘虽小，我却拥有了一整个星空。在这里，我开始大展手脚，与邻家场上蜷缩在破藤椅内的阿扁开始抬杠，吹嘘自己的小生活。我的父亲向来是我引以为荣的后盾，他五短身材，不够魁梧，却玲珑机警，干活一直被村人称道。那段时间，父亲三天两头要外出，小队里有好多渔民远赴太湖吸螺，父亲驾驶机帆船比较娴熟，自然运输的事情非他莫属。父亲把螺蛳运回村中供养村民们池塘里的大青鱼。曾经，大青鱼，成为那个时代物质文明的标志。每每到了晚上，我特别想念运输的父亲，就会自豪地在竹榻上与阿扁侃大山，侃得最多的便是自己的父亲。至今，我才明白，人的内心深处是最喜欢把骄傲的人和事拿出来炫耀的，我小小的心自然逃不出这个窠臼。我的父亲因为为人机警灵敏，所以人称"大圣"，其实，父亲原本姓沈，人们曾经称父亲为"大沈"，大沈、大圣在吴方言里是谐音，后来，人们就干脆称父亲为"齐天大圣"了。竹榻之上，我拿"齐天大圣"开涮，邻里的阿姨、阿婆、弟弟、姐姐们围拢来，开始东说阳山西说海，场上热热闹闹，我觉出我的竹榻四周洋溢了一种特别的温馨。

　　夜色深了，曲终人散，人们开始退到各自的领地去休息了，母亲也操持好家务，安顿在竹榻上。母亲经常是坐着，而我，任意在竹榻和母亲的怀里改换各种睡姿，母亲的故事和天上的星星开始在我的心间切换、交融，快乐的感觉伴随着清凉的晚风萦绕、弥漫。也有蚊子打扰，不怕，母亲的蒲扇可以为我驱邪避灾，与母亲在竹榻上共度的日子使我懂得生活中什么叫幸福。

　　如今，竹榻将要永久退出历史的舞台了，我不反对父亲把它送去行灶，因为这是一种凤凰涅槃的方式。它虽然要做永久的告别，但是，它会用另一种生命的方式化身为热腾腾的水，充实我们的生命，温暖人心！

　　娃儿一得空便盯着电视不放，我使尽浑身解数也拉不开这头小牛。我老父亲却有绝招，他招招手说："走，我们去做弹皮弓。"话刚出口，娃儿浑身的细胞就被激活："太爷爷，什么是弹

皮弓？"

"我小时候的玩意儿，我会做的，保证你喜欢。"

像有魔法，娃儿被引出门去。他们一老一小在小树林里寻寻觅觅一番，捡到几根断树杈，如获至宝。

为了见证把树丫杈变成弹皮弓的功力，娃儿屁颠屁颠跟随着老父亲来到车库。老父亲在墙角拖出一只沉甸甸的木头箱子，提溜到场门前的小河边，里边横七竖八躺着他积累的各种工具。

老父亲一会儿拿出一把斧子来咔咔地对着树枝一番砍削，一会儿拿出一把凿子来把皮凿尽，一会儿又拿出一把钢锯来，把树枝垫在铁砧上"咔滋咔滋"地来回拉锯，木屑飞扬……

半天工夫，老父亲一番捣鼓，为娃儿做出了弹皮弓、弓箭，还依着娃儿自己的设想，做了投弹机。

这些玩意让娃儿爱不释手，得归功于老父亲灵巧的双手和那只工具箱。

工具箱是父亲的好帮手，家中几经变迁，它一直是父亲不离不弃的谋生根本。

日常的烟火生活里，我时不时遭遇各种各样的问题，出来救场的老父亲，总会提着他的工具箱。这只箱子是他年轻时自己打造的，顶上盖面可以抽拉，好方便收藏那些工具。这百宝箱一出来，父亲准有办法化腐朽为神奇。

家中防盗门的门锁不活络了，父亲便一夫当关，站在门边用螺丝刀一番倒腾，不久，门锁恢复灵活状态。

家里母亲择菜缺个小板凳，父亲半天工夫，在刨推、锯拉、锤打下，一块装修废弃的木板变成了一只小巧玲珑的简易凳。

娃儿的一辆小自行车骑坏了，父亲掏出扳手、老虎钳，一番修补，车子起死回生。

墙上插座松了，父亲找来一段小木头，用斧头劈，用凿子凿，做了几个小木砧、小木楔，按进墙内，经过一番锤锤打打，插座又牢固了。

最高兴的是，有时娃儿玩腻了现代玩具，父亲也能拿出工具，变魔术般给娃儿打造一些他老人家儿童时代玩耍的玩意，尽管粗糙简单，但藏着真趣。不知父亲是在重温儿时欢乐，还是在给娃儿营造快乐。也许，两者兼而有之吧。

工具箱随了父亲几十年，最早，父亲用这些工具打造房子，打造家具，砌造鸡棚，砌造洗衣台；后来，父亲用这些工具应急补救，让生活恢复正常；现如今，父亲又用这些工具与娃儿一起打造小玩意儿。

可以说，每一件工具的包浆都是父亲的血汗凝成的。致敬勤劳的父亲，他用一箱工具实现了"勤劳持家"和"老有所乐"。

母爱如海

有人总是渴慕艺术舞台上的精彩人生。那里有浓墨重彩的脸谱，有曲折离奇的情节，有唱念做打的腔势，有歌以咏志的旋律。那样的人生大凡都是成功的人生，自然要搬上舞台，烘云托月，引起人百般思虑。

难怪有许多人一心为实现精彩人生而奋斗，把日常的生活也当作自己的舞台，倾尽全力表现。可是，更多人把自己活成了一棵棵小草，从没有建树的奢望，因为在他们的意识里，草就是草，不可能是参天的大树。他们有所不知的是，在人生的大地上，树儿固然可以参天入云，小草也可以联袂成片，成就"芳草碧连天"的宏观景象。

母亲便是这样的一棵小草。在寻常的日子里，她从来不懂得自己生活的那片水土其实也是她的舞台，如果得到锻造，也许，会活得稍许精彩。可是，人生没有重来的可能，母亲知足于一棵小草得到的生命气象，活到人生的暮年，每当一个新的日头升起，便感恩一天的延续。

　　望着母亲满脸褶皱的笑，我不免回想。幼时所见，母亲脸庞美丽白皙，就像一朵花儿一样，可是这是一朵盛开在乡间的质朴的花，直至母亲活成一个耄耋老者，我从未见她施过粉黛，皮肤的褶皱里全是岁月的沧桑。令我自豪的是，即使母亲已入垂暮之年，仍然能听到有人嘉语："你娘皮肤真白。""你娘年轻时一定很美。"

　　母亲的一双手现在实在苍老，皮和骨之间的肉质被岁月逐渐榨干，失去了衔接。母亲自嘲这双手，就用右手几个指头捏起左手背上的一块皮，再也没有 Q 弹的可能性，久久不能平复，像沙漠上堆起的沙丘，更像卫星云图上拍摄到的山陵沟壑图，凹凸不平。皮肤积淀了太多岁月的沧桑，像腊干肉一般，母亲说："这双手再也不能干什么了。"其实，这双手曾经肩负着养家糊口的使命，干了很多活，粗的细的，渔家妇人从苦难的日子走出来，不经历艰辛的奋斗怎么可能？这双手割过猪草，垄过田垄，摇过船橹，搬过砖块，扒过瓦楞上的积雪；这双手也在绷架上起起落落，刺过苏绣；还曾用几根钢针刺刺戳戳，做过蚌珠。如果，母亲有点出人头地的意识，把积攒起来的一点经验当作奇货可居的本领，也许母亲也能成就一番不一样的气象。然而，母亲就是一棵平凡的小草，她的意识里，能在完成养鱼正事之余做点小副业挣上几个额外收入的钱已经心满意足。母亲经常能在这种辛勤的

劳作中得到廉价的快乐，她活得通透知足。

母亲一生没有曲折离奇的经历，简简单单地生活在她的天地里，然而，她体弱多病，肉体留下许多创痛。年轻时，贪婪干活，没有保住一对双胞胎男娃的生命，自己也因为大出血险些遭难。父亲摇船到苏州城里，抱着母亲连续跑了许多路，赶到医院，才终于保住了性命，却再也保不住生育的能力。人生行至中年，母亲开了盲肠炎，又割了胆囊。几度创伤后进入老年，母亲继续为家庭忘我做事，看护着第四代成长起来。当她沉浸于四代同堂的幸福中，命运弄人，癌细胞侵袭到她的躯体。起死回生的日子里，她念念不忘着要安排好带娃的事务。手术过后出院，就叮嘱我马上上班不能耽搁我的工作，她愣是与老父亲配合着一起又肩负起带娃之责，为全家的机器运转，做成了一颗螺丝钉。就是在这样的忘我之中，母亲奇迹般地好转，虽然身体上病患的疤痕累累，然而，它们丝毫没有影响她坚强而幸福地活下来。

母亲，像一棵支撑到冬日的小草，地皮上的叶子已经萎黄，然而，地皮下依然燃烧着生命之火。人生的暮年里，她笑对每一个初升的太阳。一个农村的老妇人，能在耄耋的岁月里从容笑对云卷云舒，安闲静看花开花落，便是美满幸福。

母亲没有精彩的舞台，只有平凡的人生。

"没有花香，没有树高，我是一棵无人知道的小草。从不寂寞，从不烦恼。你看我的伙伴，遍及天涯海角……"

向千万个小草一样的母亲致敬！

因为多病，母亲年轻的时候几乎没有正正经经地上过班，可是母亲只要认为身体可以将就着忍一忍便总是不会停止劳作。母亲的劳作基本很"文"，虽然体力不支，可是手脚麻利活计中总透着灵气，因而看似闲闲散散，其实颇有收获。

母亲在家，买、汰、烧的事是必然之中的事务，之余的光阴，便被母亲刺进绣品里，扎进童装里，植进蚌珠里，卷进绢花里，也粘进纸盒里。母亲干活没有隆重的程式，不需要一本正经地冠以"上班""工作"之类的名号，母亲可以因时因地因事制宜，得空便做。做顿饭的当儿兴许能插档绣朵祥云，一脚摇着困桶哄孩子的时候或许能扎好一只童装的衣袋，与村人聊天的间隙兴许能神不知鬼不觉地糊好了一溜纸盒。

母亲由着自己的心和力去做，自己既是做工的也是督工的，没有人去要求她怎么着，但她自设要求自觉把关，一般来说总是能在恒定的时间里创下一定的收入。母亲干活，先前一直有个半导体收音机陪着，不出家门也能在村人面前聊上好一会儿《双推磨》《珍珠塔》。有时干活也常能引来些学艺者、观摩者。我经常是母亲的最崇拜者，自然先于他人得着些干活的门道，故而七八岁上学会了做毯子，十来岁学会了刺绣，十多岁又学会了做蚌珠、做绢花。母亲在干活的时候喜欢听收音机，我便也喜欢，因

而在童年，虽然我缺少跳牛皮筋的乐趣、缺少看露天电影的机会，但我听到了那铁匣里一个又一个精彩的故事，甚至在幼小的脑海里也吸纳了不少小说联播或者长篇评话、评弹之类。这是母亲无心栽柳在我心中所插的一溜绿荫。

而后，我出外读书又开始工作了，母亲仍然守在屋中一角光亮的地带不停地搞她的活，为母亲解闷的第一代贴身半导体终于被电视机取代了。看电视比不得听收音机，会把人的心钩住了，把人的眼迷住了，母亲从不把目光在电视上停留太长时间，母亲基本做侧耳倾听状，手里仍不停地干，遇有实在精彩的新闻奇事才稍有旁骛之举。母亲的心在享受着电视，手却在实现着自身的价值。用母亲的话说，她的价值是：到老了她要用自己的双手挣下一笔钱不吃小辈的，这是她最能自豪于小辈面前的事。

母亲今年奔六十了，可是做副业也有个五千来块钱的收入，比村里年轻的上班族还好。更奇的是母亲因为常有电视相伴，竟然也能谈拉登、五角大楼，对于林依轮、周迅之类也能说出些他们的最新动态。母亲的劳作与娱乐并举，日子过得倒也充实、快乐。

每年端午节前后回娘家，母亲总是会备上一兜粽子。母亲的粽子一如既往地在为我出品，味道还是那种黏人嘴、甜人心的蜜枣赤豆粽，但粽子的形制比以往越来越小巧越玲珑，那是母亲用心包裹的粽子。老人家知道如今的人脾胃受尽了各种物质刺激而变得娇贵排异，她似乎总有点担心那东西在我那儿是否还会有市场，所以每次母亲将粽子取出的时候总会说："那东西爱吃不吃随你便。"母亲绝没有强加于人的做派。见我每次都能消受一空，母亲就会在这个节日的前后，一而再再而三地包裹上几次，只是粽子尽可能的小，因为这样吃不会撑着人、不会噎着人。年轻人的胃口不过如此，尝尝鲜而已。知我心，母亲也。

遥想当年，母亲还知我工作忙碌，所以总是在我到娘家之前将裹粽的所有工序完成，给予我的总是成品，我再也看不到母亲裹粽子的隆重场面了。那情那景变作了我儿时记忆中极为甜蜜的念想。

母亲裹粽是十分隆重的，需要副手相助，采粽叶便是父亲的差事。父亲在村西头三角咀附近养鱼，回程的时候顺带就会去河岸上采些苇叶来，用清凌凌的小河水再三漂洗，洗却浮尘后，一尾尾苇叶格外鲜亮翠绿，父亲把它们齐齐地叠放，又弯好扎成几把。

母亲取到父亲亲手掰的时鲜粽叶，把它们解开放在锅中煮，水开了，那叶儿就在锅沿飘出袅袅的清香，沁人心脾。母亲又将先前浸泡的糯米放在筲箕里用手翻搅，糯米经过碱水的浸泡变胀鼓了，珍珠一样白润，泛着莹莹的绿光，那是碱的迷人魅力所致，我贪婪地围在母亲的膝边闻那吊人胃口的碱香。母亲又取来

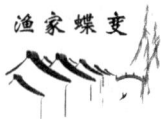

赤豆拌于糯米中，像极了亮闪闪的满天星斗。

母亲郑重地摆好条凳，条凳上置着一筥箕粽叶和调制好的赤豆米，当然还有一小包蜜枣。在母亲出手裹粽前，我总觊觎着那些蜜枣，这个时候，还唯有蜜枣能解馋。我冷不防会用手刺探一下，母亲早识破了我的诡计，说："现在吃了，你就吃不上蜜枣粽了。"为了成全我的蜜枣粽大餐，我自然再也不敢轻举妄动，学会了克制。

母亲拿起两三片苇叶，将它们齐齐地在腿上铺的围裙上捋平，然后弯成一个尖尖的漏斗状，舀上一勺赤豆米，用筷子夹一颗蜜枣置于其中，又舀上一勺赤豆米将蜜枣掩藏起来，用手背紧紧地压实这一漏斗宝贝，然后将拖出的叶尾经过一番左旋右绕，奇迹出现了。母亲盈手一握的漏斗上方被绕出了几个尖尖的角，前胸的角像鼻尖，两侧的角像菱角，母亲用一道红绳将粽子紧紧地扎牢，粽子就诞生了，坚挺瓷实，那四个角尖儿毫无钝挫之感，滴米不漏，真好手法也。我也在边上凑趣效馨，不知是手小的缘故还是心智不熟的缘故，包出的所谓粽子不是歪牙咧嘴，就是瘪脸塌鼻，自我欣赏的自信都没有，就只好一撒了事。

粽子包裹好后烧煮便是父亲的事了。父亲用行灶煮，锅底有硬柴毕毕剥剥地在溅火星，渐渐地锅沿就冒出缕缕粽香：混合着糯米的碱香、赤豆的豆香、粽叶的清香和甜甜的蜜枣香，吞吐得满屋香气缭绕，从村头飘溢出去，袅袅娜娜，经久不绝。经过一番猛火烧煮之后，父亲又会来上半天文火攻心，我早就按捺不住要取食，母亲总是会用各种手法将我支开，直到困意袭来，粽还在接受着焖制的考验。

第二天我从梦中醒来，母亲早就将粽取出晾干了水。我吃到的是凉粽，那糯米已经冻瓷实，剥开咬上一口，嘎吱一声，散出一种糕点一样的香味，软软糯糯、香香甜甜，那么有嚼劲，那味儿经久不衰，弥漫了我快乐的童年。

而今母亲裹粽的场面我无法感受了，但不变的那味每年都会来勾引我的脾胃。母亲的粽子永远是我五月里的最爱。

鸟的生存离不开窝，窝是鸟儿生命的摇篮，鸟儿们借此繁衍生息、哺育后代。无论鸟妈妈飞到多远，去衔树枝也好，去叼虫子也罢，最终都会回归那温馨的窝，可以说窝是鸟儿赖以生存的中心。

家是人的窝，人们奋斗一生也全是为了经营自家的老窝，不过人比之鸟儿自然要高级多了，人还能筹备自己的窝中之窝——被窝，可以说这个窝渗透了人们的心血，浸润了人类的文化，是一个最为圣洁、温暖的馨香之所。

那是一个物资贫乏的时代，母亲和父亲结婚时虽然也很想筑老窝、营被窝，可是贫农家的老窝是绝没有钢筋水泥的材质的，只是一席芦苇秆当围屏，借此从爷爷奶奶破旧的老窝里隔出了属

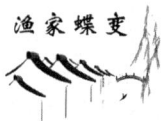

于父亲母亲的小窝。至于被窝，母亲是很自豪的，那是外婆特意将重而旧的老棉胎请人变作了新而软的棉胎——谓之"弹棉花"。出嫁的时候，外婆隆重地请来七姑八姨举行一项仪式——"翻被头"，母亲喜滋滋地把两条被子铺到了父亲家那张旧床上，从此我的父亲母亲共同拥有了一个被窝，这是他们营造爱情、生育儿女的小小安乐窝，虽然简陋但也温馨。

那样的被窝留给我的记忆是甜美的，我是窝中的夹心饼干，左边一个妈，右边一个爸。我小时候有气管炎，母亲总是在我的两侧肩上捂好内衣或绒线衣，这样弥补了被窝小的不足，让我的心窝总是盛满了温暖。

渐渐我长大了，懂得体味被窝的味道了，那是太阳的味道，满溢我的鼻窦直透到我的心窝里。心窝盛满太阳的味道，也就懂得了什么是爱。为了这份浓浓的爱，母亲经常要做隆重的仪式，先是洗礼一般郑重地在井口搓洗被里被面，直搓到腰酸胳膊痛，手肿胖得像萝卜，而后搭起竹架晾晒，让太阳兜头兜脸地晒，蒸出最温馨的香。

最后便是翻被头。翻被头是我记忆中极温馨的一幕，母亲摊开一张席子或者卸下一扇木门，先将被里铺平，然后将棉芯摊上，又铺上碎花被面，将宽出尺许多的被里边缘叠上来盖在被面四周，打出很好看的馄饨角，然后扯出长长的棉线在被子上比画长短，剪断，穿针，引线，一切那样熟稔。这时最是我快意消遣的时候，会趁着母亲不注意在被窝上翻一个筋斗，或是四仰八叉演活死人，母亲便会一边嗔怪一边用手挠我胳肢窝。要是我死皮赖脸不起身，母亲就会使出银针吓唬，我便一跃而起往边上去了。盘腿坐定，像一只窝脚猫，细细地看母亲怎样绗线，怎样打结，怎样咬线头……

翻好的被头铺到床上，我便像一只被激活了潜力的小狗，被头成了我儿时的玩具，床上任我跌打滚爬。经我一折腾，母亲说好好的被窝快成狗窝了，就这样我真像一只小狗无忧无虑地在被窝里长大起来了。

当我结婚的时候，母亲隆重地准备了满满一床被子。铺床的一条被头是紫玫瑰绸缎被面，绣有龙凤，意即龙凤呈祥，还有一条秋香色绸缎被面，绣有百子，母亲的用意尽在针针线线中了。

而今我们所用的被头还叫被头，但是没有被里被面之分，也基本不用棉胎，更不用烦劳亲手缝绗。当以前的被头淘汰进橱柜的时候，橱柜也一并收走了很多美好的体验。如今所用的被头——被套里头也许裹的是九孔棉，也许裹的是蚕丝芯，也许裹的是羊毛毯，但太阳的味道总是很少很少。也许因为工作的缘故，总是无暇像母亲洗礼一样郑重地做好拆被头、汰被头、**翻被头**、晒被头等一系列事情，这固然是现代人的进步，却也是现代人的失落，失落了经营温馨的郑重仪式。

怀恋母亲造就的那个馨香满满的被窝。

30 多年两点一线的工作让我养成了机械呆板的作息，每天清晨六点，生物钟发条总能准时将我闹醒。每一次的清醒一直天经地义地为我的这个小家庭准备，现在家有第三代，更加理所当然地要警醒在这个时分：要为渔儿准时上幼儿园和全家早点做好充分准备，尽管做早餐的章法单一乏味，但笨鸟就需这么一如既往地努力！

2017 年重阳节的清晨六点，我破例为一双老父母清醒，我一骨碌起床要赶去蠡口菜场买点菜送给手术完二十多天的老母亲。非常惭愧的是，我为母亲作出的这点准备在自打我工作后的三十多年来少之又少，稀疏得可以令人心慌。母亲，重阳节，女儿是为你赎罪来的！

老父母暂时还被我们这个分离出来逐渐壮大的小家庭远隔在数里之外的老村庄，一个曾经的渔村，一个不定哪一天说拆迁就拆迁的旧乡村。与其说三角咀湿地在家门口的建设兴起像磁铁一样牢牢吸引着我的父母而不愿远离家园，毋宁说是老父母即使在母亲动过手术的今天还是不愿打扰到我的小家庭而仍然坚守他们的老屋。

近几年来，最能紧密联系我们老小两个家庭的事情就是我每天在上班途中拐个弯把第三代之小妹乐乐送给两老去看护。父母最大的骄傲便是虽然只养育了我一个不合时宜的独养女儿，但最终我因为勤奋走上了师范之路，在八十年代吃上国家公粮。我那平凡的父母对我的期冀不大，一个小学教书匠就能把他们乐上天。我也为父母骄傲，我的那点子骄傲就是建立在父母健朗的身体上，建立在七十几岁还能在为我们这棵家族之树的繁衍生息兢兢业业地消耗最后的精力，他们不能被颐养天年却在为这棵越来越盛大的树倾尽全力免费地提供出他们的全副身心。尽管我担心过，但每次在村口当我把小妹乐乐放进老父母推来的坐车上，听到路边上班的村人夸赞我的父母"好身体"，我就不由得陶陶然地丧失了警惕，总是美好地想：父母，愿你们身体健朗，我离退休还有三年，新的政策是小学教师中被评到中学高级职称的老师还要延续五年。我不敢设想八年后我的父母会怎样，我总是麻痹而又假惺惺地在最近几年的岁末年终对两老说："爹爹姆妈你们要注意身体，如果看不动孩子了，马上跟我说，我要请保姆的。"父母的回答总是毫无二话："操那门心干吗？"于是我顺水推舟地说几句讨俏两老的话："爹爹姆妈，现在你们身体健朗，我们这个家多好，像一棵树，现在是最鼎盛繁茂的时候，上上下下四代同堂，老枝新叶一同强盛。愿你们一直好下去，长命百岁。"

　　一个女儿对老父母说出这样的话自然让人喜欢，殊不知这样的话背后的动机有多么不良：岂有一直强健的老父母？父母身体再壮实，也是垂垂老矣的血肉之躯啊。我这是在用精神胜利法透

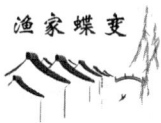

支一对老人最后的满腔情意，他们心甘情愿地为这个家一点一滴地挥洒着、牺牲着他们原本该颐养天年的珍贵时光啊。

我那美好的祝语并没有帮助到母亲。国庆假日的第二天当我把家里的两缸衣服洗净、颠簸着公交车去到老家看望父母的时候，父母已经在场上翘首盼望我整整一个上午。我这天没有带一大家子全部前往，因为小辈们有自己的事情干，父母为此遗憾，他们准备了一桌饭菜。而我还在思忖着象征性地完成探望任务后快速回还那个小家，在节日里也尽点奶奶的责任，天伦似乎总是长辈为小辈倾斜着想得多。

话还未出口，父亲说母亲最近有点不舒服，我警觉地问："哪里?"母亲指指左胸说："去年你还带我去医院查过医生说没病的，怎么最近这里好像有肿块。"我伸手一摸，母亲的左胸竟然明显地有一个小鸽蛋一样的肿块，一种直觉猛然警醒着我："不好，母亲不会要动手术吧?!"怕母亲生疑，我说："妈，别急，下午我们去医院看看。"这话正中了母亲的下怀。母亲一直是个很敏感的人，虽然初中文化水平，但天生对文字感兴趣，爱看电视、爱听收音机，特别喜欢养生类的节目，她说把身体养好了就能少给小辈添麻烦。母亲的养生之道不是贪得无厌地胡吃海喝，她会科学地安排作息和膳食，胃口一直不大，所求甚少，但一定要饭菜搭配尽可能合理一点。她的所谓合理就是吃一点荤菜，吃一点蔬菜，吃一点水果，多喝白开水，如此而已。不晓得是否凭借了这一点，父母在村里一直有着良好的口碑，被人羡慕，被人夸赞，被人尊敬，因为父母总是笑意盈盈，有着红润的脸庞，尤其母亲的头发鲜见白色，皮肤洁净，加之美好的轮廓，被人误解成城里人。父亲最大的骄傲就是此生有母亲做伴，我也为母亲骄傲，每每有人夸赞："你妈真年轻。"做女儿的怎能不以为荣呢？

可是，母亲似乎不容置疑的健朗体质戛然终止在这个国庆假日。B超显示的结果让我触目惊心，医生悄悄地指向怀疑的病灶，我不寒而栗，母亲的身体难道要和一种令人胆战的病症挂钩？我隐忍泪水，一边安慰母亲，一边办理住院手续。

假日因为医生休息，要延期两天手术。最先的两天母亲不肯住院，她要回家住，说家里踏实，母亲还安慰我："没事，你回家，我由你爹陪着。"父亲这一生对母亲向来百依百顺，一直小心地呵护着母亲，其实母亲先前的身体是几经曲折的。最大的一次磨难是在我两岁的时候母亲早产下一对双胞胎儿子，可惜那时生育条件艰苦，我的两兄弟落地后不久就辞世了。母亲一病不起，一天突然产后出血，眼见着有生命危险，父亲亲手摇着小船把母亲送到苏州三院。经过一番处理后，因为医院凌乱不能住院，父亲就把小船停歇在约三千米外的一个河埠头，向人借了棉毯住在小船上静候。母亲羸弱至70来斤的身体还是经不住观察期的等候，出血不止，父亲独自一人抱着母亲飞跑一公里多的路

程，到医院后进行抢救，母亲的身体经历了人生的第一次大手术：切除子宫。在那个年代里，女人会因此遭受非议，父亲却用不离不弃的爱增添了母亲的勇气，我也算争气，尽管是被迫地成为一个不合时宜的单传独养女儿，但上苍有眼，上帝赐予我一点勤奋的精神，我凭借着读书的资本成为那时第一批走出村落的吃公粮的学生，这点小确幸让母亲有点扬眉吐气。

母亲因为身体羸弱的缘故，虽然在渔村里过日子，但一直受着父亲的疼爱，体力活几乎没有干过，但零活没有少干，育蚌珠、做毯子、刺苏绣、糊衬、粘绢花……母亲做一样爱一样，做一样像一样。光阴流转中，母亲的身体也在那些安静活计中神奇地好转。但，兴许还是因为年轻时候下水的缘故吧，母亲的肝胆系统并不好，肝部有过严重的血吸虫病，先后患了胆囊炎、盲肠炎，母亲在一刀又一刀的手术中艰难地挺过来，每一次刀创之后母亲总能奇迹地修复病体，而且越到年老越显示出健朗。我怎么能相信母亲会在 75 岁的时候又一次落入一种大病的魔爪里呢？那两天，我头脑发胀，既在顺着推理往纵深处胡思乱想，又时不时地掐断那种罪恶的念想。我几乎像一个精神分裂的患者，想得无所适从。

10 月 5 日，母亲终于答应住在医院里，父亲还不放心我，说家里有孩子需要我去照看。我敬爱的老父亲，即使到了理应我照顾母亲的日子，他还是把我视作一个需要呵护的小辈，我是父母心中永远娇贵的独养女哪！

那个夜晚，我不容置疑地分离了生我养我的老父母，如果这个时候我还不能肩负起一个女儿的职责，那么，养女一场又有何用？那晚，母亲躺在床上安慰我说："我不会胡思乱想的，你放心睡吧。"那个夜晚，我分明听到母亲的呼吸声起起落落，母亲还是在想，为了不干扰我，她很少动静。那个夜晚，我傍着母亲的病床躺在三叠椅上，为了不发出吱嘎吱嘎的声响，我努力凝神屏息，尽少干扰母亲，我们各自度过了一个思绪翻飞的晚上。

手术的这天，母亲换上蓝条纹的手术衫，身体晃荡得单薄，我安慰母亲："我们全家会守在门口，妈妈您只管安心进去，相城医院的医生都和颜悦色，手术一定会成功。"母亲选择相城医院的态度很坚决，她说这里离家近，环境好，别看城里大医院，挤得很，住着也不安心。其实我知道母亲私底下的心思还是在为这个家着想，她是为了我们少奔波。

6日中午11点15分，母亲孤零零地被推进手术间的大门，父亲和我们一整个被繁衍壮大的家庭并不能做母亲最好的坚实后盾，我们是一群毫无办法的普通人甚至老人小孩，空等上苍能赐予母亲力量。我无助地看着第一道电子门缓缓合拢；上方一个小窗口中我看到移动床在走廊里渐移渐远，二道门关上了；我再踮脚引颈探望，看不见移床了，不知移向一侧的哪间手术室去了，母亲的手术在未知里等待。母亲走进了人生一重关卡的大门，那

里母亲一个人在接受着考验。母亲用自己的生命亲手缔造了我的生命，虽然我活得很平凡，但此生，对母亲我有感激不尽的言语，是母亲，为我打开了世界之门；而在母亲面临人生的考验之门时，我却毫无用处，只能静守难耐的分分秒秒……

手术前医生给我推断了两种结局，时长可以作为对病症的注脚。母亲的手术并没有在一种良好的结局里结束，每一次病患者被推出，我都迎上前去，全然没有母亲的身影。我不清楚母亲在接受着一种怎样的考验和折磨，尽管我也知道麻醉可以让人忘记一切。整整三个小时的等待后，年轻大夫沈医生捧着母亲身上切除的组织出来了，医生在用沉郁的口气告诉我们家族母亲的病况。而我，定定地看着，生我养我的母亲之乳被生生地切割下来，心头的百般滋味翻作浪滚涌上来，变作满眼泪水夺眶而出。我终于按捺不住，跪倒在地，女儿们哭着携住我的手，我甩开，请上苍允许我用一种最为卑下的姿势向那生我养我的母亲那高贵的病乳行礼叩拜。母亲，你养育了我，我无以回报，在你走出手术室前，允许我用这种方式倾倒出一种难以名状的痛……

母亲出来了，我没有收敛住内心的痛，脸拧屈得不能自已。父亲走在床头呼唤着母亲，母亲睁不开眼，一晃我就落在亲人们的后面。我知道自己的失职了，在电梯间迅速地擦干眼泪，我要铆足劲为母亲的术后去尽我最大的能力！

所谓最大的能力也不过是在十来天的住院日子里一次次拒绝

父亲，全部由我陪床。我很清醒地知道，出院后，母亲的日常照料全要仗着父亲，可不能把父亲累倒了。陪床的日子里，我自作聪明、轻松乐观地安慰母亲："姆妈，别多想，医生说淋巴检查都很好，老年人割除了病灶组织恢复反而快，因为病细胞没有活力了。"我不愿提及病理的结果，母亲听了也轻松乐观地说："我不多想，割了就割了。我那还是以前留下的根，十年前出水，现在长肿块，一步步加深的。手术台上，我和李院长说，我的症状不好，有橘子状皮肤出现，与半导体中听来的结果一样。李院长说我怎么那么知情？是不是知识分子啊，呵呵，李院长开我玩笑呢。"我的遮掩并不能说明问题，倒是母亲在用一种自嘲和从医生那里感受到的温暖宽慰自己。

　　一向敏感的、明明知道结局的母亲并没有在术后再三催问病理报告单的事情，那种大智若愚、故作糊涂的背后藏着母亲一颗爱家惜家的心。母亲的恢复让人吃惊，尽管脸色苍白、饭量不大，但创口的复合之快堪与年轻人比，母亲似乎在每一次术后总有一种神奇的力量恢复精气神。

　　重阳节的早晨，我踏进老家的门，父亲吃惊，母亲吃惊，我把一袋子菜递上，母亲说："女儿啊，你不值当这样慎重的，有你爸在，我恢复得很快。你每周周末这样跑，那边家里也需要你的。"母亲自打出院后，我尽可能每天抽时间去看望，但一直是空手，总要到周末的时候独立出时间来，这次买了甲鱼、鸽子、

鸭子，够母亲吃一周的。父亲说你母亲胃口小，冰箱里放不下。

母亲招呼我坐下吃赤豆汤，微笑着说："你呀，不要那样操心的。现在条件好，动个手术大部分费用国家来承担，吃点喝点吧，两个人的养老金和家里的房租费够了，村里要啥有啥，犯啥你要远远地过来，还要费那钱。"

我说："姆妈，那些菜加起来也不值多少钱，借这一小点心意过来看看你。我盼你越来越好，姆妈，真的别多想，你的身体一定会棒棒哒!"

"放心，我乐观得很，对于那种病，我从来不乱想。病是打不垮人的，别看我人小，我坚强着呢，这是第四次手术，每次过后，我都恢复得很快。呵呵，老头子开玩笑说我满身刀疮，像个伤病员。我说伤病员的刀疮能换来军功章，我这是败家子，败了我娘传给我的完好肉身，一个个零件失灵了，越来越没用。不过，我也像一棵草，挺一挺又直起身来了，我就把那些刀口疮看作军功章了，自找快乐才能把每天过好。你放心，以后不要这样为我慎重了，听见没? 明年等我有力了，我和你爹还会照看妹妹的。"

我说："姆妈，看着办吧。到明年，你身体没有力气还是要请保姆的。"

母亲说："哪里要请保姆呢? 那时小妹妹会走了，主要由你父亲看着，我搭把手，我们两个足够。"

母亲像个老小孩。我从心底升腾起一种敬意，敬慕我母亲对于病魔的无视，对生活的乐观，对这个家庭的尽责。

母亲，是我的骄傲，愿母亲长命百岁！愿我的一双可敬老父母重阳节快乐！愿老人们都能快乐安康！

拆迁的时候，父亲从储藏间拿出一对高脚椅，这对于乐儿这个第四代小辈而言绝对是稀罕物，凳子有书桌这么高，而且是个三脚怪，她实在不懂这椅子何以能坐上去。这可把我乐坏了，我让乐儿猜猜这凳子是做什么的？

当然不可能有正确的答案，最后老母亲告诉她："这是我们家的传家宝，奶奶比你还小的时候，你太爷爷为我做的，叫绷凳。"

这可给了一个 7 岁娃无穷发问的契机："太奶奶，这椅子怎么做的？做什么用的？我能坐上去吗？"

乐儿的发问把老父母牵进了他们风华正茂的时光。一对渔村夫妇的年轻时代没有什么可以标榜的，那时占据他们满脑子的想法就是力所能及地将双手发挥出极致的劳动能力，唯有勤劳才能殷实生活、充盈心灵。父母是地道的渔民，当然离不开养鱼为生，养鱼之外有些空闲时光，就会想方设法做各种副业，其中刺绣最是吸引母亲，也最是适合她的个性和双手。

刺绣，俗称做绷子，两只绷凳、一副绷架就能建立起一个家

庭挣副业的平台。父亲把场院边的一棵杉树锯了下来，经过一番打造，一对绷凳横空出世。绷凳并没有经过刷漆的工序，甚至连推刨的功夫也没下足，凳面狭窄仅铅笔盒宽，三脚下部用横档固定。父母不仅支起了绷凳，也支起了我们家一段奋斗的日子。

绷架同样是父亲亲手打造，两根手臂粗的圆木棍两头是方的，中间分别钻有扁扁的长方形孔子，用以插进两根档子，档子上钻有几个圆孔，很像男人所用的皮带，可以调节绷面大小。这绷面其实就是母亲需要日夜刺绣的布匹，用绷架绷紧了，就能在画样上挥针走线，绣出斑斓世界。为了把所有的空闲时光都利用起来挣钱，父亲做好主业——养鱼的事务之外，还承包了家中一应家务。

那些副业钱，是靠一针一线绣出来的。母亲刺绣，近乎虔诚，双手洗净，涂上百雀羚，因为丝线光滑纤细，需要保养好一双细嫩的手。

刺绣活计很多，只要能挣钱，母亲什么品种都做。绣过斜条，大多是衣服的斜襟，浅蓝的底子上一弯弯的藤条绣成深蓝，上面点缀的叶子绣成翠绿。绣过帐檐，一般都是红色的底子，上有繁复的花形，成品基本用于喜庆。绣过枕套，一组绣画有时是凤穿牡丹，有时是金鱼戏水，绣成后便点缀人们的日常生活。绣过戏服，光洁的绸缎上有一个个补子，补子里有别样的风景，绣成，便是戏台上"文官武将"亮相的服饰。绣过被面，有时是金龙戏凤，有时是花团锦簇，有时是百子祝寿，那针法虽然比不得双面绣，但也是绣针繁复，很需要用心，绕针、散针、套针、乱针、抢针等，复杂的针法才能造就一条被面丰富多彩的花样，那是当时人们结婚时用于铺床的面子工程啊。

母亲的岁岁年华交织出五彩斑斓的世界，可绣娘的背后都是艰辛。暑期里，我与母亲面对面在同一幅绷面上挥针走线的时候，经常看到绷尺手上浸透了母亲手臂的汗水。

晚上，灯光昏暗，还常常停电，母亲就用煤油灯照明，下面垫着一本废旧簿子，须十分小心地用簿子和绷面隔离。一个黄昏的持之以恒之下，诞生了半朵莲花，或是几棵玉树，母亲疲惫至极，打着哈欠，却掩不住欣慰，她的欣慰是一针一线累积起来的财富小叠加。

绷架默默地驮载着全家的日子，像一头老黄牛，驮出了一方灿烂的世界。由此，我们家的日子渐渐丰裕起来，我知道那是父母用勤劳的双手创造的，感恩父母在绷凳上给我支起了一段充实而又勤勉的时光。

金庸小说有四大用针高手。小龙女的玉蜂针，李魔头的冰魄针，东方不败的绣花针，北丐的漫天花雨针，无一不是震慑人心的微兵器。

我母亲年轻时也曾与钢针打过几年交道，她可不是什么武林

高手，用针来打打杀杀，而是用来做蚌珠、挣工分，美化人们生活，是三件用得十分得手的工具。如今，这三根针安然地卧在一只小盒子里，拆迁时，随着母亲来到新居地，虽然，它们在新生活里早已完成使命，没有了用武之地，但仍然享受着母亲的精心保管，能得耄耋老人厚重礼遇，实是令我匪夷所思的。

我跟母亲开玩笑说："这又不是什么金针银针，你还指望用它们来做传家宝啊?"

母亲神情淡然，却说出了很是让人吃惊的话："三根钢针值不了什么钱，也没有什么用处，可它们身上流过我的汗水，我舍不得丢。"

是啊，三根钢针不说建过功劳，也是有过苦劳的，它们在母亲心中的价值超乎寻常，算得上是我们的传家宝了。

三根钢针，都细如牙签，水笔那么长，比金庸笔下的针应该长些吧。一根头上有个小圆片，叫送针；一根头上有钩子，叫摘针；一根一头扁平，柄上圆柱形，用以开片，叫通针。我知道，母亲对三根钢针是有感情的。她用钢针做蚌珠，钢针还以她报酬。

那时，在我们苏州虎丘山北麓渔村的西部有数百个池塘，星罗棋布，男人去那里养鱼，女人在小队所搭建的棚棚里头做蚌珠。我经常跟随母亲去"出工"，我在那片水域里的童年时代是十分欢愉的。

大清老早，几个女人在村里头做好一天出征的准备，摇着小船，经过曲折的河道，深入池塘腹地，在棚棚中分好角色入座。三个送片人，两个开片人，一个切片人，互相配合着完成做蚌珠的任务，这在早先是经过培训的。

开片是第一道工序，秀英阿姨拿起一只三角帆蚌，用薄薄的小尖刀剖杀开来，水滴淋漓在脚盆里，蚌边缘的部分肉质滑腻厚实。秀英阿姨用通针将边缘两层膜分开，一面紧贴蚌壳，用海绵轻轻擦干水，不能留有肉质，不然，种出的珍珠不好，叫肉珠。切下，挑在一块铅笔盒大小的玻璃片上。

文忠娘接过玻璃片，轻轻放下，将缩拢的外套膜片用海绵摩平，用刀片切除边缘，俗称裙边，拎起，如同一条长虫，丢弃在杯子里，然后将外套膜片均匀地切成比指甲还小的正方形细胞小片，滴上金霉素消毒。这便完成了第二道工序。

母亲候着做第三道工序，即送片，其实就是在另一只蚌中种植珍珠肉粒。母亲的胸前台板上放置着一只小木盒，是朝上开放式的，两侧木墙上分别有两个小槽口，母亲将蚌斜斜地插在槽口里，用开口钳轻轻打开蚌口，插以两个小钢砧。待到小片递上，母亲左手执着送片针放到小片上，右手用钩针轻轻一挑，小片便被卷在针头了。

然后，从蚌的开口两边分别伸进两针，钩针轻轻挑开外套膜，送片针配合着将小片送进外套膜夹层，钩针轻轻一按，一颗

饱满的肉粒种好了。如此再三，在一只蚌中由上而下列队种植，六颗、五颗、三颗，一排一排，种到水线就刹车。翻转，再种。一只蚌中能种植数十颗肉粒。拔去钢砧，将蚌置于盆中。

一天下来，每个送片人能种几十只蚌，直种得腰酸背痛。最后母亲拍拍颈椎，十分满足自己的劳动。几个女人又摇着小船，划着菱桶，到小队的某个水面，水面立着一根根竹桩，她们将蚌吊在竹桩之间拉着的塑料绳上，养在清幽的江南水里。这些蚌经过一年或两三年的浸润，发生了奇迹，小片卷成的小肉粒吸收河蚌的营养，分泌珍珠质，竟然化身为颗颗珍珠！

女人们起蚌回到棚棚里剖杀，一颗颗珍珠出现在她们的眼前，她们还认得出哪些蚌是谁种植的，因为蚌壳上用刀片划着记号。根据珍珠的成色和形制，她们会研究哪些是成功之作，哪些还要在日后改进。

母亲和阿姨们的平常辰光，竟然如此美妙丰足，她们互相协作，用勤劳和智慧种植珍珠，日子一天天好过起来。

那个阶段，我一直跟着母亲坐着小船到棚棚上去，钓鱼、捉虾是假，其实就是为一睹母亲安然静坐用心做蚌珠的样子，这种神采一直鼓励着我做事当认真，就会有奇迹发生：肉粒也能变珍珠。

光　阴

2018 年 6 月，娘家所在的大渔村北庄村拆迁了。这样的大变数出现在父母的晚年生活中，既喜又忧：喜的是世代居住的渔民告别乡村生活，历经 40 年改革开放，迁居进高楼大厦，成为城市居民，已经箭在弦上，摆到了议事日程。忧的是，这搬迁耗神费力，父母的脑海里盘算了几个日夜，对该打点的行囊，作了通盘考虑，搬迁的那天，母亲始终捂着一只小包，也不知道老人家有什么贵重细软之物。

一切物件到得我们书香苑的车库，被整齐地摆放安定，母亲才郑重地把一包东西放于三门橱抽屉，里三层外三层的，不免好奇。母亲打开最后一层，竟然是一只泛黄的上海明星食品厂鲜蛋杏元包装旧塑料袋，左下一只下蛋母鸡，右上一只黑蝴蝶。这样的旧袋子，弃之路口，即便里边装着金银细软，恐也无人问津。看来母亲对所包东西从开始之日至今，从未敢轻易地动过。

我把塑料袋一抽，掉进抽屉的是几本绿封皮、红封皮的各类

证件，父母生活的所有保障全在这儿了。

母亲的身份证制作于 1988 年 12 月 31 日。母亲烫着一头卷发，向后拢着，深色的衣服上衬着一个假领子，也算那个年代的流行款吧。母亲神情端庄，稍显拘谨，似乎有点不适应这样一本正经的彩照场合。证件是吴县公安局制的，那个时候还没有撤县建区，母亲是一个地道的渔民。

我这做了 50 多年的独养女儿，生于国家独生子女时代的前 20 多年，却也在 2004 年 12 月 14 日让父母得到一份独生子女证，享受着津贴。

父母有两本农村社区股份合作社股权证。一本签发于 2005 年 11 月 21 日，一本签发于 2015 年 10 月 28 日，这是父母为自己的生活所争取到的成绩。

父母的苏州市相城区被征地农民基本生活保障征地保养金生活补助费领用证，是苏州市相城区劳动和社会保障局制的，竟然找不到制作于何时。

这些证件静静地躺着，却依然鲜活地对父母的生活一一发挥着重要作用，难怪母亲如此宝贝地紧捂着，丝毫不敢慢待。

混迹于这堆红色证件之中的一份绿色封皮证，是中华人民共和国建设部监制的村镇房屋所有权证。封皮正中是一只金色国徽，麦穗围边，天安门城楼上五星闪耀，显得尤为庄重，这一份证件，签发于 1999 年 5 月 30 日。一对土生土长于渔村的老夫妇，他们呵护有加的这份房产证，倾注了他们奋斗一生的心血。不几年之后取而代之的将是小高层楼的居住证件，从村民真正变为居民，将能够脚踏实地的农村屋居变作空中楼阁，父母终究有点难以适应。

为了两老安度晚年，家里暂时将父母安置在水韵花都的一套小户中。头天晚上，在 14 层高楼，父母俯瞰到的是活力岛一带的流光溢彩，倾听到的是华元路来来往往汽车的声音。母亲惊喜于这样现代化的玉宇琼楼，却一时难以适应高层生活，不会开网络电视，不会用全自动洗衣机，不会利用密码开防盗门。

经过小辈指点，父母终于逐渐开窍。可是母亲还是无法适应从水韵花都到书香苑转乘地铁的便捷式方法。母亲说：如同一只地老鼠，不晕头转向才怪呢。乘车她有的是时间，70 多岁的老人乘车免费，所以宁愿等公交车，把等候的时间用来观瞻沿路的风景，未尝不是一件好事。地铁虽快，却在地底穿梭，面对熙熙攘攘、来来往往各色人等，对母亲而言，实在太憋闷了。

让父母慢慢地去适应现在的新生活吧。那本绿封皮的房产证成了一只徒有其表的空囊，母亲无须管顾，聊作一个纪念，便存在我们的车库里了。至于那些还在享受其用的证件，父母似乎也已经放松了警惕，彻底地放手于我们这些小辈管理，再也无须为证件所羁、为证件所累地自由生活了。

父母的中老年生活与祖国改革开放 40 年同步，现在安然

幸福！

老家在苏州虎丘山麓北的一个大渔村，渔家人的盛物用具自然要吃透水的性能而敦实耐用，还要粗犷庞大。缸成全了渔家人的这种需求。

于是，各种形制的"缸"先后请进了我家。它们是父母一辈的生活积累，以前各尽其用，生活条件提高了，它们一件件惨遭淘汰。但父母敝帚自珍，都汇聚于老屋的犄角旮旯，缸挨着缸，缸叠着缸，缸套着缸，形成了蔚为壮观的一壁旧"江山"。

那时，乡下人家用不起精美瓷器，无从讲究而必须具备，于是缸们呈现统一的陶质属性，色调基本是淳朴的灰褐色，接近泥土，与外婆手上的皮肤相似，饱经沧桑，呈现着经年生活的包浆，腊干肉的色泽。

盛米的那只缸，是外婆传给母亲的嫁妆，肚子圆鼓鼓的，口圈正适合覆盖一只木盖。那只木盖是父亲亲手打制的，配套用于一只镬子，镬子坏了，锅盖张冠李戴到缸上，厚重，可以把鼠类阻挡在外，缸当仁不让地肩负起盛米之责，于是，它拥有了一个专门用词：米缸。父母把不同时期用心血换来的糙米、黄米、白米置于其中，颗颗米粒填补了我的脾胃，米缸成了养育我的摇篮。

置于檐下的那只缸，宽口，母亲用其存积天落雨，可备用日常洗刷，最喜下雨天在缸口听雨，瓦楞里蓄势淌下的雨比之天上筛下的雨更富有凝聚力，"咚、咚"有声，像超然于大合唱之上的领唱，激越心扉，儿时的光阴便一点一滴地融进去，荡漾开来，雨过天晴，映着日光，像面镜子，照彻了我的童心。渔村人的生活里缺不了鱼腥虾蟹，每每弄到一些，父亲也会暂时在其中放养螺蛳、小虾、鲫鱼之类，怕猫儿叨食，缸上便会盖上大石板，仅留空隙，馋煞猫儿流涎去吧。

灶间有只大水缸，倚墙而立，缸沿米白色的一圈边，缸身酱紫色。每天父亲从河里提水，当一缸水即将用完之时，缸底便沉淀了不少杂质，那是我最不愿意看到的，有时竟然还有小虫。说来奇怪，渔家后代吃了这种外河水，也全然不比吃漂白水的城里人来得虚弱，恰恰是健健壮壮。那口水缸承载了家乡的小河水，小河孕育了我的童年。吃顺了缸中河水的我后来吃井水、吃自来水，都出现不适应期，嫌冷、嫌有味。那生命源头的缸水，奠定了我的脾胃对江南自然之水的认同基础。

有一只缸，有时会是底朝天搁置在刷衣服的水泥台板下，那是闲荒时间，它没有用武之地；到了捕鱼季节，父亲经常会被亲朋邻里请去捕鱼，回家拎回两条网头鱼，大都是鲢鱼，鱼头就地砍下做成鱼头汤，鱼身便成日后的餐用，被母亲切成段，一片片腌制好，压在缸里，最后压上石头。此缸忠诚地为主人坚守时日，护卫着鱼肉，成了我们冬日里的大餐。

有一口小缸，口子小，立柱式，父亲经常用来腌制咸菜或萝卜。那些曾经饱胀着生命之水的蔬菜，经过一段时间的日晒后，被父亲用强劲的臂力塞进缸中，往往是塞进一层，父亲便会用一根捣衣槌沿着缸沿一阵紧压，然后再一层层塞，一层层压，缸用坚固之身承受，奇迹般地收纳下一大堆菜，最后父亲竭尽所能地对其封闭，缸身之内便开始了一场奇特的变味运动。经过时日，从缸内掏挖出来的菜全然不见绿色，代之以黄色，浸满了酸酸咸咸的味道，那是父亲秘制的家常菜，是缸成全了父亲的劳作。

缸们堆叠在老屋的一角，它们在一个时代中发挥了最为日常的功用，可是新时代的到来，它们一一歇将下来，没有了用武之地。它们来自泥土，经过烈火焚烧，拥有恒常的特质，经久不衰，父母始终硬不下心肠把它们移除出屋。

拆迁时，父母把它们堆叠在场上，期待有人兴许能收留。

贺铸晚年退隐苏州写就《青玉案》，他简笔寥寥，勾勒了一幅黄梅时节图："一川烟草，满城风絮。梅子黄时雨。"十几个字高度凝练地彰显了江南雨季特色，水滴淋漓，烟雨蒙蒙，这是文人眼中的江南底色，充满悒郁不得志的"闲愁"。

梅子黄时开启雨季，对于农人而言，恰恰是闲不得、愁不起，正需要不停忙碌，便是所谓的农忙季节。所以，我儿时上学，在这个季节，是要放几天农忙假的。

这是一个忙碌而又充满乐趣的季节。

先是收割麦子。最喜欢跟着母亲到田头。醉翁之意不在酒，跟着母亲出工，其实是有好处的，小竹篮里藏了冷饭、萝卜干，有时还有面衣饼，那是母亲不到关键时刻不开启的诱饵，总是先让我跟着拾麦穗，待到我满手盈握，便是享受之时。

收完麦后便是掼麦，即脱粒，母亲总要给我讲一个她小时候的故事。那时外婆怀着她在"稻床"（可掼麦或稻）上掼麦，由于用力过度，麦秆茬茬反复戳到大肚子上，致使母亲在诞生时脸面红肿，像个丑八怪，母亲说："要是你外婆那时听信了接产老娘的话把我扔掉了，那就没有你了。"由此，我特别惧怕那硬生生的麦茬子。

收好麦后，便要把麦田改造成稻田。种稻离不开水，所以江南人把稻俗称水稻，要给稻秧一个营养丰富的水环境。如何才能做到呢？在那个还没有机械化的时代，农民全是靠力气活实现的。

先是用铁搭垄田。收割完毕的麦田原本是一垄垄的，麦长在高爽的垄上，每垄两边均有凹下去的小沟，便于排水，父母他们全要将它们平整。

然后便是落田，在田里放水，进一步用尖齿耥耙把泥土耙得又细又匀。

再是发潭沃田，这是十分重要的一环，要提早半年就做，其

实就是给水稻田备足营养环境。早在旧年的冬季，就有苏北人过来在河中罱河泥，他们把罱好的一船船河泥用枚簸舀到河泥塘基中，待等水儿慢慢沥干，便用土笪装担挑到开挖在田中的灰潭里，贴在潭边，待等春草旺长时割下来，平铺其中，盖上一层河泥，一层覆一层，黄梅时节到来，它们已经发酵腐烂，变成上好的肥料泥。姑母是挑担的一把好手，总是领头把担子装得满满的，身后跟着一长串挑担人，一路呼着号子，姑妈第一个到达水田，赤脚走到田心处，将两土笪泥一倒，随后的社员们也一担担倒在后边，年老体弱一点的被照顾倒在最后，感慨那个时期社员们之间的惺惺相惜。体力更弱的或是孩子便下到田里甩河泥，凭着双手死抠那些又臭又烂的泥，将一坨坨泥均匀地扔到田地的旮旮旯旯。

随后，母亲她们用耥耙再次将水田耙平整，俗称摊田，摊出了一片可以大赶快上莳秧的好基础。

那时，江南的莳秧田里，农妇均喜欢头扎一块毛巾，既防晒，又可以随时擦汗，后来慢慢用起草帽或斗笠来，有时忙到夜里还在帽顶拧亮一盏小电珠。田里所有的妇女都双足跨开，弯腰弓背，一步一踏实把绿色的秧苗插进水土里，一排6棵，整齐匀称，插一排退一排，有时头晕目眩也不得歇，唯其如此，才能赶上活计。

黄梅季节前后个把月，农民都是惜时如金忙活这些事情，但等秧苗插好，还无法一劳永逸的，需要隔十天耪稻，隔十天竖稻，再搁一周耘稻，所有这些都是为秧苗松土除草，让它们充分地吸收营养。在往后的日子里还需把水排干，让水稻在太阳里干爽地搁一下，谓之搁稻，使稻儿站稳脚跟，坚挺有力。烈日炎炎下，还要几经漂稗，即把稗草除去，如此辛苦不断才能在秋季有所收获。

这一系列的农事，要数黄梅季节的事情最为关键。那时，是靠力气干活的时代，农民们都特别勤劳，唯勤劳才能不负时机，把握未来。

如今，进入现代化时期，父母看到电视机里大片农田里，机器已经替代了昔日的劳力，感慨万千，真是今非昔比了。

酷暑炎夏，胃口全无，患上痄夏病。为提振食欲，想方设法吃香喝辣，就是食欲不开。

便想："饿两顿，看怎样。"

饿一顿，无济于事，感觉腹中仍然鼓胀。其实，这哪里是在饿啊，嘴巴不曾亏待停歇，吃西瓜，喝咖啡，自然吃不进主食，只可惜浪费了主食的好色相。

决绝饿第二顿，停止主食，也停止副食，终于在一觉醒来后，贪婪的食欲陡增。不过，对桌上一应色香味俱全的菜肴一点也不感冒。盛了一碗白米饭，缀以一块酱瓜，冷开水一泡，呼噜

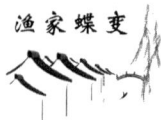

呼噜，吃得猪也似。嘴一抹，再来一碗。脾胃终于彻底恢复食忆，想起数十年前的粗茶淡饭也是如此令人吃得欣然。

回眸少时盛夏，虽以粗茶淡饭度晨昏，却从未厌弃过食物，也从未有过什么怔夏的娇贵病困扰。彼时，脾胃总是在孜孜以求着得到填补，而乡间生活物资贫乏。越是如此，脾胃对凡是能够滋养生命的一粥一饭都是那般青睐，有着深刻的味觉欢忆。

少时条件艰苦，有时吃白米粥不一定能得到保障，父母竭力维持温饱，便用山芋充当早餐主食。在江南的潮湿气候里，陈年山芋得不到好的存放，经常霉迹斑斑，癫疤块块，用刀削不净，留有药性味，可是和以隔夜饭泡煮，照样吃得肚皮饱饱，热汗腾腾。

午餐，是三餐中较为重视的，渔家人基本不买猪肉，吃捞来的死鱼，耥来的螺蛳，有时用禽蛋接济，这都是大好的荤菜了。母亲经常沾沾自喜于生活在渔村，这些东西基本无须用钱买。鱼死得令人心痛，卖也不值钱，就自己用重盐腌制，放在钵头里压以砖石。一夜之间，死鱼肉变得硬实。在油锅里煎炸，满村都能闻到类似于臭豆腐的奇香，要是放几个红绿尖椒，便是诱人的神仙食品。渔村娃没有一个不喜欢这死鱼的。死鱼分为三个等级：活佬、头余、二余，如今想来，哪怕是活佬，拿到家中也是死胚。死胚有甚营养？而且它们有的死于天热缺氧，有的死于疾病。可是不知为什么，从来未曾因此生过病。如今还有人专门要吃安徽的臭鳜鱼呢。

螺蛳几乎天天上得餐桌。父亲隔夜从鱼池上摇船回来，必要用撑兜在河浜抄几兜。母亲接应好剪去螺蛳屁股，在清水里养一晚。第二天淘洗螺蛳，颗颗清亮。中午，母亲上灶烧煮，倒入黄酒酱油时，螺蛳的河鲜味道全部吊出。这道纯天然的菜几乎天天吃，却百吃不厌。

晚上所吃，经常是午餐的延续，剩多少吃多少，谓之吃冷饭，难得母亲会煮上几个咸鸭蛋，便是犒劳父亲喝酒的排场了。场院上，随意摆出几只小杌子，一家三口围着闿门板上的菜开吃。太阳已经沉落，却在西天撒下几道彩练似的晚霞。父母一边唠嗑着渔事，一边津津有味地吃。吃到最后，菜碗告空，父亲便掐几块萝卜干吃白饭，就着开水吃得嘎嘣嘎嘣，清脆响亮。母亲用勺子将锅里的锅巴都刮下来，留存着准备第二天早上做泡饭。渔家人过日子，从来精打细算，不会随意浪费。

"粗茶淡饭饱即休"的一天过去了。这时，星星已经在天空闪烁，露天乘凉的幸福时光随即开启。

看如今纵情于点外卖，吃夜宵，上馆子，脾胃饱和，富贵病随之而来，浪费了东西，还伤了身体。欲要摆脱困扰，恐怕还是要想想古人的话："一粥一饭，当思来处不易；半丝半缕，恒念物力维艰。"

让脾胃保持八分饱的时候，即使粗茶淡饭也能吃嘛嘛香。

让脾胃保持十二分饱的时候，纵使山珍海味也食不甘味。

周日，我回到耄耋父母身边，他们高兴得像小孩，聊天大片里我总爱缠着他们讲那过去的事，父母做了大半辈子的渔民，一触及渔事，便有无穷乐趣。

春末夏初的节气之间，老父母讲"浪网"的事情，让我对鱼初期成长所经受的磨炼充满了无限感慨。

20世纪60年代，父亲初出茅庐，数次跟随生产队里有经验的渔民到长江滩涂做花子，实际是去采集长江激流中所产的鱼苗，运回我们苏州黄桥北庄渔村养殖家鱼。

鱼产子"需要降雨、微流水和闷热的气候，对繁殖期的鱼有诱导产卵的作用"。长江流域鱼产子在4—5月，渔民要辛苦出行一两个月。一次，父亲他们租住在安徽安庆，专等鱼在上游产子，鱼子从母体产出的时候是一个小黑点，被透明的小泡包围，就像眼睛一样，不过小得很，它们一出生就经受大自然的考验，经长江随波而下，不几天已经长出小尾巴，像小蝌蚪一样，比小孩指甲上的小月亮还细微。

当地渔民把经过激流考验的鱼苗囤在水箱里，卖给我们村的渔民。由于各种细小杂鱼苗混在一起，渔民谓之花花秧子，需要择优劣汰，这是第二次考验。他们先把杂鱼苗置于用细布缝的专用箩中"蒙"，故意不换水让其缺氧，野杂鱼苗吃不起苦纷纷沉落水底，父亲学着老渔民的样用抽水管把它们从箩底吸出淘汰。

渔民把择优得到的鱼苗连箩带水装上铁壳货轮从长江运送到南京火车站。一路上他们小心呵护，用熟蛋黄加水捏成浆投喂，同时还要慎防鱼苗在静水中缺氧致死，这是第三次考验，他们掌握哪个口子的水好，就会及时给鱼苗换水。

到火车站上，有人来接应，他们早就预订了车厢。时间就是生命，车站内工作人员只要一见到穿着皮裤的渔民就放行，渔民及时装运苗箩，还准备了清水箩，一路上掌握好时间给鱼苗换水。火车抵达苏州站，大队里也早就派出人有序而又快速地把箩扛到渔船上，摇船回村后把鱼苗放养到花子潭（专养鱼苗的小池塘）里。

落户到花子潭的鱼苗要经受更为严苛的考验，即浪网。鱼苗先在小潭内静养，渔民投喂豆浆，一两周后用荡网牵起，再小心翼翼地用渔筛将鱼苗连水盛起沥水，水从筛眼里哗啦啦流出，水沥干之时，鱼苗在筛中沙拉拉跳跃，让它们挣扎，这是一种特殊的历练。第二次浪网同样用筛子抬起沥水，时间稍长，手里还要轻轻掂一掂筛子磨炼鱼苗。第三次浪网渔民加强了考验力度，会多次用渔筛又抬又掂，只有经受住这些考验的鱼苗才能真正养殖成家鱼。

最后一次浪网后，渔民站在水里用盆子将荡网内的鱼苗连水舀起，观其不同特点分拣，呈现肉色的是花鲢、白鲢，背上贯通

黄经的是草鱼，背上贯通黑经的是青鱼……父亲也站在水中操练着，用手指头在盆边沿将不同的鱼苗分别捋到不同的网箱中，然后分类送到各个池塘养殖。

鱼儿初期的成长要过这么多坎，与人的成长何其相似。人欲成才，也是必须经受无穷考验的，所谓"苦其心志，劳其筋骨，饿其体肤，空乏其身"，人们会把在社会上经受考验之事叫"浪一浪"，即是从浪网得到的启示。

在当今时代，浪网精神显得更加弥足珍贵，因为新征程的奋斗需要用它砥砺每一个人。

那时，外婆的屋子很小，没有什么值钱的家什。农村人的生活可以极简到仅能储存一点吃穿用度。

外婆嫁出最小的女儿后，过起了更为克己的日子，因为外公早就过世，她无欲无求，所有的生活意义仅仅为了糊口活下去。

母亲常常领着幼小的我走过一条弯曲的小路回到三家村看望外婆，劝导外婆："你把儿女都抚养成人，任务完成，也该过好自己的日子。不要总是这也舍不得吃，那也舍不得穿。"

外婆听归听，日子照样过得清汤寡水，从没有物质的堆叠。有时母亲会给外婆送点吃的，不久就给我们这家娃那家娃偷吃了。我们娃儿偷嘴的事情被母亲识破后，她就让父亲给我外婆做一只元宝篮，高高挂起便可省了我们的觊觎之心。

父亲有一只自制的木箱，里头藏着工具，那时家中器具随时需要修修补补，好多家什还是靠双手打造起来的呢，所以父亲积攒了一套工具。父亲用老虎钳将铅丝按照尺寸绞成段做成篮骨子。然后，用一只小巧的木梭子编织菱形小网眼，用的是织渔网的尼龙线，草绿色。在篮骨架之间编织可不容易，比编织一只捞鱼的撩兜要艰难得多，不过这是母亲的一片爱心，父亲绝不怠慢，一梭一梭都一丝不苟。最终一只元宝篮制作而成，两头尖翘，上沿稍凹，上宽下窄，造型独特而优美。

父亲还特意给外婆从木梁上挂下一根绳来，下系一只钩子，篮子挂于其上，我们这些娃儿就无法偷嘴了。虽然外婆家中凭空增添了这一只上乘物什，事实上在平常的日子里它基本是没有用武之地的。外婆不舍得用它装菜，一个人所吃掐一把鸡毛菜或豇豆就够，何劳元宝篮大驾？

可是，当秋季到来月亮逐渐圆润起来的日子，母亲、阿姨、舅舅就会断断续续送点过节礼，那时的零食基本是用纸包装，用扎线提溜，外婆把它们放进元宝篮，总舍不得吃。直积攒到中秋之夜，外婆大大方方地要用元宝篮里所有的物资祭拜月神。

场前准备的杌子太小，不便散开，外婆也是一个因为贫苦而不懂讲究的人，所以她把篮子一股脑儿呈上，溶溶的月光洒在篮中小食包的身上。我们几个娃早就垂涎，外婆看出心思，待等仪式一过便分享一点给我们。但是外婆并不全给，而是借机向我们

的未来日子发布一些小任务。

以后的日子，为了吃到那些美食，我们总会快乐执行任务，有时洗碗，有时扫地，有时割草，外婆也从不食言，一次次给予我们美食。不懂事的我们总唯恐有老鼠出现会偷吃，但称奇的是，上回我们吃剩到哪儿，下回仍会完好保留，外婆十分用心地替我们保管着一篮子物华天宝。

我们从月圆直吃到月弯，幸福地享用了本该是外婆的东西。那里有苏式月饼、麻酥糖、粽子糖、云片糕，它们都曾镀过溶溶的月光，给我们的童年留下了甜蜜而温馨的记忆。

新城一对

　　父母的小户里安装了路由器，他们可以随时刷看视频，观看新闻，不出家门也能了解一点世界的纷繁。他们已然步入耄耋之年，步伐只能蹒跚于小区周边，但思维仍然可以抵达世界的远方，手机为他们打开了一扇窗。

老父母的新时代

母亲是棵树，她把生命的根深深地扎于家园，历经数十年的风吹雨打，长成一棵盘根错节的老树，孕育了一片别有情致的小绿荫。

我是一只能力有限的鸟，飞不高远，母亲老树的绿荫便是我时不时歇足归巢的所在，在这里我可以疗伤慰情，也可以恣肆放纵快意情怀，唯这里，我最自在。我可以在周末依靠于母亲的绿荫下，说想说的话，吃想吃的食，烦了可叙，乐了可笑，累了可躺，痛了可哭，痒了可挠，肆无忌惮。我身体臃肿了，母亲不会嫌弃；天气阴凉了，母亲会嘘寒；胃里胀痛了，母亲会敦促去医院……我是母亲心中永远的宝贝疙瘩，我无穷无尽地在这片绿荫里受着庇护，榨取着母亲大人的点滴心血，还恬不知耻地乐陶陶于母亲逢人便说的誉词："惠勤是我好囡婗（苏州方言，意即女儿）。"

好囡婗，我好什么呀？我吃过无数顿母亲做的饭，我却不知

感恩，嫌弃过咸淡。我自问：我又为母亲做过几顿可口的饭菜？我穿过母亲做的小粉裙，着过母亲亲手纳的布底鞋，我却不懂珍惜，嫌弃过土气。我自问：我又买过几件真正让母亲称心如意的衣服？我为了打造新的屋居，数次掏空父母的积蓄，他们倾尽毕生心力不顾自己已入垂老之年，我又自问：我除了在岁末年终象征性地给父母表一点心意，我又何曾真正回馈过生我养我的父母双亲？每每我自责，母亲总是自豪地为我解围："我们两个，看病有医保，生活有劳保，那点钱够我们生活了，你不需要操心我们的。"

不需要操心，这是一棵老树在用衰弱的阴凉释放护犊的能量，这是为人女儿的自豪吗？抑或更是一种羞愧？

母亲这一生，为我和这个从父母身边分离出去日渐壮大的小家庭所操的心从没有停歇过。生命的履历中，母亲除了配合父亲做过渔事，还做过许多副业。母亲用那双勤劳的手尝试做过村里农妇几乎全部做过的活，这双手能铺抛筒，糊布衬，做蚌珠，刺苏绣，还能割猪草，纳布鞋，做毯子，做绢花。一双手的能干取决于主人对家庭的尽职尽责，母亲只养大我一个女儿，这双手却从不曾停歇劳作，直坚持到 70 来岁，还在家做表姐厂里拿回来的加工活——粘纸盒。为贴补家用，减轻我们小辈的负担，母亲任劳任怨，一直坚定不移地坚守一个信念：不靠小辈。

70 岁上，母亲的这双手停歇下手工活计，不是休养生息，而是与父亲又一次扛起了家中大任，帮助我这个已成奶奶的女儿承担看娃任务，我堂而皇之地用一份教师公职剥夺了母亲的休养，让她瘦弱的双肩扛下了理应由我扛的中国式奶奶的辛劳。母亲用70多岁苍老的生命接力着我50来岁奶奶应尽的义务，母亲还乐颠颠地向人显示健康的体质。

事实给我一记响亮的耳光，2017年母亲病倒了。我深深自责，母亲用表面的安康假象制造了我们四世大家庭的风平浪静，母亲即便病了，依然心心念念着以后小乐乐的看护问题。

我深知，母亲这棵老树需要长"治"久安，这个家得重新设法请人护娃，我要把深爱母亲的老父亲彻底归还给母亲，让他们从护娃中脱开身，真正地安度晚年。

然而，母亲又一次挺直了瘦弱的腰板，这个曾经动过4次手术的弱小躯体竟然迸发出新的能量，母亲再次要与父亲一同看娃。为了杜绝我诚惶诚恐的心理，母亲还乐颠颠地摆出一条十足的理由："小乐乐已经3岁，看护她不需要什么大力气，有她在我们身边，我们反而闹猛，我的身体也会好得快。有你爹在，你只管放心把小乐乐送过来，我只是搭把手，他身体好得很。"

母亲是棵树，兴许，母亲对这个大家庭用情太深，她的根系扎得特别牢固，上苍眷顾她，给她注入了特别的能量。至今，这棵老树依然绿荫葱葱，这是她老人家自身修来的福，抑或是为儿孙修来的福？

节假日，再回母亲的绿荫下，我不再是一只任由自己胡作非为、贪婪自私的鸟，我想陪在母亲的身边，与她一起多晒晒太阳，多看看蓝天，和我敬爱的母亲共享一场母女情深的天伦之乐！

娘家北庄渔村的村西头建设湿地已近 10 年，昔日数百个星罗棋布的池塘和几个湖荡经历一番天翻地覆的变化，变作了风光旖旎的大湿地。近水楼台先得月，在享受这好风光的岁月里，老父母和村中人没少议过村子拆迁的事。然而说归说，颇有今朝有酒今朝醉的快感。数年前，村东头两次对村边的小批量村户进行拆迁，如同割草，由东而西，娘家在渔村的最西头，人家拆了五年，有的房子还没有到手，所以拆到娘家这边不知猴年马月，足可以高枕无忧，老父母都七十多岁的人，似乎早有终老村子的打算。老父母习惯了日出而醒、日落而息的生活，他们一如既往在村里过着平静祥和的生活，十分知足于物质生活的一步步跟进。至于村落外时代的大发展对于老人而言，似乎都是隔河相望的海市蜃楼，美则美矣，完全可以不必理会，因为渔村内麻雀虽小、五脏俱全，有朝夕相处的村民，有热闹非凡的闹市区，有蔬菜水果一应俱全的小型农贸场，更别说，村西头还有那个琼瑶仙境般的湿地。

然而，2018 年春末，渔村的拆迁真真切切全面启动了，像刮进了一股强劲的风暴，仅仅两天，报名拆迁的村户已经达到 200 多家，娘家的拆迁摆上了议事日程。一晃，两个月过去了，娘家经历了丈量、估价、签字、搬迁，如同一棵移地的大树被连根拔起，不晓得落入别的窠臼会出什么状况，不由得隐隐有些不安。

拆迁中，全家最为热议的就是两位老人的安置事宜。考虑到老父母年事已高，家中一致否决了去住老人公寓，讨论的结果是住水韵花都的小户型房。由于拆迁事急，一时来不及，所以老父母得有一个月的时间先与我们四世同堂住在书香苑，幸亏当初似有先见之明没有安置书房倒是多安排了一个房间，现在一展用武之地，尽管仓促，但举家努力，两老还是很快就住下来了。

与老父母分离了 20 多年，现在相处一起，总在想着一定要尽心尽力让老人愉快。如同香樟，我是老父母分离出来的一棵子体，从无到有，从小到大，从读书到成婚，父母倾注了全力，而后，我带着家乡渔村的泥土芬芳移居到街区生活，虽然普通，但感谢老父母对我曾经的滋养，历经 20 多年，我已经进入含饴弄孙的奶奶时代。而今，老父母加盟，成就了四世同堂。非常凑巧的是，这一个月的合并，正值暑假，我想我一定可以真真切切地在上有老下有小的日子里斡旋出一团幸福的和气。

事与愿违。尽管我和先生百般注意，但母亲身体正出现不良状况，一直头昏脑胀、有气无力、胃口不开，母亲不得不住院了。父亲说母亲有可能在拆迁那几天操心的事情太多了，也有可

能到书香苑水土不服，他意欲回老家取一抔土来沉淀沥清后让母亲加水喝了以解不适，我制止了。母亲挂了一天水似乎上了一点力，我让她吃了几颗荔枝。

午后挂完水，母亲肚子莫名其妙绞痛，家中人把什么原因都分析过了，最后，目光锁定荔枝。我百度上一查，母亲的症状就是得了荔枝病。想想也是，住过来的日子，正值荔枝旺季，也碰巧家中买了几次，导致母亲得病。母亲虽非水土不服，也是晚辈们的不慎惹的祸，惭愧至极！

过后几天，母亲用中药调理，喝粥度日，身体渐渐有所好转，见我忙碌，就一直争着要干活。母亲对于阳台上的晾晒倍感惋惜：阳光太少了。哪里有老家满院子的阳光暴晒那般惬意的？她总是想法设法地把每件衣服都要落实到见天见光的位置，阳台上被挂得如同彩旗招展，客厅被遮掩得暗淡下来了，更有甚者，老人家把宝宝的小衣裤七零八落地吊挂在防盗窗上。我的个妈呀，一条薄薄的小尿裤在这夏日里犯得着如此不雅观地全方位暴露于36℃烈日中吗？为了让毛巾毯舒舒服服展平，母亲还登上椅子探出半个身子去大显身手，把我吓个灵魂出窍、汗毛直竖。我一再强调安全性，母亲虽然有所收敛，但争着晾衣服的热情不减，我就想方设法捷足先登先下手为强。母亲如同失了业，皮球泄了一半气，无所事事的日子十分难受。

乐儿的尿裤经不起几回折腾脱线了，母亲戴起老花镜缝补，我不好意思阻止，旁敲侧击地说："网上多买几条就行，一条才几块钱。"母亲倒是回了个结结实实，她心疼地说："几块钱也是钱哪。"

两老住进小卧室的时候，母亲说她怕蚊子，就强调要用蚊帐，家中恰有，正中老母下怀。外出回来，老父亲非常自豪地引荐我参观，指着帐顶说："这是老家带来的小吊扇。"母亲即刻示范，一按拖线板的开关，清风徐来，倒是有几分惬意。然而举头一看，这老父母的杰作竟然是吊挂在废弃的两根拖把柄上的，也算废物利用上了。父母的意识里只有实用，绝无美观，好，这家中能吊挂一只电扇的除了这两根杆子，确实别无长物可资利用。就此为用，也算圆了老父母的一个小心愿！

老父母爱看电视，而我们爱折腾手机，主动腾出客厅让老父母过电视瘾，唯恐老两口受热，就开了空调。可是，一忽儿工夫，空调关了。莫非老人家省电费？我便叮嘱："别总想着省钱，开着空调大家一起凉快，多好！"空调开了，不知什么时候又关。开开关关间，发现老父母是真不能适应空调日子，有时竟然在刻意制造的冷空气里披上了毛巾毯！哎哟，我的老爸老妈耶，是我自以为是，把所谓现代人的享受意识强加于两老身上了。

7月中旬，老父母入住水韵花都，又可以开始两人世界的生活了。可这高楼里的日子哪里能和以前渔村脚踏实地的日子同日而语？母亲总是担心不能适应这种"鸟"日子，种种的问题乱麻

一样摆在面前，剪不断理还乱。我一再对母亲说：家家都在拆迁，渔村的日子回不去了。得人去学会适应新环境。

母亲不敢独自乘坐电梯，父亲早就进出自如了，母亲还总是一味地屁颠屁颠只会跟，像个养不大的孩子。我对老父亲说，别保护得太勤，让母亲打头阵，总得自己学会进出的。隔了一天，母亲的搞笑故事就由父亲悄悄地传给我了："你老妈从14楼下去，她按的按钮是14。"窃笑后我考验母亲："妈，14楼下来按什么按钮?"母亲笑而不言，父亲笑言："又忘记了，这记性!"母亲露出不屑的目光："喊，还真以为我傻呀，你一直抢在前头，我就吃惯了现成饭。你不在的时候我都上上下下好几回了。这道道谁不懂，要按目的地楼层的按钮。"嗬，原来老母亲还是紧跟新时代步伐的。

母亲怎么也不舍得放弃两只半新不旧的躺椅，那种黄色的竹片和屋子的基调格格不入，怎么看怎么不舒服，摊出来又占地，母亲却恋恋不舍，即使坐不了，她也要拆卸下竹片铺在沙发上，她嫌沙发太软、席梦思太软。为了免除父母之忧，我立马给床和沙发都买来了铺垫的席子。可是隔了一天去参观，刚落座沙发，就觉得屁股被硬邦邦的东西弹回来了，翻开铺垫，下面竟然躺着两块木板，父亲还喜滋滋告知我："这样的硬度正合适。"至于床上，新席子固然是用上了，但底下横七竖八地躺了三条旧席子，这样中和了席梦思的软度。老父母学不会适应，还是用简单的改制，让物体适应了他们数十年间已经渗入骨里的生活习惯。

最难将就的是洗淋浴，母亲宁愿打了水在盆里洗，还说反正也不麻烦。也用不惯全自动洗衣机，总说才两个人的衣服犯不着这样洗，太浪费水了。也不想琢磨那玩意的使用方法，罢了，幸好家中有一台洗娃娃衣的小洗衣机，倒是歪打正着合了母亲心意。

在两家之间行走，最便捷的方式是坐地铁，2 号线和 4 号线转换一下，半个小时就能达成心愿。这对于父亲并不是难事。对于母亲却实在有难度，她在心理上不能认同做地老鼠，尤其是不能接受要到较远地方的火车站去上下倒腾，明明两家之间本没有那么远的，为什么要去做舍近求远的笨事情？况且，在地铁里头，母亲早已不明东西南北，车子又那么长，每回上上下下的站台都不一样，母亲实在难以接受，我突然想起一位同事教他老父亲在地铁里转线，数回之后老人还是晕晕乎乎云里雾里，终于放弃了，改乘公交车。看来，我的母亲也遇到了这样的尴尬。

母亲能够接受的是看好时间乘公交车再转一次地铁，这样差不多也只需半个多小时。母亲不光自己这样做，还强烈推荐我这样做。一次，我送东西到水韵花都，父亲急匆匆看了公交车的时刻表，一看时间快到，就催促我快快赶车。我紧赶慢赶，还是错过了，就独自在站台上等候。不想，一会儿工夫，父亲奉母亲之命来了，带来了一个水蜜桃，还带了一块湿毛巾，硬是看着我吃

完方才心满意足。我告诉父亲，如果不赶公交车，直接去地铁站早就乘上了，父亲歉意地说刚才把时刻表看反了。哪里需要父亲的歉意？老两口为了我这公交车之旅，一个在楼上望眼欲穿，一个专程到楼下送桃子，我这心里涌起的蜜意早就融化在这热浪里，我感受到的分明是凉丝丝的甜美。

日子逐渐推进，老两口一步步地适应着新环境，如今他们已经能够随意地转乘公交车或地铁去城里新民桥菜场买菜、去园区玲珑湾玩耍了。母亲还喜滋滋地告诉我："我能在高楼的家里数到活力岛 6 座桥梁。晚上，灯光打在前面的楼群上，我们像在仙宫里，这日子美得像神仙过的。"

看来，父母十分知足于这样的日子，他们也已经在新的环境中找到了美好的感觉。

三十而立，我在小镇的街道上拥有了一个小小的立身之所，从此脱离了父母，像移植了一棵树，这棵树开枝散叶，由一代，而二代，再三代。

我悉心于这棵树的成长，却总把父母丢在渔村的一头，牵连他们的是一线一道而已。一线，便是电话线，忙里偷闲，完成任务似的嘘寒问暖；一道，便是从街道通往渔村的小路，十来分钟步行的路程，这是一条回娘家的路，来也匆匆去也匆匆，去时往往空着肚，回时装了一肚子的娘家味。

　　与父母分开的日子不知不觉过了 20 多年。20 年是可以换了人间的，我们果真在不断更换，我升级成奶奶，父母升级成老太太。还有更大变数，父母的老家拆迁了，我们考虑给父母租房。而两位老人考虑他们的蹲身之处，是站在全家利益最大化的立场上的，他们说把我们房子的车库利用起来，我于心不忍，母亲坚持说比她年轻时住的房子不知好了多少。拆迁房正在紧锣密鼓地建造中，暂度的日子里，车库成为父母白天坐歇的地方，晚上到楼中与我们住一起，四世同堂的日子便开启了。

　　白天，父母守护着这个家，我们那些曾经因为工作而省却了晒功的衣服、被单，在母亲的勤劳翻转下，充满了暖暖的阳光的味道。曾经因为娃儿们玩过头而来不及打扫的大厅，在父亲一帚一帚的挥扫下干净亮堂。那些因为没有计划所购进而白白被折腾的菜儿，如今有了两老的打理，浪费现象也得到了控制。

　　父母就像家里的"田螺姑娘"，默默地为这个家操持着许多家务，让我们这些借着工作名义的后辈有了超脱的轻松。

　　虽然住于一起，但父母总是十分明理，他们努力顺应我们的作息而作出最大可能的调整，尽力做到不干预后辈的生活。每晚在大厅里一起其乐融融地看半个小时新闻，然后他们就退守小卧室闭门守着一方电视度他们自己的独立时光，我们在大厅掀起的声浪他们假作闭目塞听，若即若离的状态让四世同堂的日子充满平和甜美，又能保持各自的独立。

最让娃儿高兴的是，有了老太太的到来，车库前的那片绿地真正有了用武之地。父母在绿地上拔除杂草，铺上毯子，周末，不出小区也能像置身园林，娃儿们轻灵的声音吸引来邻里的小孩，群娃们一起捕蝴蝶，采蒲公英，捡石头，荡秋千，而父母和一群老人守着娃儿在阳光下一搭一搭地闲聊，他们的晚年时光就这样安然地流淌着，如同绿地前那条清凌凌的河……

母亲的老年生活里，看戏是不可或缺的一个娱乐，现在节假日里送戏下乡似乎已经成为一种惯例。特别是春节，村部礼堂里总要热热闹闹地演上几天，母亲逢有戏看，就会过瘾地看上半天，然后喜滋滋地来电告诉我："现在老年生活真开心，送戏送到眼门前。"

确实，拜社会所赐的福，母亲赶上了好时代，在老年生活里便有了一出出的精彩小戏充盈耳目、传达肺腑。

那些送达乡间的戏虽说是面向整个人群的，但戏曲的受众人群似乎唯有老年人，往往成了老年专场。

母亲搬迁到水韵花都后，看戏生涯暂时中断了。母亲不是一个执着的戏迷，更不是一个能唱会道的票友，戏在她心目中好则虽好，错过一场似乎也不会影响吃饭。然则，一旦有人说老家那里有做戏的，她便还是心心念念地要去，毕竟老来的乐趣是要自己争取的。

劳动节期间，母亲要去看戏，像个城里人一样赶一回场子，让母亲高兴的是我要与她同行。乘地铁、转公交，终于回到黄桥街道戏场，走上红地毯，穿过几重粉色月环门，礼堂里已经有不少人。

来到礼堂一角，见到操持丝竹管弦的乐手，大多是本乡本土的老者，扬琴、二胡、提琴，或架，或坐，或支，乐手面前一应地都有一本大乐谱，爬满了天书般的豆芽乐符。母亲敬畏这样的阵容，不过，乐手那里声音太响，就兜兜转转，来到了另外一角，虽然偏斜，却风景这边独好，能近距离看到演员出出进进的模样。演员基本也是本乡本土的，虽叫不出名，却有不少认得出来，他们浓妆艳抹、水灵精巧，看一场由乡里人自导自演的戏，自是一番喜悦在心头，随意亲切。

时光流转中，主持人走上台，老者们一个个安然静坐，母亲轻轻地剥一颗粽子糖开始慢享。年岁大了，母亲特别爱吃糖，在极为廉价的消受中，糖味一点点化解、弥漫、浸蕴，生发一种甜美、自乐的熨帖，这无疑是最能消磨时光的好方式。

糖味在化解，戏曲也在开演。上台的演员身穿紫色丝绒旗袍，肩披薄如蝉翼、艳如流彩的真丝围巾，轻启朱唇，正在唱沪剧《大雷雨》选段《自从嫁到此地来》。

母亲静静地听，慢慢地品，这是以前母亲坐于绣架前飞针走线刺苏绣时经常听到的片段。苏州乡下的妇女生活中，手是累

的，不停歇地做手工，耳朵却是有幸的，一只半导体收音机在侧，便能享受到江南地区的各种曲目，沪剧、锡剧、越剧、评弹，一支支曲像一颗颗种子在心间生根发芽，直听到耳熟能详、烂熟于心，母亲人生里的黄金时光就占尽了这种软软糯糯的美妙音韵。

母亲最喜欢听的是锡剧《双推磨》，演员的一举手一投足，眉目之间所传递的神韵，仿佛逆转了时光，让母亲沉浸在一段缠绵悱恻的故事里。时光轻度，一曲，一曲，又一曲人生的戏曾经激荡过礼堂里每一位老者年轻时的心。而今，他们老了，用一种近乎做礼拜一样的虔敬和庄重，一丝丝、一毫毫地品味，旋律流水一样慢慢地流，静静地淌，与一颗糖、一口茶，一同渐渐融汇成心头的点点快乐。

白发苍生，时光无法挽留，戏曲终将落幕，然而，为母亲定格一张看戏的照片，可以在日后所见时与母亲一同唤回这份曾经的美好，愿这份美好常驻心间！

70岁的时候，母亲还在坚持用毛糙的双手绣花，勤劳的她没有闲暇，70岁那年的时光被母亲一针一线绣进针线里。

75岁的时候，母亲还在坚持用清瘦的双手搂抱家中的小宝，辛劳的她没有闲暇，75岁那年的时光被母亲一点一滴消耗在看护小宝的琐事上。

如今的母亲 78 岁，母亲的眼睛老了，她看不清针脚，花儿绣不成了；母亲的双手老了，她使不出力气，上小班的宝宝，她再也抱不动了。

因为苍老，母亲成了一个真正可以清闲的人。母亲一日一日清闲的时光静静地淌，缓缓地流，她在那些自由时光中便有了很多惊喜的发现，以前从来都是只看到山茶树上花开花落，而今却看到山茶树上竟然是结果果的，她像发现了新大陆。以前，母亲单知道银杏果是苏州东山、西山人种的，而今却在小区的一棵银杏树下看到了许多落果，以前以为银杏果外壳是硬的，而今发现原来白壳外还包裹着一层软噗噗的梅子一样的肉脯。

对一颗银杏树落果的发现让母亲有了守候的期待，她总在遍地金黄的落叶间寻寻觅觅，捡捡拾拾，每一颗果子都给母亲带来一点小确幸，母亲的清闲时光变得充实，有趣。地上的果子捡光了，母亲便抬头在枝丫间找。找累了，又低头弯腰捡一把银杏叶，一片片叠在手掌里，坐在栏凳上尽情地看，看明艳的叶子上皱皱的边缘，看光滑的叶面上细密的纹路，母亲像一个研究人员，翻过来掉过去地细细看，看完了，撒下一把，再捡一把。可是这些光阴里的落果和落叶来也匆匆去也匆匆，在冬风里无需几日便消失殆尽。

几场冬风扫尽了银杏和红枫的落叶，小区工作人员对绿植进行冬季修理保护。母亲进入了新的观看模式：她扬着脖，看一棵

楝树的枝丫被硬生生锯下，一对喜鹊夫妻扑棱棱迁徙到小河对岸，另行觅到了一棵枝叶繁茂的大树。

几日过后，冬日暖阳熏染着小区那片光秃秃的枝杈，散发着木质的清香，尤其香樟之味让母亲沉醉，母亲更沉迷于看那对曾经的喜鹊夫妻在两岸间来回重新营造新家园的连续剧，她昏花的眼睛里出现了生动一幕：老喜鹊飞回曾经的小树林，虽然很多枝叶不再，但有人力不达而未加修剪的一部分树枝侥幸地俯撑半条河面，它便抵达那些旁逸斜出的繁枝，然后凭借精卫填海之力，咬住一条细小的枝条又摇又折，反反复复，终于断下一枝，呼啦一声，飞向小河对岸。而对岸也呼啦一下，旋出一道美丽的生命之弧，那是老喜鹊的伴儿。这对喜鹊夫妇就这么你来我往于两岸之间，搭就着它们的新窝，而老母亲有幸成为它们的见证人。

如此，母亲的生命里便有了一只可以和我闲聊的生动故事，她为喜鹊夫妻生起敬意，我则为母亲的有趣收获生起欣慰。

母亲接着会发现什么呢？接下去，也许是看一片云，看一只鸟，看一棵草，看一粒石，抑或看一场雪，看一阵雨……

父母在苏州花鸟市场买回一对珍珠鸟。

一对珍珠鸟的世界何其简单而微小，一笼一巢一杆两盒耳。笼为细铁丝所制，蓝色；杆仅一尺来许，搁于笼中，与一侧的铁栅共同系绑着鸟巢；巢为稻柴所编，像微型米窠，又像袖珍缸鬶，横空挂着，一头的口子敞开，珍珠鸟可以自由进出；透明的塑料盒仅就自来火盒大小，一只盛水，一只盛小米。这些构成了珍珠鸟的世界，它们吃喝拉撒在此，打情逗趣在此，叽喳歌舞在此，上蹿下跳在此。

一个小小世界里，珍珠鸟这对袖珍夫妇的日子像是电视里播放的连续剧，耄耋父母得空就观瞻。两个来月他们就已经见证了珍珠鸟的许多故事，诸多喜怒哀乐随着时日应运而生。

对于珍珠鸟而言，父母也许就是巨无霸一样的存在，它们看人要歪着脖子，但它们不怕。父母喜欢把笼子置于地上，坐在矮杌子上端详，珍珠鸟见观众安坐，便开始上演精彩的跳跳舞。它们站在巢口探头探脑，突然扑棱棱跃上木杆，展示小巧玲珑的身段，灰背白肚本没有什么特别，可是它们拥有花尾巴、黄脚爪、小红嘴，雄鸟的脸颊两侧还点缀着橘红色的斑，像熏染了害羞的红晕，最特别的是两侧的翅膀上点缀着点点白斑，珍珠似的，它们虽然个体比麻雀小，但绝对比麻雀鲜亮，引人注目，煞是讨父母的欢心。

站在杆上，雌鸟总是有点不甘心雄鸟的尾随，就别转头颅上下看着雄鸟，然后开启啄啄功，嘴上叼下雄鸟胸脯的白羽来。父亲说："可能雌鸟在给雄鸟捉虫。"母亲立马反驳："羽毛都掉下来了，不会是在欺负雄鸟吧？"

母亲一直关注着那只被啄的雄鸟，一日发现它的花尾羽竟然没了，仅剩两根灰羽，屁股那边光溜溜的，母亲就用手拍拍笼子，管教雌鸟："笼子里就你们俩，客气着点。"

雌鸟哪里能理会母亲的话，顾自玩耍，沉浸在它的女王世界里，上蹿下跳，纵情恣肆；雄鸟虽然大些、靓些，但竟然完全臣服于雌鸟，反正母亲从未看见它发动过自卫反击战。父亲笑曰："总共也就它们俩，要是雄的不让点雌的，那怎么行？"

雌鸟在笼内无法无天，可是，天外来了一只野鸽子，眼见着它斜斜地俯冲下来，雌鸟吓得简直要屁滚尿流了，它拼命地抛出"呀呀"的呼救信号，雄鸟也是吓得不轻，低低地从嗓子里憋出几声叫，不知是害怕还是在安慰雌鸟。其实，鸟夫妻的虚惊完全是多此一举的，有老父母在此，野鸽子能奈其何？

给珍珠鸟喂食、清扫、晒太阳、感受和风都是父亲的事，而看珍珠鸟的大戏基本是母亲比较先知先觉。一日，她看到笼子下面的躺盆里有一小滩黄浆，莫名其妙的惊悚，便做起福尔摩斯侦探，还招来父亲做助手："老头子，来看，怎么回事？"可是，搞了半天，一无所获。连续几次后，母亲的疑心越来越大，怀疑黄浆是不是雄鸟被啄伤流出来的，可是雄鸟一副安之若素的样子。

又一日清早，母亲凑到笼子边看，哇，雌鸟身下的躺盆里躺着一粒白色的花生米，它正用瓜子一样的红色小尖嘴啄着花生米的一头，黄浆溜了出来。面对黄色琼浆，雌鸟毫不犹豫地开吃，母亲惊了。母亲的探案结局终于揭晓：雌鸟上演的竟然是一幕虎毒食子的场景，而且能把蛋仔碎壳吃得片甲不留。

从此，母亲一直纠结于雌鸟生蛋之事，她要找准规律来一场老英雄智救小蛋仔，可是屡试屡败，老父亲出场一起营救，终于有一回在鸟口夺蛋，捉到一只小珍珠鸟蛋，放到鹅蛋、鸭蛋边让我拍照传送朋友圈，还出了个谜题：猜猜小蛋的妈妈是谁？所递交的答案中没有一个人知晓这粒白生生的"花生米"，我只能自曝结局。睡觉前特意去看看那只静躺于柔软的餐巾纸上的小蛋蛋，可是，我看到的是心碎的一面，没人碰它，竟然也碎了。珍珠鸟蛋脆弱如此，还要遭雌鸟饕餮，也不知珍珠鸟类是怎么完成代代无穷已的传宗接代任务的。

雄鸟和鸟蛋的结局纠结着老父母的心，可是在我看来，那对夫妇在笼里上蹿下跳，似乎仍欢快得可以。

鸟儿的世界，我们不懂，正如人类的世界鸟儿也不懂。两个不同的世界就这样依存着，互相成全了世界丰富多彩的一面。

母亲搬迁到我们小区，不久就认识了几个老阿姨。一天，她们聚在一处低头看着一片草儿，我不解其意，一问询，母亲便说："这里有老阿姨种的蓬头，我讨些根，也去种。"

我知道蓬头便是艾草，是母亲生命里的仙草。她说："别小

看这种草蓬头蓬脑的，可是一种药草呢，能驱虫压邪，有了它们，端午的门挂就不用到处去找了。这是我们世世代代的根，不管到哪儿都要一直种下去。"

为了这一年一度的端午节，母亲煞费苦心寻寻觅觅，终于如愿以偿。春天里，艾草蓬蓬勃勃地在小河的栅栏边蔓延开来。

母亲的花盆里还有一种植物，这是搬迁过来时特别隆重其事地种的，叶子细长如剑，母亲说这是"水剑"，可以"斩千邪"，这也是她老人家为端午节做门挂所准备的法宝之一菖蒲。

端午来临，母亲忙活开了，这是一年之中这个耄耋老人极为繁忙的时节。她将菖蒲、艾草，还有连着秆儿的大蒜头扎在一起做成门挂。这些东西或有着浓烈的味道，或像出鞘利剑，或如兵器重锤，无论是在实用之处，还是在意象之中，都迎合着人驱邪避害的心愿，母亲坚信这些吉物的作用。

母亲还有一手裹粽子的绝活。父亲做助手，买米，浸米，又将蜜枣、赤豆、莲心等一应准备齐全。米粒泡了碱水，散发着阵阵香味，锅子里清水煮就的芦苇叶也是清香扑鼻。母亲在娃儿面前展示着裹粽的传统技艺，不一会儿就在旋旋绕绕间组合出一只四角笔挺的粽子。娃儿们忍不住依样画瓢，却总是东施效颦，捏出的都是歪瓜裂枣。母亲裹到最后，来了一番压轴戏，由小到大裹了五只迷你小粽，从一颗糖粒般大小，逐步变大，还绕上彩色丝线，连成一串，这便是娃儿的端午特供了。入锅烧煮，满屋馨香，幸福的味道经久不散。

欣慰于母亲在端午节的这些亲手订制，母亲给我们这个普通之家植进了一种质朴的情愫和愿望，使我们懂得：祛病防疫，祈祷幸福，追求美好的生活，是我们每一个人的权利。

其实，自古以来，这种美好祈愿的基因早就被一代又一代母亲这样的传承者植入每一个家庭，这便形成了我们中国人共同的端午文化。

除此，追溯端午文化的脉络，它还集拜神祭祖、纪念屈原、欢庆娱乐等为一体，端午习俗可谓丰富多彩。

《易经·乾卦》第五爻为"飞龙在天"，意即仲夏端午，苍龙七宿飞升于正南中央，处在全年最"中正"之位，是为大吉祥。古人崇拜自然天象，祭龙成为上古之时人们端肃而又热烈的一种追求。早在春秋之前，吴越之地就有龙舟竞渡形式举行部落图腾祭祀的习俗。

战国伟人屈原的出现，改变了祭龙的氛围。楚国诗人屈原身处乱世，不屈强秦，满腹才华，在逆流中改革，却遭奸佞陷害，终至流放，得知郢都被攻破后，不忍心看着楚国灭亡，遂投汨罗江自尽。热爱着屈原的人们担心他的遗体被鱼蛟吃掉，于是争先恐后，划船寻找，用竹筒装米沉水。后来，渐渐演变成裹粽子、赛龙舟的餐饮和娱乐习俗。

也有说端午节是纪念伍子胥、曹娥及介子推的。其实在人们

的心中，只要与民有利，品行高尚的人，便是值得人们追念的对象。

端午节，是中国的四大传统节日之一，它像一棵古老的大树，深深扎根于上古，伸出悠远久长的绿荫轻拂着每一个中国人，呵护有加，告诉我们，生而为人，应该追求什么，驱避什么。

欣慰于像母亲这样的许许多多普通大众，在端午节里，他们不只给我们这些下辈营造着吃喝娱乐的氛围，更在我们的意识里植入了艾草的根、菖蒲的根，要世世代代传承下去。

由此，我们相信，端午文化终将在中华大地永世昌盛！

耄耋父母每日早晚都要例行散步，在小区便道上慢悠悠地晃两圈，这是他们晚年生活中必修的健步功课，除此，基本囿于小区之内，足不出区，他们的生活半径小到仅有几十米。日子枯燥乏味，睡觉等天亮，吃饭等睡觉，除此真的只剩下坐看天上云起云落，静看门前花开花谢了。

早先，打发无聊的时光是看电视，但他们的眼睛渐渐不好使，便改为听收音机里的苏州评弹，这点小乐趣也未免太过单调了。

下班匆匆回家，我的必修功课是陪着老父母坐上一会儿，然后互相东拉西扯，我的故事尽是些工作和生活的琐事，父母的故事里尽是对我儿童时代的一家亲回忆录。母亲总是不厌其烦津津乐道我的奇闻逸事，讲我三岁时被带上渔船到太湖看他们耥螺蛳，遭遇大暴雨，险些葬身鱼腹；讲我小时随着母亲到苏州城内卖蛋，卖蛋不成，就劝慰母亲："我们也有嘴巴，为什么不自己吃?"

最有趣的是讲父亲到工地去开山洞。一次，母亲带我"千里赴会"，其实不过数十里光景，小脚历经徒步之苦，便十分抗拒走路，而母亲又没法，愣是在最后一段路程，将我抱到了父亲眼前。我看到了久违的父亲，那是一个会使用风钻打石头的男子汉。最有趣的是，父亲不仅擅长体力粗活，也能在闲暇时间为我用扎头的玻璃丝带编织"水晶虾"。

一只"水晶虾"，是我童年时代幸福的深刻记忆。当我把这玩意拿到村上小姐妹面前献宝时，赢得了无上荣光。

童年时代的傲娇来源于父母的恩爱和勤劳。这一点，我绝对是富足的收获者。

一天唠嗑时，我突然童心焕发，对老父亲说："爹爹，你还会编那玩意吗?"

随口一句话，耄耋老父可上了真心思。待我第二天下班回家，老父亲变戏法一般拿出一对大虾于我，我顿时张口结舌，幸福成一尊木雕。良久，我拿出手机，咔嚓咔嚓狂拍一通，献宝于朋友圈，显摆老父亲为我精心编织的这对大虾。

　　在玩意儿多得铺天盖地的今天，这对虾不可能是出色的，然而，它们获得了许多点赞，因为一份老父亲的情意和手艺。其实，这对虾远没有儿时那对精致好看，因为父亲是凭着约略的记忆编织的，材质是父亲养鱼时代遗留的织网绳，但别有一番情趣。我还没尽情地看过，就被家里的娃儿抢占了。

　　见我落寞，父亲说道："那又不是事儿，我有的是时间，再编。"

　　我恬不知耻，向老父郑重提了新要求："爹，这么多人夸你手艺好，你不能一直编老三套。你试着拿妈用剩的绣花线编吧。能不能编条金鱼什么的。"

　　我信口开河一通，父亲更加认真起来，竟然用铅笔画了图纸，第二天还真编出了一条金鱼。母亲看得手儿痒痒，帮助完善边缘，又绣上一对眼睛，真乃点睛之笔。如此配合默契，两老仿佛回归了他们白天养鱼晚上搞副业的时代，家里充满了温馨和谐。

　　继而，我鬼使神差淘宝到了水晶弹力线，父亲如获至宝，信心倍增地说："我脑子里想好了，大概还能编出些东西来。"

　　娃儿在边上预订："太爷爷，我要小乌龟。"

　　"我要小蝴蝶。"

　　"好，都依了你们。"

　　屋门前云起云落，花开花谢，老父母的手上做着绕指柔，编出了他们心中的蝴蝶、小青蛙……

"父兮生我，母兮鞠我。拊我畜我，长我育我。顾我复我，出入腹我，欲报之德，昊天罔极。"

敬爱的老父母，愿时光赠予你们无穷绕指柔的乐趣！日子不寂寞。

星期五放学到家，娃儿就央求我："奶奶，陪我打羽毛球。"我试图用做家务的事情搪塞她，她拽着我的手几乎强行逼迫我下楼去陪她释放一周的读书之累。

一个新手，加一个糟手的组合拳在楼下打响，老父母从车库里走出来观战。这四年级小牛犊虽然没有掌握多少打羽毛球的技法，但我明显的有招架之累，她力量野蛮，每一只球都会有出其不意，忽高忽低，横冲直撞。羽毛球在 9 月初秋的清凉晚风里稍微倾斜于她，借助风力，她这新手明显地压制了我。我不顾奶奶的情面耍着赖要调整这种不公允，最起码她在顺风里与我打十个来回，我也得到顺风里与她打十个来回。

娃儿知道我的不情不愿是要迅速结束这场小战斗，为了延续她的欢乐，她自然要讨好我，终于，她让我站到了顺风口。

我起手一拍，羽毛球就如"晴空一鹤排云上"，这酣畅淋漓够我扭转局面之后嘚瑟好多天了，娃儿迅猛扭身也不可能力挽狂澜。

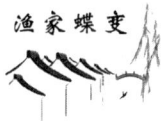

继续我的第二猛招，没想到，刚一出手，就极其不凡，羽毛球偏离航道，飞向一楼，在窗户上撞击一下，弹落到天沟里，里头全是主人的盆盆罐罐。娃儿昂着头见状，知道情况不妙，这一楼的天沟架在车库之上，要徒手取回除非变作飞鸟，可我没有插翅之功，歉意地朝娃儿吐吐舌头。

一边的老父迅速有了主意，要回车库去取椅子来垫，一只椅子的高度怎么够？娃儿说要去一楼奶奶家敲门求助，我立马阻止，因为人家也得从阳台里翻窗出来才能下到天沟里，狭窄的天沟里因为前阵天热花草都好久疏于打理了，还不如在下边来想办法吧。

我上楼回家去取了一把家用折叠梯，刚扛到下面，母亲就开启指挥功："你放下，让你爹上去。"

这是我们家一贯的作风，遇到爬上爬下的事情，总是非父亲莫属，可我亲爱的老母亲也应该明白父亲是八十岁的耄耋老者了呀。我哪里肯依？像诺曼底登陆般抢占先机，架好梯子就捷足先登，父亲一边抢上一步扶助梯子，一边嘀咕："你下来，这事我来干。"

我颤颤巍巍地爬上去，站到了梯顶，丢下一句话："老爹，你跟我抢活干，摔了跤可怎么办？"

母亲在下边接话茬："你下来吧，你爹干这事还灵活，你放心。"

尽管母亲的话软硬兼施，但我已站在高处，她老人家能奈我何？

我站在顶部鼓足了十二分的勇气，但就是攀不上天沟，裙子反倒拉出一道口子，母亲在下头换了一种口吻："好，依着你，让你取，但你也得下来先去换了裤子方便一点，我再让你爹去车库拿根蜻蜓套，你才好取啊。"

我听信了老母亲的话，一再关照父亲别上梯。

等我心急火燎地换好裤子，回到楼下，只见父亲已经站在天沟里，正对着娃儿说："接着！"随后，羽毛球就像一只飞鸟一个弧旋轻松落地。我担心地盯着老父，老父反转身一脚踏在梯顶，两手攀住天沟边缘，又跨下一只脚来，我的心提到嗓子眼，紧紧地把住梯子，看着苍老的父亲一步步下行。

这是我生命中多少次看到父亲挺身而出的场景啊；上屋顶拾掇被野猫踩坏的瓦楞，上树顶举斧砍削树冠多余的枝条，上高墙检查落水的管子……

八十岁的老父亲永远是我的顶梁！

父母和我们小辈虽然住在一起，但生活节律完全不同。六点下班到家，父母早就吃过晚饭。我忙活完家务必定要和他们唠嗑一会儿，他们早就在引颈期盼了，这是我们两重生活之圆能相交弥合的幸福时光。好几次，父亲找机会悄悄地对我说："你娘的

记性越来越差了。"

看着母亲乐呵呵而又爱问的样貌，我觉察不出那种看不见摸不着的变化。父亲却在与母亲的朝夕相伴中洞察了，为此，哪怕是母亲上趟百米之处的超市都会相伴相随。父亲精力还好，完全可以乘着公交车去苏州城里各处走走，但父亲对我说过："不去也没什么，陪着你娘心里才踏实。"

看着父母形影不离，我这个女儿的日子过得没心没肺，像吃了定心丸。

一天晚上的唠嗑里，母亲问我："我们的拆迁房什么时候拿钥匙？"我答："3月份。"

隔了一天，母亲好像又是无意中这样问起，我回答依然如故。

再隔了一天，母亲仍然像无意中这样问起，我还是照旧回答。我的眼神和父亲有了对接，父亲找机会悄悄告诉我："你娘记性确实差了，记不住现在的事情，年轻时候的事情倒是记得明白。"

看着母亲浑然不知的模样，我终于知道父亲的话是有沉甸甸的分量了。可恨我这个女儿，竟然对母亲的老去如此后知后觉。

好多交流中，母亲的重复问话越来越多，她似乎除了讲她感兴趣的专题，再也拔不出来。父亲怕我不耐烦，就提醒母亲："这话你问过几遍了。"

母亲自嘲："老了，没记性了。"

父亲接着又对我说："如果放你娘出去乘公交车，可能连黄桥老家在哪儿都搞不清了。"

我连忙试图解释："不是妈不认得老家，实在是变化太大了！再说，爹爹你有时会回黄桥办点事，对乘公交车熟络，老妈一直待在家里，没有那个乘坐的经验，就不清楚线路了，不是记性不好。"

母亲听我解释乐颠颠地笑了。我却在暗忖：母亲真的老了，她已经有好久没有走出这个小区了，除了节日或家中有人过生日带她出去吃个饭，她的活动轨迹就像一个小小的圆，范围就是小区，更多时候只是在家这个原点自转。回想母亲这一生，年轻时借助行船之橹，与父亲双双到太湖，到阳澄湖，到金鸡湖，去捞草，耥螺蛳，奔波于养家糊口的渔业路上，那时的活动圈也基本只是苏城。如今，她的活动半径仅只几十米，甚至为零，你让一个几乎足不出户的老人家能问出多少新鲜的话呢？难怪总是问询几个老问题、嘀咕几句老闲话，是我对她关心不够啊。

我决定要提高与父母交流的质量，我每天有意用手机收藏了一些视频，聊着聊着就放几个给他们看。一次，我呈现了一只白猫听曲的视频，母亲看到那只白猫像人一样身穿一件花花衣，背靠沙发，腆着一个大肚子，眯盹着双眼沉浸在京戏的节律里，一条粗大的猫尾从屁股底下伸出来，在胸前像旗杆一样甩来甩去，

既十分自在悠闲，又非常合拍有节，一副让人羡慕嫉妒恨的模样，母亲忍俊不禁直指着猫儿说："真像电视里贝勒爷的模样。"我又打开土耳其地震中一位老父的视频，那父亲揣着一包饼干哭得伤心至极。原来他怎么也不舍得吃的饼干是要留给亲人的，他四处寻找，最终却得知妻子和孩子都死了。母亲看着唏嘘感叹："太可怜了！天灾面前，人就像一只蚂蚁，老天爷一捻就没了。我们活着真好，生活在苏州天堂里，永远没有这种天灾挠心。要惜福啊！"

母亲心里对幸福生活的珍惜没有变，愿在父母衰老的路上，他们的每一个日子都依然有美好的憧憬。

安度晚年，不只是舒适地完成吃喝拉撒睡，更重要的是需要晚辈关注长辈的精神世界，有时得抽身出来，让他们共同享受这个世界的精彩，让他们深深感知没有被时代淘汰。

父亲的老年手机坏了，我女婿决定给老人家买一只智能手机。

手机买来了，父亲像一个牙口不好的人面对一块糖醋排骨，只知道里边功能很多，却什么也享受不过来，屏幕上不当心一触，就会不期然跳出一个页面，弄得不知所措，就说："这东西没有老年手机好使。"母亲一听，连忙打圆场："给他买这个，不是浪费吗？我们又不懂，听说手机可以付费买东西，要是我们不当心点到什么去了，被骗了钱，那不是给你们添乱了吗?"我笑着解释:"这玩意机敏着呢，爹爹又没给绑定什么卡，骗不了他的钱。"

"我不管骗不骗的，反正只要打打电话就行。"为了免事，父亲决定只打打电话，这样的使用恐怕是大违智能手机的初衷了。

我也从来没有重视这件事，单知道父母相伴生活，得空在附近的小河边走走，在小区里与老人们晒晒太阳，在家里听听戏曲，抑或看看电视，这些够他们享受得了。可是，有一次去看望他们，发现父亲在偷偷想办法刷抖音，便给他包了个流量，谁知一用就远远地超乎父母的料想，怎么钱走得那么快?父亲像犯了错的孩子不敢刷抖音了。

父亲不刷，那我就做个有心人吧，看到觉得对口老父母的视频就存几个，周末去看望他们的时候播放给他们看，母亲看到非洲的孩子瘦得皮包骨头就直喊作孽作孽，看到地震的裂口吞噬成排的汽车就感慨这地震真不好，看到用一根萝卜能做出一朵菊花菜，直叹人家手艺高超。可是父亲只听不看，他又在摸索着刷抖音了，我就鼓励老人家:"您喜欢就刷。"

搬进安置小区后，新小户里电视安装得妥妥帖帖，我们小辈仍然没有把让父亲刷手机的事提上议事日程，似乎这本该是年轻人的享受。

一日，我正在家中刷碗，突然接到父亲的电话，他很兴奋地

告诉我："惠勤，今天以前的邻居正道在我家，给我装了微信，你加我好友，我就可以和你通视频了。"

这样的突然，让我猛然醒悟到我这个女儿做得很不好，总以为父母老了，不必再去弄这东西，反倒是一个外头老者深通老人之心，促成了老父亲对手机的运用，惭愧至极。不久，父亲那边在正道大叔的引导下与我接通了视频，我看到父母灿烂的笑脸。

这个晚上，我步行到父母家手把手地教老父亲怎样发语音，怎样刷视频，怎样发短信，父亲听得特别认真，他左手紧紧地托着手机，右手在指令下重重地点着屏幕，可是一不留心，左手指碰掉了页面。母亲笑他六十岁学打拳，八十岁学新鲜，哪有那么便当的事。特别是按住对话的时候，父亲的手指总是不敢拿捏，一直录不上语音，就对他说："爹爹您看好，上面得有录音的绿线条跳出来才证明你录上语音了。"碰巧的是小叔也给父亲发来语音："你按住语音说话就可以直接留言了。"嗯，长辈之间惺惺相惜，他们才是真正地互相懂得，而我这个女儿的补救晚了整整一年，这期间，父亲看到人家老人热火地使用手机，我少时看人家吃肉会垂涎欲滴的，父母那时竭尽全力地满足我，而我，压根没有想到父母的需求。愧疚袭上心头，反复让父亲试，屡试不爽后终于成功。当点击出他发给我的语音"惠勤来吃饭"时，母亲笑得竟然像个小孩。父亲一招一招地在上手，母亲在一边惊喜于现代伟力的巨大，两个老人的心间犹如被搅起了涟漪，充满的全是对这个新时代的赞叹。

父母的小户里安装了路由器，从此，父亲可以随时刷看手机视频，也可以随时看新闻，不出家门也了解一点世界的纷繁。他们已然步入耄耋老年，他们的步伐只能踽踽于小区周边，但他们的思维仍然可以抵达世界的远方，手机为他们打开了一扇门。

愿天下老人皆能老有所乐！

沉湎旧事

父母都已是耄耋老人，几乎一辈子一直住在虎丘山北麓的大渔村北庄，做了大半辈子的渔民。

如今，那片池塘星罗棋布的水土变作了湿地，那个屋舍鳞次栉比的水村已经更迭，父母的身份也变成了城市居民。

年初，携这两位城市居民游走山塘，想不到，一条老街勾起的尽是他们无尽的记忆，一张父母年轻时行走线路图清晰起来。

从地铁出来行走在路面上，母亲茫然若失，她已辨不明东南西北，直至七拐八弯，走下桥堍，走到一条被灯笼映红了的河道，母亲愣怔了几分钟，才恍然明白：是新民桥，那河街并行的是山塘街和山塘河。不远处的一条街是被《红楼梦》描述为"最是红尘中一二等富贵风流之地"的阊门老街，乡下渔民与之的关系只是以一己之力，挑两箩散鱼，沿河走一路山塘街，直至山塘桥一边的旧时鱼行或菜场，与城市居民用买卖的方式成就自己养家糊口的点滴积累。

母亲穿行过人海，站在山塘桥指点河口宽阔的水面，努力向着记忆深处追溯："前方有南新桥，边上开过一家糖厂，你外婆早早守寡，为了养家糊口，到城里来做糖糟生意，把城里的糖糟贩卖给乡下做鱼食。这座桥下的水流急得很，我那时还小，只能做助手，我娘一人费力从这个湾口摇进狭窄的山塘河，我用小篙子撑岸头，她拼尽全力一鼓作气直摇到出口，我才替她下来，她才能歇下来舀水吃上一口冷饭。"

我外婆——一个渔村的寡妇，用敏锐的嗅觉在这条城市河道的一头嗅到了生计的甜头，用勤劳撑起了一大家子的生活。

父亲领我走上阊门渡僧桥，向西指点，是条与山塘街并行的小河道。父亲说："这条河西出过去是枫桥，以前我到那里耥过饭蚬。""那是一种像饭米粒的蚬子，最小的蚬子比芝麻还要小，是伲黄桥庄基粉青小时吃的上等鱼食。"原来黄桥那别名"庄基粉青"的大青鱼从小吃如此娇嫩的饭蚬长大，粉青的成长不知耗费了父亲等渔民多少心血。

绕过沐泰山药店和杜山珍熟菜店，父亲边走边饶有兴味地说："前面就是吊桥，以前我们船行到吊桥脚下，会上岸用省下的硬柴钱买一点肉下船吃吃小酒，然后从这环城河出去，到石湖那边去耥螺蛳。有一回摇船出去，在一座桥下，因为水急风大，我和你娘一个摇一个推，船猛地撞上桥墩，险些把你撞飞到河里去。"母亲接上话茬说："那时你还幼小，三四岁吧，从此，你回

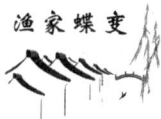

家后再也不肯跟我们一起出来，总说要跌跟头。"

呵，三四岁的渔民后代懂害怕，从此，绕开了水上营生，而父母还得在水上生活，他们以船桨为画笔，辛苦描画了他们的水上行云图。

占鱼墩与沐泰山、杜三珍隔路相对，以前这里有"赵天禄"这样的"超级大卖场"，但毁于一场火灾，而今，这块场地成为城市小公园，盛宣怀塑像在对面静静伫立。父亲在一块石条坐下，用钥匙在地面上轻轻地勾画一条条河、一处处桥，构成了一个他昔日里走南闯北捞草耥螺蛳的水系图。

父亲的手划到远处，说："最远，我和村里人一起行船到上海周浦，一回卖掉鱼歇宿在黄浦江外滩，原以为可以安逸地睡上一觉，谁知睡着睡着，直觉背上浸了水，原来涨潮了，船的一侧已经被石岸卡住，我们几个人急忙起身一同拉船，结果船艄平基都被掰断了。"

渔民到大风大浪里拼着命进行水上作业，其苦其累自不消说，想不到这样安稳于城市之中的小小享受也潜伏着自然的考验。我不由得为之一惊，父亲却笑盈盈地说："不怕，又不会死人，我们水性都好着哪。"

是啊，水乡里走出的渔民都有好水性，他们本就是一条条鱼，从乡下，行游到城市的河道，再出游到城市周边的大湖小泊，他们或许才是真正聆听过城市脉搏的人。曾经，逢年过节，城市居民的餐桌上都有过北庄粉青的肥厚身影，这是父母一代渔民永远的自豪！

　　在家带娃，父母对铺天盖地的玩具是颇有微词的。收拾一地凌乱的玩具时，母亲总忍不住嘀咕："好好的东西，没玩几天就丢在一边，太不懂珍惜。以后少买点。"

　　玩具林林总总，占了好几个收纳箱，老父母实在不堪收拾之重，家里隔一阵就忍痛淘汰一批，父亲见此说："其实这些东西有的真没必要买，我们小的时候，啥玩具都没有，就靠那些自然玩意儿，不也玩得蛮高兴？"

　　我要父亲讲讲他儿时的自然玩意儿都有哪些，他颇为自得地说："我们小时候的玩意儿全都来自大自然，砖头、泥巴、芦苇、竹子、木头，都能玩半天。"

　　我请教老父玩法其详。老母亲一高兴，抢过话头说："你爹爹小时候调皮，经常玩一种啪啪籽，他一直玩不厌的。"

　　"啪啪籽是什么玩意，怎么玩？"我迫切而又好奇地问。母亲笑着说："啪啪籽是朴树上的小果子，黄豆粒大，怎么玩法你就听你爹爹说。"

　　父亲仿佛回到了童年，被母亲一提起啪啪籽，顿时来了劲头。他拿起娃娃的一条玩具枪，一边比画一边介绍起他曾经百玩不厌的啪啪籽枪，枪杆取自一种丛生的竹子，不粗，节长，取下

一截，断其两头关节，用筷子将啪啪籽从一头迅速向远方目标推出膛，啪啪有声，最是合了农村娃小时候枪战的野心。

父亲向我讲述了一幕渔家娃娃夏夜"枪战"的场景。皎洁的月光下，娃儿们先是在奔跑着，追赶着，躲藏着，见围墙下一条猫影闪过，他们掩在柴垛后屏息凝神等待时机，突然，猫影蹿上围墙，娃儿们便都迅速推膛出击，啪啪啪，啪啪籽秒杀"敌人"，"敌人"应声逃窜，众娃山呼："我们胜利啦！"啪啪籽给那个时代的娃儿们创造了多少乐趣啊！

打开了话匣子，关于老父母那些年月里的自然玩法，他们争相发言，听得我羡慕嫉妒，还真有点如今玩具比不上的乐趣在。

父母老家所在是渔乡黄桥的大渔村，西边大片水域古时称为长荡，清代陆吟在《过长荡》中吟诵："虎丘山色晚苍苍，长荡烟波正渺茫。一夜橹声浑不定，载将残梦过寒塘。"这样一个野趣横生、水滴淋漓、植被丰茂的地方自然是当地渔民休养生息的好所在，也是一个玩乐之源。特别是村头西侧是数百个星星点点的池塘和弯弯曲曲的水道，水边最易生长芦苇，这便是渔家儿女取之不尽用之不竭的玩具。

父亲取来一片苇叶，由叶柄处折叠翻卷，像做了一个春卷一样，然后压扁，将内层小口往外拉扯出来，衔在嘴里吹，便有小唢呐的清脆响音，渔家娃娃随口称它"癞团叫叫"，大概意为信手随捏的能出声的丑玩意吧。有时父亲取好几张苇叶把"叫叫"

拉缠得足有笛子那么长，照样能从小端口吹出声音来，不过腮帮子可是要经过一番考验的。

母亲手巧些，小时候喜欢从苇芯处往下连同四张大苇叶一起截下来，然后经过一番绕指柔，用两片叶子缠着苇秆做成鸟头鸟尾，另两片做成一对翅膀，一只"芦窠鸟"就新鲜出炉了。

父亲还喜欢取一截苇秆，在其中部雕几眼小孔，留下白膜，又雕一圆孔，去膜，由此乱吹一气，说是吹"芦笛"。同样的苇秆，母亲的玩法不一样，将一端削至白膜出，然后用筷子将膜塞进后推出到另一头，再由推进的那一端吹，气流出，震动了外出的膜，发出"噗噗"之声，这种玩法谓之"吹笛膜"。

父亲最津津乐道的玩法是一块砖头在手，于水面上削出去，发出"啾啾"之声，叫"削水片"；还用一块砖头在地上画几个方块，然后金鸡独立颤颤巍巍地一脚一脚将砖头踢过去，叫"跳砖头"。

说起玩木头，母亲向我取笑父亲："你爹小时调皮得像只猴子，两根木棍上各扎两根绳套，脚往里一套就能踩着高跷上学去了。"

呵呵，这种在大自然中取材的玩具比之于现代玩具，没有奇技淫巧，有的是扎扎实实锻炼身体的内功，无怪乎，那时的孩子虽然生活艰苦，但身心都健健康康的，这便是自然的恩赐吧。

　　父母上岁数了，与外界接触的大部分光阴局限在门口。幸好门口有景，小路、绿化带、小河，依次向南，层层推进。西侧不几步还有片小树林。他们十分满足于这个清静的环境。

　　慢时光里，他们能数清春日里一棵山茶花树鼎盛时期的花朵数，能知晓绿化带里飞来的那只白蝴蝶就是前天曾经来过的客。最可喜的是，有时鸟鸣啾啾，两老认得出一些飞鸟。

　　陪伴他们的聊天里，时不时会涉及鸟儿，他们叫得出很多鸟名，什么白头翁、鹁鸪、戴胜、鱼虎子、老鸦、白鹭……讲起鸟儿那些事，他们兴致勃勃，故事还颇丰。

　　一天，小树林被物业人员修剪了。树木倾覆，安有完卵？鸟儿四散而飞。母亲特别关注一只花喜鹊，因为它正培养一窝小喜鹊呢，花喜鹊被迫迁徙到小河对岸的一棵樟树上，家算是有了，可是小喜鹊总是留恋老家，时不时地飞回来嬉闹玩耍。每天傍晚，花喜鹊不厌其烦地飞过来喳喳地呼唤，母亲仿佛听得懂它的鸟语："孩子们，别顽皮了，快快回家。"可是小喜鹊玩性十足，赖着不走，还喳喳叫，父亲好似也听懂它们的鸟语："我们还没玩够，让我们再玩一会儿。"看着那只老喜鹊催得心力交瘁，老父母一起出手相助，把小喜鹊们赶回了新家。

　　一日，母亲指着远处一只飞鸟，说："看，鹁鸪来了。"我看鹁鸪整体灰不溜秋，颈边有花斑点。那只鸟很不安分，一会儿从香樟树上斜斜地落下，一会儿在草丛里慌慌张张地步行，一会儿又忽地穿越到河对面去了。看着它远去，我说这鸟儿其实一直见到，只是我根本不懂鸟性，母亲笑言："你一个教书的，哪会懂这鸟。以前我们干活才要懂呢。鹁鸪也叫斑鸠，要下雨的时候，一直会在树上咕咕叫，天气转晴它也会叫。"原来在书本里见到的"鸠占鹊巢"的这厮卖相真不咋样，但在一些诗人眼里，却别有风情。宋代梅尧臣有诗曰："江田插秧鹁姑（鹁鸪）雨，丝网得鱼云母鳞。"宋代陆游也有诗曰："竹鸡群号似知雨，鹁鸪相唤还疑晴。"看来，鹁鸪还是气象预报员呢。

父亲让我认得的一种鸟很特别。一天正孵太阳呢，他突然指着草坪说："快看，这鸟漂亮，你拿手机拍牢它。"我看到一只高冠花鸟在草丛里啄食，赶紧掏出手机抢拍，它快捷地从山茶树背后溜过，又从红叶檵木下穿出。见它五彩羽毛，嘴巴尖长细窄，羽毛有好看的斑纹，不由得在百度上搜索，原来这种漂亮的鸟叫戴胜鸟，喜欢在桑树边活动。呵，绿化带的不远处就有几棵桑树，难怪戴胜鸟来了，它随春而至，随树而生，带来了祥和快乐。

父母是因为等拆迁房而与我们暂住一起的，这个环境让他们心满意足，特别感慨于鸟儿带来的快乐。

看到前面小河上滑翔的白色水鸟，父亲兴趣陡增，说起以前渔村西部三角咀那边的一种鸟身体不大，羽色青绿，十分漂亮，但逮鱼本领一等，总喜欢站在父亲养鱼池塘的食台桩上恭候，一

且小鱼儿现身，它就像一柄利剑刺入水中，钻进水里不久准能叼出一条鱼儿，渔民叫它鱼虎子。提起这名，母亲还说当年有些渔民在"干鱼池（捕鱼后把池水抽干修补池岸）"后喜欢到池底捡拾小鱼，把手脚利索的人也唤作鱼虎子。我又翻书查询，鱼虎子原来就是翠鸟，想不到娇小的鸟儿也有如此凶悍利索的捕鱼本领。

父母的故事里，还有层出不穷的鸟儿那些事：鸬鹚被渔人当作助手捕鱼，然后又被渔人卡脖子取出鱼儿；白鹭喜欢在浅水滩觅食，见到螺蚬河蚌都喜欢啄来吃；野鹅其实就是大雁，喜欢成对在一起，一旦一只死去，另一只就忠心耿耿守候。父母说他们年轻时在三角咀边的池塘养鱼，就曾看到过一只大雁因失伴而郁闷至死……

老父母对鸟儿的回忆篇和直播片，让我感到实践方能出真知，唯有慢时光才能与自然共情。

父母十分怀念那个渔村，如今拆迁后经过水土整合已经融合在湿地中。现在人的生态意识强，那里鸟儿更多，拍照的人多，锻炼的人也多，父母禁不住喜悦，就相约周末回湿地去看飞鸟，感受新天地的美好。

晚上，渔儿准备第二天上课的材料，说是劳技课老师要求准备一块布、一把米，还要准备针线，要在课上学制沙包。

　　一件意想不到的简单事难煞了我这个奶奶。一整个晚上尽折腾在这事上了。虽说家中不穿不用的旧衣物不少，但要为了一只沙包而忍痛裁剪任何一件都心疼，那岂不是杀鸡用牛刀？可是不这样也实在找不到好法子，最终剪掉了一只半旧不新的枕套。奶奶我为成全娃的一只沙包，算是花上大代价了。

　　更难的是，翻箱倒柜也找不到一根针，觅不到一根线，应该是搬进拆迁新房的时候彻彻底底将做女红的针线盒之类遗弃了。要那玩意干什么？一年也用不到一次，即使裤子偶然破了个洞，也再不需要缝制之功来弥补了。可是，今天确确凿凿被娃儿的大事提到紧要议事日程，得设法解决。

　　不得已，手机联系了老母亲。她爱藏"老古董"，想当年，她老人家七十岁仍在刺绣，隔了这十年，她的针线应该仍然在。

　　果不其然，老母亲把针线宝贝一样地藏着，即便她老人家应该也是很久没有问津女红之事，但她的心间总有女红的一席之地。女红曾经是支撑她大半辈子的副业，从旧时走过来的苦日子里，母亲没有正儿八经的工作，但她靠着做针线养家糊口，给全家老小创造了温暖的生活。

　　犹记得我儿时，喜欢赤脚，渔家女儿最喜欢的事情莫过于跟随父母去池塘边，他们工作，我赤脚在螺蛳壳铺满的滩涂边戏耍，有时钓鱼，有时割草。回到家母亲见我脚底被螺蛳壳扎得坑坑洼洼心疼不已，便在煤油灯下给我紧急手工制作布鞋，一针针

一线线地纳鞋底，鞋底很厚，母亲的右手中指上总套着一只银色的针箍，针箍上全是凹陷的麻点，针屁股落在麻点上，她用力将针一顶，针便穿透了鞋底，母亲的力量和一份心意被一针针地深深纳进鞋底。兴许是银针在艰涩的布里行走太过劳累，母亲总是习惯性地用针头在头皮上磨一下，针吃了发油，穿行就容易些。最艰难的操作是将鞋面绱到鞋底上，有时一根大针也顶不住厚厚的布层而折断，母亲会借助一根大钩针，木柄是父亲装的，模样很像一只凿子，不过凿子头是铁弯钩，穿到鞋底将粗线勾出来，如此行进，每一针都是竭尽全力。一双新鞋的诞生，佑护我的小脚不再遭受螺蛳壳的磨砺。

相对做鞋，母亲缝制我人生里的第一条裙装，所花的力气要轻松些，可是需要技巧。一个从来没有学过缝纫的女子，在那个时代没有任何理由可以推卸女红之责，"四岁受姆训，五岁习女红"，渔家女子虽然幼时被生活所迫没有专门学过，但也必须在行进的日子里顺应生活，家中衣物大多是靠一针一线缝制起来的。当我穿着那条粉色裙子踏进幼儿园接受到四方羡慕的眼光，我是何等自信。感谢母亲用爱和美的活计，开启了我的人生之旅。

母亲不只是缝缝补补，靠着手上功夫满足了一家子的温暖生活，她还绣花挣钱贴补家用。女红在旧时对于普通人家而言是一份实用的家庭工作。不似富贵人家的女子衣食无虞，无须为这事耗心费力，她们即使做，也不过是装点人生而已。

《红楼梦》里，那个薛宝钗的意识里男人就该辅国治民，女人就该针黹纺织。书中第四十五回，描述她"故日间不大得闲，每夜定下女工必至三更方寝"。她如此殚精竭虑恪守的是一种封建妇道，但试问她的女红能有一个普通妇人济用于家的真正意义吗？黛玉也做女红，不过是富家女子偶尔起兴为情而作，不高兴了就剪，倒是真性情。晴雯倒是真正的女红高手，补裘之事足见她女红之功非同寻常，故有贾母赞她："这些丫头的模样爽利言谈针线多不及她，将来只她还可以给宝玉使唤得。"

女红自古就是女子必学的生活技能，虽然富贵小姐们的纤纤素手不可能真正地把针线活做出实用来，但她们的意识里也懂女红的重要。广大的妇女就是操持着针线一路把日子过下来的。

而今，不知什么时候，女红活悄悄拉上了帷幕。像我母亲这样的普通耄耋老人也已深藏了针线十来年，那些针，那些线，那只针箍，那只盒子，都在无言地诉说着一个时代的故事。

当我把它们交接到渔儿手上，这娃说："哎呀，缝个沙包，还不如买一个省事呢。"

她，她们这些新生代，哪里会懂一针一线缝缝补补的日子之艰难，自然也体验不到缝补里的乐趣，学校补上一课女红经实在是有必要呀。

当然，我们也该为新时代喝彩，如今人们享受着太多现代化

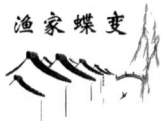

的红利，所以女性才能真正地顶起半爿天，能做更多自己喜欢的事了。

暑假，渔儿在闲暇时间里拍拍皮球，跳跳绳子，但一直玩这些东西毕竟乏善可陈。看出她的厌烦之心，奶奶我很想给她换换口味。

老父亲也看出了我的心思："要找乐子还不容易。我们小的时候，没有什么玩具，照样玩得有劲，削削水片，吹吹笛膜，叉叉铁箍……"

"太爷爷，什么是叉铁箍?"还未等父亲说完，渔儿就好奇地问。这下，父亲来劲了，比画着说："那时，家里穷买不起玩具，就自己搞，从破旧的木脚盆上拆卸下铁箍，再搞一根铁丝敲敲打打，一头弯出柄柄头，一头弯出曲曲头，用这根自制的铁丝柄就能在地上叉铁箍了。"

"我也要玩这玩意儿!"渔儿一撒娇，我这奶奶可是束手无策："哎哟，我的小祖宗，你叫我哪里去拆卸木脚盆?我又不是孙悟空，我可变不出什么铁箍来。"

渔儿小眼珠子一转："奶奶，你不是爱淘宝吗?说不定淘宝上有。"

这小脑瓜子还真灵，一语点醒梦中人，万能的淘宝网上一搜索，我迅速搞定了一只铁箍。

　　盼星星盼月亮，铁箍寄来了。老父亲一看到，双目一亮，竟然先下手为强，在小区小道上大显身手叉起来，可是出师不利，铁箍滚不多远就歪倒了。

　　父亲才不会被难倒，你看他，在夏日傍晚的微风下一副活力满满的样子。我忍不住做一回狗仔队，拿着手机跟踪追击搞拍摄。

　　骑车回来的渔儿看到这新玩意，赶忙歪倒车子，上前抢着要耍，父亲说："你先看我滚一圈。"

　　渔儿哪里肯静等？瞧她手忙脚乱一阵子，左撇子执柄，右手刚拎起铁箍就倒下了。渔儿不服，调皮地说："铁箍不听话，脑袋长歪了。"

　　真是好笑，铁箍竟然有脑袋？是不听老人言，吃苦在后头了吧。

　　我要到了铁箍，好为人师地边示范边讲解："我看你还是先换个手，这钩子杆得和铁箍面基本保持一定的倾斜度。"

　　渔儿听得稀里糊涂，再也按捺不住，又一次抢要过去，迫不及待地试滚，屡试屡败，着急上火，脸都憋红了。我再次欲行讲解。

　　父亲看到对我说："这玩意儿，只有自己多滚，练得多了才能顺手，你让她自个儿玩去吧。"

　　这话倒是正中渔儿下怀，她一个人瞎琢摸去了，我和老父亲

退隐到一边唠嗑，远远地听到当啷当啷，练得还真闹猛。

隔不多久，渔儿气喘吁吁过来，这回是拜师学艺来了："太爷爷，你就教教我吧。"

父亲笑笑，拿过银光闪闪的铁箍，煞有介事地说："这铁箍，虽然好看，但没有我小时候的玩意好滚。也不怪你一时学不会。"

"为什么？"我很好奇，"人家厂里生产出来的，好歹也是经过设计的，那么轻巧，怎么会没有你以前的老玩意好玩？"

"脚盆铁箍是扁的，而且，边的两边围圆有偏差，有斜势，滚起来反倒趁手。"

"哈哈，渔儿，厂家要是让老太太去设计，准保你一学就会了。"父亲听我言笑了。

"太爷爷，快点教我嘛。"

夕阳下，老父亲弯着背摇身变成了教练，一边讲解一边示范，渔儿听听学学，银色的铁箍丁零当啷，一会儿竖起来，一会儿倒下去，一会儿横着翻，一会儿斜着跌，渔儿还真是驾驭不住，父亲耐着性子说："慢慢来，总能学会的。"

是的，总能学会的。暑假的慢时光里，一只银铁箍让我们几代人找到了共同的乐趣，玩得不亦乐乎！

阳春三月，万物萌生。在周而复始的时序中，又将迎来"杨柳千条绿，桃花万树红"的大好时光。

在虎丘湿地公园踏春，看到水边一棵大树，渔儿不认识，父亲张口就来："现在的小囡一直关在屋里，连普通的杨树都不认得。"

是啊！记得，渔儿曾把课本上学来的《树之歌》的语段背得滚瓜烂熟："杨树高，榕树壮，梧桐树叶像手掌。"可是，"纸上得来终觉浅"，她压根没有记住杨树的特征。

看到杨树，父亲津津乐道，那可是他这样的老一辈人少年时的活动天堂啊！夏天杨树枝叶繁茂，知了躲在其间放歌，彼时的孩子不懂"居高声自远"的哲理，但一定懂用竹竿粘上面筋去粘知了的乐趣。渔儿听得来劲，恨不能马上现做一根神器去体验一把。我指指树叶说："悠着点，叶还刚刚在长呢。"

父亲接着说："等长满了叶子，这树的树冠就会很大，地下的根也很大，会长很多苏苏，有的还会从泥土里钻出来呢。"什么叫苏苏？渔儿特别好奇，父亲解释："就是杨树根须。"

匪夷所思，父亲怎么会对杨树根须这样知情？父亲揭开谜底，原来杨树根的"苏苏"竟然是我们黄桥养鱼人的法宝，是春天里可以用来做孵化鱼子的产床呢。

坐在树边，父亲开启了话匣子。一个古老的助产故事徐徐浮出水面。

每年春天到来，村里就会派出一些老渔民摇船出去觅宝。我们当地杨树不多，需到昆山、南浔、南翔、杨舍等地的河边找。

杨树一般长在水边，从松软的水滩边露出马脚来。杨树是一种须根植物，根系发达，深度2米多，根须百十根，长短不一，长的数十厘米，渔民把长长短短的根须斫下来，俗称"割苏苏"。

老渔民把杨树苏苏运回到家先在河滩上洗干净，再摊到场上晒干，经过春日的曝晒，散发浓郁的泥土香，然后弯弯绕绕扎成一个个"浮把"，也叫"河把"。

从三月桃花开，鲤鱼、鲫鱼、鳊鱼先后就要进入产卵季节。鲤鱼首先孵化，俗称桃花消（苏州语音为 siāo）。为助鱼儿产卵，渔民要选择一两亩大小的池塘用以鱼类孵化，这种池塘叫花子潭，对其药杀野杂鱼，称为清塘，这是提早做好的事，就像做饭先要洗锅一样。这种花子潭内水放得较少，便于孵化，分点钉好竹桩，用绳子把浮把一头扎紧，缚于桩上，另一头朝向池中心散开，呈扇状，浸于水面下三四厘米，孵化鱼卵的产床便大功告成了。

接着，要根据鱼池大小选择亲鱼投放，所谓亲鱼就是母鱼和雄鱼。一般母鱼体型都较雄鱼大，雄鱼俗称雄头，雄头只要达到性成熟即可投放，有的仅仅半斤。一雌配数雄，即为一组。母鲤鱼在10斤以上，雌雄按1：10配比投放；鲫鱼雌雄按1：3或1：4配比投放；鳊鱼按1：3配比投放。一般花子潭是把不同的鱼分开孵化的，便于分类养殖。

投入大鱼后，雌鱼游向浮把，腹鳍后接近尾鳍处有生殖孔，会间歇排卵，有时还会肚儿朝天排卵。卵子喷涌而出，水间弥漫开"浓雾"，隔一阵再排，反复喷涌，一般一条母鱼可以排卵20万粒到80万粒。

雄头见雌鱼排卵，一边追逐，一边排精，精卵结合，谓受精，你侬我侬的鱼儿之间的爱情就是这样生发于杨树根须边。鲤、鲫、鳊的鱼卵都有黏性，一遇到杨树根须就会粘住。鱼卵着床于浮把上，如油菜籽大小，水晶一样，如果看到其间有黑色卵核，表明受精成功。鱼儿产卵，渔民须小心伺候在一边，防止大鱼在完成任务后吞吃鱼卵。一般鱼儿在晚间孵化，所以第二天一早，渔民就要拎起浮把转移到另外的净塘中，选择鱼池北面朝阳处，重新用绳子缚于桩上。母鱼产好卵后如果遇阴冷雨天，须将浮把沉入二层水中，防止冻伤，减少霉变。如果天气晴好，即浮在水面，让阳光照射，使其早出幼苗，但也不能脱水晒干致死。

经过一个星期左右，鱼卵里的小黑点逐渐变成小鱼形状，裹在卵泡中，卵泡可是保护层呢。

孵化助产是顺遂自然规律的，从桃花开到清明期间，鲤鱼稍早，鳊鱼稍晚。黑背银鲫很难找到雄鱼，通常用雄鲤鱼杂交，所杂交的鱼叫鲤鲫，身体像鲫鱼，体型大小介于鲤鱼与鲫鱼之间，头像鲤鱼，突出的嘴是绝对遗传了鲤鱼的。鳊鱼一般零星产子，不易采集鱼卵。70年代，采用注射兽用绒毛膜促性腺进行催性产子。雌雄配比为1∶2，8小时后便集中产卵。

用杨树根须助产的原始办法，一直延续到 20 世纪末我们黄桥渔村养鱼时代结束。这样的养鱼经只有耄耋父亲这样的老一辈渔民才能记得，渔儿这一辈能听到这种有趣的故事，也真是稀罕了。孩儿听得有趣，我则在想，赶快记录成文，昔日渔民都已变作城区居民，渔文化一定要薪火相传，后辈不能忘本啊！

辑四　情意一片

情意一片

在我的记忆里，外婆和外公生活在两重天，外婆始终是一个活脱脱的老人，外公永远是一张冷冰冰的黑白画像。我无法想象他们阴阳相隔了半个世纪，外婆是怎样追随在对外公无尽的思念里，而度过20世纪中后叶那段时光的。我想用一管拙笔把两个绵延给我血脉的至亲老人努力地撮合在一块，写写我外公外婆家的烟云往事。

追　忆

今春，小区一居民在微信群中拍出一盒细小绵密的蚕宝宝，她养不过来，就放在传达室送人，我家渔儿乐颠颠地用纸盒去装了几十条回来，开启了养蚕时光。渔儿养蚕是新箍马桶三日香，开了个头，采了两回桑叶，就把盒子往我母亲那儿一放，任务转嫁，耄耋老人便担起了养蚕事务。

一个多月，母亲将蚕儿养得白白胖胖，我讨教经验，她笑说："没啥经验，随便养养，人人都会，现在养蚕也不过是弄着玩玩，你外婆那时候养蚕，那才是养家糊口的正经事呢。"

外婆养蚕的故事对于我而言就像天方夜谭，我是间接从母亲的叙述里体会到旧时挣钱的辛苦的。

外婆养蚕在 20 世纪 40 年代末。那时，黄桥北庄东北角有一片坟，其中，有一条叫长坟堂的，高于一般的田地，是一个大土丘，外公外婆对此进行一番开垦，打造成了桑树田，由此开启了养蚕生活。

蚕籽是到浒关蚕种场去买的，一页页纸片上全是密密麻麻的蚕籽，出来时是经过机器加过温的。为了早出蚕，外公有时会将一页蚕籽焐在胸口的棉衣内。待到籽儿出现小洞，小蚕便蠢蠢欲动，破籽而出了，放在小匾里密密麻麻。

蚕一孵出来便是要吃桑叶的。外公外婆早就为小蚕精心准备了时令嫩桑。为了让桑树多长桑叶，早在冬天，他们就已用桑剪剪去老枝条，留下一段树干，待到开春，就会长出长长的枝条，嫩叶一出，小心翼翼地捋下来伺候小蚕。

待到过些时日，小匾里已经容纳不下那么多蚕宝宝了，便换成中匾。食量陡增，每天都要上桑树田去剪下桑梗，连叶带梗捆扎好背回家，靠在墙边。蚕是不能吃到水的，不然就会死，所以要十分小心桑叶，如果遇上雨天，最好提前剪好桑梗备用，一旦叶子沾着水，就要小心地擦拭晾干。桑叶放到中匾里，一会儿蚕们都爬上叶子，开始海吃，沙拉沙拉，犹如下雨。

长势迅猛的时候，必须换成大匾，家中摆不开，外公亲手打造蚕架，五根脚撑，一层一层，足可放上四五层。这时蚕宝宝的食量极大，白天要吃三四餐，晚上像小孩吃奶一样也要备个两三餐，外公外婆轮流值班看护。晚间，外婆起身多些，在昏暗的桅灯照耀下，蚕儿饥饿时一个个支起了上半身，外婆边喂边念叨："宝贝吃，宝贝吃。"给蚕喂桑叶，还得时刻提防是否有野猫、野狗或者老鼠奇袭，这些东西全是馋嘴的盗贼。

待到结茧之前,全家合力提前用稻柴芯子扎笼,蚕儿依此就可以上"山"结茧了,每个枝丫间都变成蚕儿安逸的小卧室。结出的茧子大都是白色,难得间有黄色和粉色。

待等茧子结好,全家人就将它们从稻柴上采下来,装在大蒲篮里。卖茧是件大喜事,母亲那时年幼,还是个小毛头,她要跟去浒关,可是船舱里装满了大蒲篮,哪有时间管小孩啊,她就偷偷地藏在船艄里。等船行到半途,小毛头笃笃笃地敲响船板,外婆打开木板,变出一个大活人来,也便只能顺手带上了。小毛头必须表现出极为乖巧的样子,才能在浒关卖掉蚕茧的兴头上吃到一个甜大饼。

养了春蚕,还养秋蚕,秋蚕更难养,怕混进苍蝇屎,出了蛆虫,鱼目混珠,便要十分细心。为了挣钱,全家人养蚕,是什么苦都能吃。

外公意外去世了,外婆只得放弃养蚕,像男人一样外出放小鱼,卖糖糟,渐渐让日子醒转,还让母亲读上了几年书。这是那时一个坚强女汉子为全家挣来的福分,那是我引以为荣的外婆!

在我的记忆里,外婆和外公生活在两重天,外婆始终是一个活脱脱的老人,外公永远是一张冷冰冰的黑白画像。我无法想象他们阴阳相隔了半个世纪,外婆是怎样追随在对外公的无尽的思

念里，而度过 20 世纪中后叶那段时光的。我想用一管拙笔把两个绵延给我血脉的至亲老人努力地撮合在一块，写写我外公外婆家的烟云往事。

外公在画像中的面庞清癯俊朗，眼窝深陷，颇有几分睿智，可惜这份睿智没有挽救外公贫穷、卑微、怯懦的命运。1949 年解放的钟声尚未敲响，他在农历六月里的一天用一根吊绳结束了生命，给小辈留下的唯一念想就是这幅画像。画像是一位不知名的画师描绘的，画师的技术不足以让一条自尽的生命重现生机，与外公从未谋面的第三辈人看到外婆小屋里的这幅画像总是敬而远之，怯怯地凝神屏息，或者干脆视而不见，可是外公分明用那双深陷的眼睛注视着我们的成长。

外婆也给我们留下了一个念想，那是一张照片，是 20 世纪 80 年代末我特意用一只傻瓜相机为老人家拍的。说是特意，却丝毫未见隆重，因为外婆已经老态龙钟，无法修饰，衣服是随身的一件斜襟老棉袄，头发是极为简易的"拖把"式，这无疑是最适合一个垂垂老矣的生命的，先前外婆的那个发髻让她保持了半个世纪的旧社会女性形象，后来，为照顾方便起见，母亲用一把剪刀"咔嚓"剪去了发髻，也剪去了外婆的旧日形象，成了照片中那个没有任何行事能力的迟暮老者。不过，不像外公，外婆在照片里的生命是透露着生机的，阳光像一坛浓酱酝酿积淀在外婆的皮层里，把外婆的皮肤酱成腊干肉，黑红黑红，有烟熏火燎的感觉，筋脉凸起在皱褶的手背上，蛇形、老化的手指已经失去了把握舒展的弹性，像无力地伸展在冬日里的枯藤。风儿掠过外婆灰白的头发，头发一如耗尽了生命汁水的一团蓬草，虽然看起来了无精神，但这里还驻扎着最后一丝生机，当然，我们小辈知道，无论外婆多么坚强，生命终将离去，她没有野火烧不尽的奇迹，外婆生命里的坚韧已经传承给她的子孙，我们将会以一种与草不同的生存方式绵延一个普通家族的血脉。

一幅画像和一张旧照相隔了整整半个世纪，却汇聚在江南苏州乡下北庄三家村一个沈氏家族内。然而两个生命早就阴阳两隔，一条在九泉下不知所终，一条在人世间踽踽独行，像两条永远交会不到一处的平行线。外婆总是只能一厢情愿地守着外公的画像，半个世纪的守候，总是那幅没有丝毫生机的黑白两色的照片，在月光里闪着幽幽的冷光，在风雨里透着沉郁的气息。外婆的日子孤寂而又沉闷，一如三家村西头那条东塘河，流水潺潺，流不尽，外婆满腔的忧与怨。

外婆和外公先前都不姓沈，他们原本是两个相隔很远的人，婚姻往往能让原来毫不相干的人相识、相恋、相聚，也可以让两个人纠结、幽怨、摩擦、冲撞一辈子。外婆原本诞生在一个宋氏家庭，但这是一个没落潦倒的破落户，外婆便被过继给三家村那个沈氏家庭。其实，沈氏家族好不到哪儿去，这是一个依靠苦力耕种维系生命种族的家庭，到外婆的养父这一辈，种族血脉倒是

旺盛，有伯仲叔哥仨，但他们团结的力量也不足以让他们在 20
世纪二三十年代摆脱苦难深重的命运，他们之中只有一个结了
婚，担负起家族延续血脉的任务。然而命运多舛，那所娶的老婆
患有痨病，不能生育，他们油枯灯尽，生命的基因在此自然消
亡，就用那个极为古老的方式过继来宋氏女儿——即我的外婆，
从此，外婆就改姓沈，成为这个苦难家庭的一根笋芽，三房合一
"子"（外婆是女的，自然是假子）。尽管外婆的童年里缺衣少食，
然而，她所受到的精神呵护也许远远胜出宋氏家庭所给予的，因
而外婆绝没有半丝做养女的自卑，也没有半缕对养父养母的怨
怼，她衷心地要为这个家族延续香火。

在外婆十几岁上，村里来了一个姓缪的小伙。他是从无锡江
阴远道来到这个小乡村里打短工的，恰巧落户在沈氏家族，这里
有三亩小竹园需要打点。缪氏小伙叫"和"，和气的和，温文儒
雅的他很快在这方小竹园扎下根。外婆的勤劳能干仿佛一泓甘泉
滋润着这个贫穷的缪和小伙，他们的爱情便在这里生根发芽，一
如竹园里的小笋，破土而出，节节拔高，给这个沈氏家庭带来了
无穷生机，于是这个家族领取这个英俊聪慧的小伙做儿子，易名
为沈增福。后来，两个年轻人两情相悦，顺理成章地走上了芸芸
众生开花结果的婚姻道路。追溯外公的家世，那是一个在无锡深
处生活底层的贫困人家。他家世代为富贵人家守坟，泥打墙的小
茅屋里竟然有蛇虫出没。曾听母亲讲起那个古老的传说，外公的

哥哥缪宝珍居然在泥墙的缝里钓出了一条赤练蛇，这个家似乎再也待不下去了，于是外公哥俩担着两副担子走上了漂泊之路，像漂浮在江南河湾里的浮萍，最终落脚到苏州乡下的渔村北庄。据《黄土桥志》载，相传2100多年前，汉武帝年间（公元前141—公元前87），无锡地区太湖中的葛、金、沈姓的三只网船顺流而下，来到了苏州城北渺无人烟的芦苇沼泽地中，捕鱼捉虾。由于水产资源丰富，于是就择地定居，后称为北庄。外公在北庄三家村落地生根，后来有了大姨、二姨和我母亲，我母亲又与村中沈姓小伙联姻，这样，我确信，我们这些后人的血管里流淌的应该有很多无锡人的基因了。

大姨是沈氏家族里出落得最为标致的当家女儿，大名金娥，人如其名，大姨长得很像外公，有梨花一样白嫩的皮肤，有深邃迷人的眼睛，有轻巧玲珑的身材，有勤劳灵巧的双手。更为可贵的是，她还继承了外公的聪颖才智，在这个三房合"子"的沈氏家族是很受宠的宝贝，但再宝贝也是个女的，在那个生存极需体力的年代显然是不能满足种族发展需要的。后来有了二姨和我母亲，长辈们着急了，过继了一个苏州城里人家的男孩，即是我后来的舅舅。

经过十多年的辛苦经营，外公靠着奇巧的手工、外婆靠着勤勉的劳作把小家撑出了一片天，这时大姨犹如一朵村头的桃花盛开了，那样娇艳欲滴，美艳动人，成了外公外婆家中的骄

傲。这份自豪没有延续多久，就变成了一种烦恼，因为大姨与来自苏北的打长工的金山相恋了。这原本是一件美好的事情，但大姨的美貌吸引了一个大好佬。大姨纯净如水的美貌自然也难逃大好佬好色的眼睛，可是大姨的所爱明明在那个老实巴交、心地善良的金山身上。外婆外公也都反对大好佬的强势，然而终究拗不过，因为他是一个什么都干得出的人，他手上拥有枪把子，枪子可是不长眼睛的。为了一大家子的安全，外婆首肯了这件事情，外公哪里舍得？哪怕舍得一身剐，也不能与那人沾染关系，家里发生了从未有过的大分岐。正在这个节骨眼上，大好佬的那把枪犯事了，不过事情不是犯在三家村，大好佬被押进了大牢吃官司。

大姨得到解脱，心想事成地与金山喜结连理，金山成为我的大姨夫，又一个倒插门入赘的小伙，跟随大姨姓了沈。一大家子和和睦睦、勤勤勉勉、其乐融融地在这个小村落里发展壮大，犹如长在乡间小路上的乡野花草"婆婆纳"，虽然花型平淡细碎，但生机勃勃，在江南小渔村的堤岸上一茬一茬地长。

不久，大好佬出狱了，他又一次盯上了大姨和外婆，虽然没有动真刀真枪，却是真真地要了外公的命。大好佬咬定外婆悔婚，起了横心，向外公外婆索要20石米，在旧社会这无疑是一场敲竹杠式的大劫难。20石米，每石120斤，外公把辛苦种田积攒在米屯里的米全部扫清，也不足以满足大好佬的无理要求。每天大好佬会来要债，怯懦的外公一方面抱怨外婆当初的决定，一方面为着一家老小担忧，终于经不住压力以一根绳索结束了自己短暂的生命，试图以此杜绝大好佬的无理要求。

然而，外公的自尽给外婆造成了前所未有的灾难。无锡的缪家一起过来，对外婆难免怨怼，似乎一切磨难都是这个只会生女不会生子的女人所致，要求外婆为外公打造了一口上漆棺材，厝置家中祭拜三年才能入土。棺材是用大木料打造的，外公安葬的躯体身边塞满了细石灰袋，一袋袋一条条足有手臂那么粗。三年后入土在黄桥徐家村南一块高凸的五亩头的田地上，二十年后因为家乡要新开河，不得不开棺捡骨，因为尸骨保存得好，竟然还筋骨相连。

穷人家顶梁柱自缢身亡，还要隆重下葬以泄心中怨愤，无疑雪上加霜。管吃管喝，老债未还，新债又欠，此时外债已经积下 45 石米了。那时，外婆身怀六甲，每天像赔礼一样在外公的棺材前焚香烧纸。40 天后，外婆诞下遗腹子，这个迟来的儿子没有见到先他而去的父亲，他孱弱的身体似乎也承受不起一个男儿的担子，他出了一身痧子，最终撒手人寰。外婆连续失去生命中两个重要的男人。在那样一个社会里，穷人家的不幸最终往往会归结到家中某个"命硬"的女人身上，外婆不幸被吃人的长箭射中。

从此，外婆在人前人后抬不起头来。可是，外婆也不能像外

公那样逃避现实，因为一大家子等着她还债。外婆的还债之路开始了。最早，有人建议她通过一些方式减轻负担，比如把那个当时才7岁的幼女——即我母亲送给村里的陆海红家，可是外婆不舍得。最终陆海红家远走台湾，外婆似乎是明智的，如若把幼女送人，那么一场旷日持久的母女分离恐怕是在她1994年离世前无论如何也挽回不了的；又有人建议把二姨做童养媳早早送人，外婆也始终搁着这件事，不舍哪，无论哪个女儿都是娘的心头肉；还有人说把过继来的男孩送回城里那个家里去，如果送回去，我那玉山舅子的命运将会怎样？外婆咬一咬牙又一次拒绝。外婆一个一个地拒绝这种骨肉分离的方式，每天忍着委屈的泪水在外公的棺材前祭拜，在自家的男人前，外婆可以忍受一切委屈，拜折了腰也在所不辞；可是在这个新中国成立前夕的社会中，外婆需要学会隐忍坚强，唯其如此，才能还清先后累积下的一身债务——70石米。从此，一个女人，毅然决然，在北庄渔村里做起了生意。

外婆具有一个生意人精明的头脑，她敏锐地察觉到这个大渔村可以念一场关于鱼的生意经，她开始走南闯北去"摇糖糟"。所谓糖糟，是用米做酒所剩的渣，那可是上等的饲料，鱼爱吃，猪爱吃。外婆外出不放心幼女——我的母亲，名叫玉妹，那时年方8岁，经常被外婆拖在身边，吃苦耐劳的外婆用她美好的品性熏染了小玉妹。玉妹随同外婆一起扭绷摇橹，当小船在市河里出没，外婆推拉着一杆船橹将满满一船糖糟运回，玉妹总是站在船艄与外婆一进一出地推拉着橹绳。玉妹小小的个头还不到外婆的胳肢窝，却将橹绳推拉得有板有眼，与外婆一起唱响了一支水上进行曲，引得河埠头浣衣的妇女们看得好生羡慕，连连惊叹：好一对勤劳的母女。

外婆的生意近要做到郭巷——现在在苏州吴中区，远要做到无锡，全是靠一橹一橹摇出来的。生意做成了，全家也能换回红籼米吃，聊以填饱肚子，那米丝毫没有半点软糯，煮熟了勉强可以入口，一旦冷却，要吃冷饭的话，咬一口就是一嘴生涩的粉渣渣。虽然如此，外婆全家还是有盼头的，毕竟债务在一点一点地减轻。

那时，外婆一边做生意，一边试图要状告那个大好佬。北庄河西村那位曾经的英雄杨阿考闻知出面相助，劝阻外婆走上那条状告之路，说外公已死，大好佬也已经受到新社会的制裁，如果把精力用于告状，恐怕反而照顾不了孩子，也会造成社会的不安宁。外婆，一个农村妇女，尽管身有冤屈，但衡量利弊，还是以孩子为重，毕竟人家杨阿考也是黄桥当地响当当的人物，他当年作为新四军，血战梅林庙，被敌人抓住用铁链锁住锁骨，也坚贞不屈，是何等的英雄气概。为保一方平安，似乎，有些恩怨只能深明大义、息事宁人。从此，外婆一心一意只顾着挣钱还债。

当生意做得风生水起的时候，又一场不幸直直地向外婆扑来。一天，外婆因为要远道赴无锡做生意，叫上了宋家一个堂姐帮忙，所以那次我母亲因为没有上船避免了一场不幸。当外婆装了满满一船糖糟在无锡市河里顺利返回的时候，一只起亲的大淌板船威风凛凛地在后面紧随而来，那种高头大马的船有压倒一切的威仪阵势，很有现在奔驰、宝马的气派，一般在起亲时被人征用。它船头高翘，翘起的形如额头的船板上有两个大眼睛，船后艄对应两条橹，两侧各站一人手执长篙，颇有古时大堂上审讯犯人"威武——威武——"助阵的腔势，而那两个强壮的橹手赤膊上阵，袒露着健硕黝黑的上身，与包拯朝堂上的张龙赵虎可有一拼。兴许是兴奋过了头，全然没有顾及前方那艘满载糖糟的小船，淌板船直直地朝着外婆的小船压将过来。那宋氏堂姐直扑进河里，后被人救起，而外婆，不舍那满舱的糖糟，试图力挽狂澜，终究难敌大船的阵势，被硬生生地压断了三根肋骨。

那天，家中左盼右盼，外婆没有准时归来，全家儿女急得像热锅上的蚂蚁，后来终于有了下落，有人报信来：外婆出了大事。后来，无锡农委主任亲自压阵，来处理大事，他寻到苏州市最有名的伤科名家葛云彬，他医德极好，医术也极为高明，完全靠着手上功夫把外婆的伤骨接好，外婆在床上躺了足足半年，经历了一次脱胎换骨的洗礼，病愈后前往苏州城中养育巷答谢葛医生，遭到婉拒。这个葛医生成为外婆一生感激不尽的救命恩人。

在外婆养伤的日子里，舅舅和二姨一如既往做着渔家儿女的事情，他们捞死鱼、割猪草，勉强维持着一家的生计。待到二姨19岁时，外婆终于答应把二姨嫁出，从此，外婆又一次站起，挺起了那略微佝偻的身板做起了生意。这回生意做得更为宽广，不仅卖糖糟，还卖小鱼，生意最远要做到上海南翔。外婆凭着一身伤骨硬是将生意做强做大，渐渐地遭来妒忌，生意做得特别好的外婆竟然要被人罚税，外婆有嘴无处说，她依然低头默默地做。而当时杨阿考看到外婆和小女儿玉妹两相配合将一船头糖糟称光卖完也丝毫没有出错，不由得赞叹，他出面婉言相劝："人家一个寡妇，拖大几个小孩实属不易，那也是帮助减轻国家负担哪！"一席话感动了邻里乡亲。

在北庄众多好人的相助下，外婆一度把生意做得非常好，不仅还清了债务，还在母亲13岁那年，把她送进河西通关桥埠头的学堂里读书。母亲成为50年代村里念书的极少数一个，尽管读书时比班上的人要年长几岁。母亲最后能初中毕业，一直是家里引以为豪的事情。

外婆作为一个从旧时代走过来的女性，命运多舛，遭遇了诸多幽怨和不幸，但，她像一棵长在池岸边的小草，被踩踏、被雨淋、被日晒后，都能坚强地挺起，无论是肉体的创伤还是精神的

蹂躏，她都熬过去了。

在我心中，外婆是那根柔韧的小草，让我这个后生小辈可敬可叹。虽然外婆只是一个普通人，够不上树碑立传的本，我也是一个普通的小辈，够不上光宗耀祖的份，但我在心间要为外婆竖起一块人格的碑，当生命遭遇不测，那么，外婆就是坚强的榜样！

外婆离世已经 20 来年，不知她在九泉下有没有遇到我那至亲的外公？外婆用半个世纪的努力，应该让外公有一个瞑目的理由了。

外公因为与外婆结缘，改变了浮萍的命运，把根扎在了江南苏州乡下的北庄村里，可他因为旧社会一笔还不清的沉重债务，决绝地用自缢的方式表达他的抗争。外公殒命了，生命的时光结束在 45 岁，而这样的方式又几乎中断了外公与老家的联络，那时我母亲还是个娃儿。对于我而言，外公的印象就是母亲嘴里听来的故事，因而我几乎无法从外公身上追根溯源、寻宗觅祖。

可是 2017 年深秋的一天，这个迷局被一位老人捅开了。按母亲的话说，那老人我应该叫表舅。表舅不是文化人，却送来了一本和我外公家族有着千丝万缕关系的《缪氏宗谱》。

深秋的午后，秋阳杲杲，动过手术还不到一个月的母亲正在躺椅上午休，表舅轻轻地推开了我们老家的门。母亲一个电话把在村边湿地上带着小妹溜达的我们父女俩召回了家。

表舅是乘公交车来的，他所住的万安村与我父母老家北庄村不过几里路光景，但我印象里与他很少谋面，日子一直在两条平行线上毫不相干地过。只是难得表舅家有事情了，母亲会去走走。表舅的名字缪金钩于我耳熟能详，但那只是个符号，一见面，那符号变作了生动的画面：85岁高龄的表舅气定神闲地坐在沙发上，戴着老花镜，穿着深青色的西服，一身干净利索，身板单薄，面容清癯，精神矍铄。我有点愧疚，面对这样一位住得不算远的老人竟然不认识。表舅说："我们认得，十年前，我家小店遭到抢劫，我的额上被贼打得头破血流，住在黄桥医院的时候你买了东西来看过我。"一句话激活了我的思维，是曾记得那一年有这么一件事情，我是受母亲之托走进医院的，对于这个"远"亲，我竟然没有留下印记，而他，我的表舅满满地记住了我这件事情，表舅的心里装满了感激，我的心里充满了愧疚。

表舅告诉我，是特意送《缪氏宗谱》来的。说这边北庄村有一支缪氏后人，目前年事最高的是我母亲，所以送过来的唯一的这份就花落我家了。我恭敬地接过缎面线装、宣纸印刷的《缪氏宗谱》，一股温暖之感油然而生。可喜，一个普普通通的人家，仰仗了族人中像表舅这样先觉者的热心，我们从此似乎落地有了

根，知道了我们从哪里来！

中国人是喜欢寻根的，早在周代就首开宗谱之风，但那是被垄断在帝王诸侯手里的，普通人就像浮萍，来也匆匆去也匆匆，人生没有宗源可寻，不免悲怆。到唐宋，民间修谱逐渐形成；后来各朝代中，但凡家族中有点文化和觉悟的就基本沿袭了写宗谱的传统。如今，续写宗谱之风又悄然抬头了，曾记得暑假里有一次与朋友会面，席间就有人提出退休后要为家族打造宗谱。没想到，我母亲娘家把这件事做在了前头，不免有点小兴奋。修谱意识的潜滋暗长，是否说明了一点：国家在发展强大，作为国家的细胞，即家庭，是有力的助推。人们懂得经营自己的小家，要用一种家道的承袭来自觉维系家族的发展。

我在这本蓝色基调的《缪氏宗谱》中翻阅着、寻觅着，了解到：我外公原本姓缪，名宝和，入赘给我外婆家改名为沈增福，这和母亲所说一致。我还了解到：外公的根原本在江阴至常熟一带，祖上曾在山中为富人看坟堂，后兄弟几人因为贫穷远离家园，四散到附近地区以种客家田谋生，一支到常州武进发展，一支在无锡藕塘发展。外公和他大哥缪宝珍挑了担头来到苏州虎丘山麓的黄桥落脚下来开枝散叶，开启了苏州一支的家族生活。

一本宗谱无疑让我对娘家的宗亲有了全新的了解，这要感谢主编这本宗谱的人——他是我常州武进未曾谋面的表舅缪国元。要特别一提的是缪国元表舅的父亲，也就是我的五爷爷，曾经是个新四军，惨遭陷害被活埋。缪国元舅舅继承先辈遗志，一生信守美好品行，他的家庭充满着和谐之风。缪国元表舅从邮电局退休后，在家族中主动发起编写《缪氏宗谱》。他苦心经营三年，与缪金钧表舅、武进雪堰葛巷做语文教师的缪玉莲等宗亲联合起来编撰了《缪氏宗谱》。

一本家谱联结起了三地血脉，我居然凭空多出了无锡、常州亲戚，宗谱的功效让我实实在在接了地气，有了可循可依的家族根源。大家族宗亲的温馨抵御了深秋的寒冷，在家里升腾起一种别样的温暖。

我问及表舅的老来生活，他健朗地说："现在，我一年退休工资三四万，吃吃用用足够了，乘公交车还是免费的呢。我空来还在学习画画，呵呵，赶上的是好日子，要珍惜。"没想到，85岁的老人对生活如此充满感恩和向往，幸福洋溢在他的眼眸，那深邃的目光太像画像里我外公的形象了，真是血脉相连啊。

听母亲说，表舅还是个志愿军，曾经上过朝鲜战场，我为表舅翘起了大拇指。表舅谦逊地说："没啥，我只是个铁道兵，没有什么大作为。"我还是要表舅讲讲他在朝鲜的亲身经历。表舅开始描述在朝鲜大宁江大桥立体作战的场景。不同兵种部队之间

互相配合，铁道兵主要负责保证运输畅通，大宁江一再毁于美军飞机，铁道兵在后方用杨松木打桩、铺上草包做临时桥墩，再铺设铁轨枕木，让后方运输物资的火车缓慢过桥，车上装着各种军需物资：粮食、棉衣，甚至坦克。为了保证运输畅通，立体作战的志愿军与敌人进行巧妙周旋。当飞机飞得高高，山上就用八五一高射炮迎打敌机，一声"轰"的巨响后便是一阵黑烟；当飞机飞得低低，志愿军就用三七炮迎击，声音比较急遽，"轰轰轰"，连声急响，战场硝烟弥漫。

战事一停，高射炮就被树梢荫蔽在山头。铁道兵迅即从防空洞里钻出再次搭建临时桥梁，虽然铁道兵没有正面迎击敌人，但也要面对严峻考验。大宁江边山岭较多，经常有洪水暴发，洪水排往大宁江，冲入大海。有一回，一名叫陈瑞根的志愿军正在桥上作业，突然洪水暴发，水流湍急，眼见着洪水猛冲上来，在便桥上撤离为时已晚。说时迟那时快，他恰巧抱到了一根救命稻草——敌机先前炸坏大宁江大桥后，有一根花梁被卡在一边，小巧机灵的陈瑞根死死抱着花梁才幸免于难。但有一名叫戴金龙的志愿军就没有这么幸运了，他一脚踩进了临时便桥的窟窿里，山洪暴发、江水猛涨，一时脱身不出，就活活被洪水淹没了。

讲完这些故事，表舅眉头紧锁，心情显然沉重，那是一个老人年轻时候心中留下的痛。我转换了问题，问有没有正面目击过美国兵的，表舅说那倒没有，飞机来时都钻进防空洞了。不过苏联人倒是见过，当时有一群人沿河寻找渡口，腰中别着小手枪，一看脸型和装束就知道是苏联军官，他们是顾问团派送物资的。

呵，表舅这一生算是开过眼界的，后来回还中国陕西，于1957年复员。在20世纪60年代初三年困难时期曾当了两年家乡黄桥北庄河西村南校的代课教师，再而后就干了一些杂事。

表舅老了，是目前缪氏家族中极健朗的一位老人，但他心气不老，依然能清晰地背诵小时在私塾学堂断断续续学到的一些《三字经》《千字文》《百家姓》片段，说那时的先生姓魏，只教死记硬背。虽然是死读书、读死书，但那些最初的启蒙是深入骨髓的印记。他笃诚地深信：传子以金不如传子以德。现在表舅已入耄耋，但还特意拜师学画梅花，他说这样舞文弄墨，日子就过得充实有趣！

说起表舅的学画竟然还与他一段凄美的爱情故事有关。新中国成立那年冬季，表舅所住的万安村中来了一位芳龄16岁的美女老师，村里人都称呼小沈先生。小沈先生来自我们黄桥北庄村，其大伯是四乡八邻无人不知的大乡绅，是个大律师。小沈先生的父亲是个教书先生，在那个时代，她家绝对是村中的书香门第了。小沈先生落脚在破祠堂里教复设班，即两三个年级的小孩同时教，她的活泼伶俐吸引了表舅。那时表舅也是一

表人才，虽然两情相悦，但门第有别，学历有别。小沈先生晚上独居在破祠堂很害怕，就委托表舅养了一只羊，让羊儿晚上陪伴她驱除恐惧。

光阴荏苒中，小沈先生去读师范，而表舅去朝鲜当志愿兵。天各一方，鸿雁传书，他们始终没有改变初衷。数年之后，小沈先生去临近乡村湘城做了一名真正意义上的教书人，表舅也来到小沈先生所住的北庄村做代课教师。那段日子，他们经常在周末汇聚于城里的缪金娣表姐家，看电影、聊天、逛街、绘画、练书法，抒发着他们美好的诗意恋情。

然而表舅和小沈先生的恋情并不顺当。在一次学校清退工作中，表舅因为是代课教师而下岗，他们的恋情因小沈先生那个地位较高的家被迫终止，那个家此时基本迁居于上海，唯有小沈先生因为工作的缘故留在苏城。从此，表舅主动退出了这场恋情，虽然同在一个城市的两个角落，但隔绝了所有联系，整整半个世纪，唯有三次偶遇，让表舅刻骨铭心。

一次过年时节，表舅在人民商场独行，一抬头间，小沈先生水灵灵的眼睛直直地撞进了他的眼帘，四目相对，却无言以对，小沈先生一侧的妹子嗯嗯啊啊解围，不等表舅反应过来回个话，小沈先生就被母女俩拽着胳膊走了。

第二次，也是在一个冬日，表舅挑着一担米送往苏州城区生活的缪金娣大姐家，途经火车站，看到了一个熟悉的背影：灰色的基调里，那件红色棉衣特别抢眼，"红棉衣"被一只胳膊挽着走进车站。表舅愣怔地看着，"红棉衣"仿佛有第六感应，后退两步，扭过头来看到了表舅，四目游移交接，表舅定如神佛前，"红棉衣"又一次被那只男人的手拉扯着进了车站，消失在茫茫人海中。

　　第三次，是在家乡黄桥桥湾里的航船码头。浓雾弥漫，锁住了水面，表舅隐隐约约看到了一个抱着娃的身影，正是小沈先生。小沈初为人母，全然没有发现一双眼睛盯着她。表舅实在没有勇气直面曾经熟络无比的那张白净玲珑的姣好面庞，最终选定一个与小沈先生隔着好几人的并排座位坐定。不在对面出现便是最好的隐藏，表舅把自己隐蔽了，但眼光始终牢牢地锁定着那个曾经心仪的姑娘，不，人家已经变作人妇人母。那么就这样吧，不必言语，不必打扰，浓雾里小沈先生的侧影变作了晃在表舅脑畔半个世纪的影像。

　　半个世纪后的一个夏日，一阵铃声打破了表舅85岁的宁静日子，是在康复医院的老村支书打来的电话。他叫徐虎泉，曾是那个时代与小沈先生和表舅一起的玩伴，帮助带过那只小山羊。老人再度把表舅和当年的小沈先生联系了起来。从此，表舅的晚年生活充满了诗意和动力，那个业已进入耄耋之年的小沈先生（表舅还这么称呼）成功地培养了三个儿子，分别为公务员、大学教师、中学教师，兴许就是因为这个，她始终没有离开过他的

老伴——那个在上海有过妻子不曾给过她一纸婚姻承诺的男人，直到他去世。如今，小沈先生有着美好的老年生活，她读老年大学，学绘画、学书法，日子过得美好安宁，用徐虎泉儿子的目光看后判断：嗯，这个老人一百岁都能活得。表舅家几个儿女虽然普通，但在改革开放的三十年间也过上了小康生活，表舅的老来生活也是衣食无忧。

表舅和小沈先生的再度联系，不可能再有后续的情爱故事，他们都坚守在各自的家庭之后。然而当年的那场没有结局的恋爱是美好的，凭借这点温馨，谁也无法阻挡他们乘着健朗的生命之尾去尽情地徜徉在艺术的氛围里。当年他们因为共同的爱好谈了一场恋爱，如今他们因为共同的爱好在共梦一场耄耋友谊。

愿表舅寿比南山！愿好人能久远地追寻到人生的美好。

表舅把缪氏宗谱带来，牵连起了我们家族的美好情感，作为后人当然也愿缪氏宗谱能继往开来，缪氏后人能兴旺发达！

表舅回他的老家去了，但他像家族中的一根线牵连起我们这些生活在苏锡常地区的缪家后人。一天，表舅女儿缪妙受表舅之托打来电话，说是常州缪国元舅舅看到了她转发过去的我写的《表舅送来〈缪氏宗谱〉》，缪国元表舅无限感慨，加了我微信，告知我他建立了一个"涵琳影像工作室"，呵，老来生活竟然可以如此诗意和充实。表舅还把我拉进了缪氏家族的微信大群"快乐大本营",大本营内牵连着苏锡常缪家后裔共七十多人,一些从不知道的名姓从此变作了与我血脉相连的亲戚。特别欣喜的是这个群落正能量满满,充满这个群落的主体内容基本是行善、感恩、读书。这个大家族所营造起来的温馨让我踏实稳健,我实实在在地寻到了一方沃土。

遇　见

　　周末，陈奶奶送了一袋螺蛳。清明螺赛肥鹅，要尝鲜，就得立马动手剪螺蛳。

　　剪螺蛳，不知是多久没有做的事了。作为渔乡儿女，幼时没少干过这样的营生，那时剪螺蛳，不全是为着自己家里的吃口，更多时候是助力父母去集市卖出挣钱。

　　渔乡人虽说日子艰苦，但这天然的螺蛳只要勤劳地去耙去剪，就能做出"罐头笃肉"。不光填了自家的肚子，还可以售卖，赚到额外的小钱。

　　家里剪螺，好使一点的桑剪基本被父亲所用，剪速快。母亲基本用剪刀，但凡要我出手助力，母亲就给我一把尖嘴老虎钳。我将老虎钳的一只柄踩在脚下，死死地踏牢稳固，左手抓一把螺蛳，指头上把好一只螺蛳的位置，将尖屁股塞于钳口，右手死死握住另一只柄，咔嚓一揿，螺蛳的尖屁股被咬下了。全家合力，一个黄昏剪下的螺蛳用清水养在盆盆罐罐里，第二天一早父母便装篮挑进城里卖。一次父亲走一座木板桥，扁担头上的螺蛳吃不起大风，一袋螺蛳直直地掉进小河，急忙下水打捞，上岸时袋子里所剩无几，前夜的劳动前功尽弃。遭遇没有难倒父母，他们仍然会得空剪螺蛳、卖螺蛳，挣些零钱，活络手头。

把剪螺蛳、卖螺蛳当作主业的在我们村里不多，因为大多家庭养鱼，毕竟养鱼来钱快一点，但家中必须有男劳力。有一户人家，沈大妈丈夫早年因病去世，她就将剪螺蛳、卖螺蛳干成了职业，她身体瘦削，弯着背，我不知她那比一般人早衰的弯背是否和劳碌这苦营生有关。每天拿着一把撍兜到小河里又扣又耙，捡去杂乱的水草、石子，挑着沉甸甸的螺蛳回到家。坐在小板凳上剪螺蛳，弓着背，沉着头，一粒一粒地剪，剪到天昏地暗。最怕是大冬天剪，我不知那双手是怎样长久地与冰水打交道的，那双手是否会被冰水浸泡得起皱发白。

那时我上下班在路上经常能遇见沈大妈挑着两篮螺蛳上集市售卖，与她擦肩而过时，我总退避一侧，不敢与她多说话，怕她一说话，一岔气，那弯背就承不住力，螺蛳要是倾覆她会多么心疼。我总是习惯性地目送她一段路，想着她凭这一担螺蛳能挣多少钱，想着那一年更比一年弯的背能支撑多久。

奇迹就发生于这个毫不起眼的沈大妈身上。一年，她成了我们渔村的名人，她竟然培养出了一名浙大高才生，她的儿子就是靠着她用剪螺蛳所挣的微薄之钱培养出来的。

那名高才生不知有没有解过这些题目：他老妈剪好的螺蛳成为多少人家的美味？那些螺蛳壳如果能堆叠到一起，究竟会是一座怎样壮观的螺蛳山？"遥望洞庭山水色，白银盘里一青螺。"把一座山比作一青螺，充满闲适清雅的意趣。但如果反之联想，把沈大妈所剪的螺想象成堆叠的山，那这种苦比之李绅形容种粟的"粒粒皆辛苦"恐怕是有过之而无不及的吧。但沈大妈就是那样默默无声，不求人，不怨天，熬过了苦日子，硬是培养出了一个能在读书中吃苦的高才生儿子。

在我们黄桥街道占上村还有一座半亩见方、三米多厚的螺蛳壳墩极为壮观。村志上是这么记载的："在青台河西角村的西边，西海鱼池的东南角，堆有1000多立方米的螺蛳壳，螺蛳壳又粗又大，都留有屁股，呈白色。"相传，旧时村民生活困苦，有一对小夫妻把活螺煮熟，再用竹签剔肉，送到集市的酒肆、饭店售卖，竟然解救了贫穷危机。

粒粒清螺生于江南之水，完全是自然馈赠之物，剪螺卖螺挣的是工夫钱。那一个个与之打交道的人，手上必定是生过无数老茧的，那是用勤劳抵御困苦的印记。如今的人已经吃不起这种苦，才剪半碗螺，我就有点吃不消。不过想想这"珍鲜敢与比肥鹅"，不由得来了劲头，我又抓起了一把螺蛳继续开剪，期盼吃上美味的清明螺。

父亲进入病房的时候，靠近卫生间一侧的十号病床上躺着一个七十多岁的病人，正在听评话，我们与他打招呼，他礼节性地招招手，继续兀自有一搭没一搭地听。

父亲因为各方面的检查都比较好，只住了一天就被推进了手术室，这可把这个老人羡慕死了。要知道他已经干等一个星期了，因为有心脏病和高血压还须调理一些时日。

父亲重又回归病房时像换了个人，竟然口齿含糊地问我在什么地方，回答在病房后。父亲又说头晕，还时不时呕吐。我们一晚上的护理中，十号床病人丝毫没有动静，他静静地，静静地，一点也不打扰我们；我们也努力轻轻地，轻轻地，唯恐打扰到静卧的他。

麻醉脱性后，父亲沉沉地睡了一大觉，直到天明。见父亲醒转，十号床病人微笑着与父亲打招呼："早上好，老哥，新的一天开始了，你闯过了最难的一关。"父亲尽管还是虚弱，但向来坚强的他此刻已经恢复神志，便以"过来人"的经验安慰他："这病没啥，前列腺开掉了就只剩硬伤，隔几天就能出院，你不用担心，好好调理，也快的。"十号床病人笑笑说："老哥，我有你这样就好喽。不过我先前的身体也还是不错的，今年四月我还在新疆劳动呢。我是上儿子家来待一段时间的时候感觉不适，才检查出来前列腺有问题要临时开刀的。"

我们好奇这位古稀老人竟然还在劳动，他移过凳子慢慢地讲

述："我在新疆有八亩地，每年都是自己打理的，种吐鲁番葡萄。"

看他一副成就感满满的样子，我更加匪夷所思："您是汉族人，怎么在新疆有地？"

十号床病人又笑笑，一句一句慢慢地把我们父女的思维拽到了遥远的新疆。随后的几天内，我们几乎是一有空就听他的故事。

他原本是徐州人，年轻时支边到新疆农村，那片戈壁沙漠带给他的是诸多考验。风是北部西伯利亚来的，强大的风流是雕塑能手，能将植物的枝叶全部吹向一边，犹如一个少女迎风伫立，长发飘飘。风流还能裹着沙尘到处肆虐，像不羁的野性烈马。风流无情无义，能在一夜之间将呵护得好好的棉花和薄膜一同卷走，农民的心血荡然无存，只得从头来过。但称奇的是，这个徐州农民并没被这一切吓退，而是深深地眷恋这片大地，竟然把自己的人生之根扎稳下来。

他共有三个孩子，大女儿嫁到新疆首府乌鲁木齐，与他所在的吐鲁番鄯善县相聚 280 多公里。大儿子在喀什工作，是五口通八国的"新丝绸之路金融中心"，与鄯善县相聚 1400 多公里。小儿子读完大学来到苏州安居乐业，与鄯善县相聚 3500 多公里。开枝散叶所覆盖的方圆之远在普通家庭中可能无出其右了。这对于我们这些数代人都在原地打转的人来说几乎是一个神话。

与子女见面，始终是萦绕十号床病人心头的最大心结，尤其是年过七旬后，他不得不要考虑放下农事了。然而那一片吐鲁番的八亩之地曾给他带来人生的多少希望啊，这里像汩汩流淌的清泉一样吸引着他。其实土地并不会产生奇迹，而是靠他自己勤劳的作为在这里连年创出了心仪的收获，他善于用脑，善于探索，积累了一套培植葡萄的经验。葡萄的酬报对于一位中年就丧妻的老人来说是一个极大的安慰。

鄯善有他挥之不去的火焰山，他人生最热烈的追求就是在那里实现的；鄯善有他挥之不去的痛楚，妻子被突发的疾病夺走了生命，他离不开这块地；鄯善也有他挥之不去的甜蜜，吐鲁番的葡萄甲天下，他一个汉族人凭着一股勤劳的劲头愣是把吐鲁番葡萄种出了优产。他在鄯善买了房，又种了花，日子越来越好转。

一个一生勤劳的人，为自己的人生埋下了善根，他正期待着用劳动所得过上美好的暮年生活呢。

父亲进病房的时候，满身管子，吊着两个引流袋，我像一个置身沙场的人，想使出浑身解数要进入一场征战，以尽女儿之责。可是面对这一切，我手足无措，笨蠢之极。

家里人请了一个护工阿莹。一会儿，病房里跃进一个利索的红裤、白衣、披肩发的小身影，像一名被点派出来的士兵，踌躇满志。她一看老父亲的模样说："你们不用担心，老爷子现在还

没脱掉麻醉药性，所以才迷迷瞪瞪的，要隔些时间唤一下的。"说罢，阿莹蹲下身即刻进入工作状态，先是仔细地检查引流管，又熟络地解下袋子，面对血腥的尿液，一点没有嫌弃的样子，这让我非常感动。

护工阿莹做事颇能见机行事。父亲昏然欲睡，我守着不敢挪步，阿莹轻轻地给父亲的肩膀两侧塞好了防污垫。我轻声唤醒父亲，父亲一阵恶心，阿莹已经一手纸杯一手纸巾地紧急护理。

我吃好晚餐已近十点，阿莹反复叮嘱我抓紧时间休息，说后半夜还得坚守，容易犯困，现在由她一人撑着就可以。

阿莹披着薄被静守时像坐禅。父亲一有动静，她即刻变成一只脱兔。半夜，她没有一次失职；凌晨两三点钟，她依然如故。

六个小时后，护士撤走了监护仪，奇迹也降临，父亲不再呕吐，却疲乏得很，沉沉入睡。阿莹说她也要休息一会儿了，早晨还得起来收拾收拾，我知道她的困乏，不再打扰。

经过短暂的休整，我警觉到天色已亮，由于缺乏睡眠头又晕又痛，然而为了父亲的早日康复，我像一只手机，哪怕没有存足电量，也要随时待用。一骨碌起身时，不期然走进一个蓝衣盘发的小女子，留意一看竟然就是阿莹，原来她换了护工服准备新一天的工作，她解释："我是持证上岗的。"她打开手机亮出了培训考核证书，交流中得知她是在疫情之后到苏州来找工作的，面对找工作的不易，她曾在心里暗自发誓："一定要努力，在苏州立稳脚跟。"

她经人指点去进行护工培训，学习噎食的急救、口腔护理、压疮护理等，很快进入医院埋头苦干，连续几个月拿到了月薪五千元。我问及她的家庭："你这样没日没夜地辛苦工作，家里就照顾不到了。"她笑笑说："没啥，反正儿子大了在外面读大学，我和老公就专心打工挣钱，三个人都不在一处。"我无法想象一家子如此天南地北的日子有多艰辛。

陪护中，我们进一步聊，才知道她有许多难言的苦衷。比如前男雇主言语污秽，想着法与她套近乎，让她把椅子搭在床畔陪护，时间还没到傍晚已经三番五次催促擦身。话里话外全是一个在外单挑独斗的女子难以启齿的苦衷。

晚上阿莹吞吞吐吐地说，她原先在浙江找工作的，可是没有找到，要回去退租房子，处理掉前期留下的一些事。她想提早走，可是觉得对我不好交代，我笑笑说："你只管走，现在父亲恢复得越来越好，我不会计较的。"

早晨，她要去赶车子，正巧我端着两盒隔夜粥扔向垃圾桶，她竟然微笑着说："扔掉多可惜，你能把那一盒白粥给我吗？"

我很不好意思，她反倒没有一点矜持，高兴地闻了闻："嗯，味道还是很好。谢谢大姐！"

我像逃避一样迅速撤离，心里默默地祝愿着她能一路顺风赶回去处理好事情。

正当我站在父亲的床头出神，一位中年护工出现在我面前，她说："阿莹提早走了，她不能白挣你的钱，让我过来补工。"

我说："阿莹这么急着要回浙江去事情一定很重要，不必补工了。"

"她要把丈夫接到苏州医院来，边打工边给丈夫治病。"

"什么病？"

"不太好的病！"

一个如此瘦小的女子，站稳苏州，原来身上扛着如此千钧重担，但对于苦难显得如此轻描淡写。我心中突然敬佩起那个小护工来，面对困难，她用瘦小的身躯努力在扛，愿好人平安！

阳光暖暖地倾洒着，书香苑小区太阳广场周边的绿植蒸腾出初春的气息。小区楼群的窗户里飘袅出阵阵菜香，和着阳光，变作温馨的年味。陆慕奶奶家的年味总是格外的香醇，特别提振人的食欲。

平日，陆慕奶奶带着小孙女一到太阳广场，她就变作了这里聊天族们的核心人物。她的确算得小区的灵魂，她不离不舍看顾着孙女，几乎天天报到在太阳广场，她是小区里无人不知无人不晓的人。当然，她对熙来攘往的小区人和小区的一景一物也都了如指掌，似乎她是小区天生的守护神。其实陆慕奶奶不是不想到外面兜兜转转尽享晚年生活的旅游之乐，她每月有 3000 来元的退休工资，但她一辈子保持了勤劳治家的作风，总在念着一本经：用最节俭的方式操持家中的一日三餐，把全家人的脾胃调理得健健康康、和和暖暖，尽好本分，此生的目标也许就是这样简简单单，却又让人好生羡慕：她是一个纯粹的好奶奶，做得一手好菜，年饭的准备尤其精心。

陆慕奶奶小包包的保鲜袋里藏着她亲手炮制的清蒸水饺，小孙女最爱吃这种奶奶牌虾仁饺，但又经不住太阳的诱惑要在午睡后下楼玩，奶奶就带着下楼来，小囡囡蹒跚走了几圈，开始坐在栏凳上享受美味的虾仁点心。

一圈人围着陆慕奶奶，奶奶边喂囡囡边毫无保留地传授她做年饭的秘籍。她讲究每天自来水龙头的第一泡水有金属味，就要先放掉一些头泡水；她懂得利用菜本身的味道远比味精来得更美妙；她知道在苏州石路的哪个菜场哪个牛肉店的牛肉不注水，地道；她晓得新民桥菜场的哪个摊点蔬菜最物美价廉；她懂得做牛肉、做羊肉不放料酒保鲜期就长；她摸索出牛肉要晚上做，到第二天切片才不散架、最劲道，堪与卤菜店媲美；她晓得烧熟的菜起锅时切忌盖上盖子让蒸馏水回流影响口感；她懂得怎样做牛柳最香嫩；她知道女儿女婿要回家吃饭就要用一只专用锅子精心准备他们百吃不厌的家庭羊肉火锅，而平日里却又慢待自己；她买菜不图人家小便宜，却又不允许谁随意欺骗了自己而练就了一双识斤断两的慧眼……一家子的年饭仗着陆慕奶奶的操持，做得有

板有眼、有条有理，不铺张浪费，却有滋有味，虽没有出入酒店的那种豪气富足，却格外令家人温馨满足。

陆慕奶奶的一手菜艺引得周遭奶奶总要忍不住学学练练。太阳广场汇聚着老人孩子，陆慕奶奶的做菜山海经传扬在温暖的阳光里，飘荡在和煦的春风里，慰藉在人们的心窝里，幻作过年时节别样的年味，经久不息，耐人寻味。

新邻居

老父母晚年生活在渔村里的时候，很是热闹，因为邻里都是熟悉的人。可是拆迁等房子的日子改变了这一切。老父母搬到了我们书香苑小区。过惯了农村日子，来适应新的日子，有一些无奈，最主要的是除了家人，没有一个认识的人。

好在居住环境还是蛮好的。小楼位于小区最南面，屋前横亘的一条小路只有几辆车出进到停车坪，因为西面有个小树林子，车流得到控制，路倒像是一片场子；路前又横亘着一条绿化带；再往南隔着栅栏便是区域之外的清清小河。

初来的日子，父母备受寂寞的煎熬，偶有溜达的人在绿化带的小径上走过。晴天的日子里，父母孵太阳；雨天的日子，父母看雨脚，难得起身沿着绿化带溜几圈，日子单调乏味。

一天，我下班回到家中，父亲惊喜地告诉我："这几天，你妈认识了一个李会计，把她高兴的，她们很投缘。"

于是每天晚上我陪父母唠嗑时，他们就有了很多关于李会计

的话题。李会计与母亲一样都已进入耄耋之年，住在不远处的二楼，家中的老伴患有糖尿病，腿脚不便，基本要靠她照应，得空才能下来走走，就认识了母亲。

儿女的成功往往会让老人特别自豪，所以李会计很喜欢谈家中儿女的学习和工作。如今，她与老伴安享在这边小区，儿子就在不远处的另一个小区，既方便又自由。李会计年轻时的育儿经其实并不容易。早先她被过继到苏州浒关一户人家，青少年时代因为养父的成分高备受压抑，学习和工作都曲折，曾经做过代课教师，但长久没有出头的希望，就退出做了会计，这一当便当到了如今，还能得空做账。

母亲最津津乐道于李会计的育子方式，在八九十年代，李会计用废报纸自制了练字本供三个娃练写，谁认真完事的就让谁先歇下，长久的坚持下培育儿子读了南师大。儿子吃苦耐劳，工作很出色。女儿们有的走上了教育岗位，有的在国外留学。虽然现在不愁养老的经济，儿女们也孝顺，但无奈总是要经历老去的考验，所以她对晚年生活未雨绸缪，做出了较为周密的盘算。

然而，生活总是有太多的出其不意。一天，李会计的老伴颤颤巍巍地下楼，挂着拐杖找到母亲，说："你去看看吧，我家老伴摔了一跤。"

母亲到李会计家中，只见她躺在沙发上不能动弹，原来是晾衣服不小心摔了一跤，闪到了腰，也不知要歇多少日子才能恢复过来。见到母亲她感动得掉眼泪，儿子为老两口安排着生活，可是李会计也喜欢和母亲一起唠嗑，她开玩笑说："认识你太晚了，老阿姐，拆迁房拿到了也不要住过去了，还不如一直在这里住下去呢。"真有点老小孩的样子。李会计闪腰治病的日子里，母亲便有了大事情干，天天跑去唠嗑，互相打发寂寞的时光。

李会计恢复了健康，便又来老父母家门口孵太阳，看柳条发芽，看喜鹊飞旋，看蒲公英开花，一起聊着她们同时代里的生活。两条曾经毫不相干的线，如今交汇到一起，给了她们无穷的共同语言。

老母亲自打有了新朋友，日子过得有滋有味，生活不再寂寞。愿老人们安好每一天。

邻居李阿姨的晚年生活很有规律，生活无虞。可是，耄耋老人的日子再美好，也无法永远定格，充满着许多不可测因素，如同乘坐在一艘夜航船上，随时会遭遇风险。

李阿姨对不可知的未来曾经有着雄心满满的美好打算，她与老伴积攒了足够颐养天年的钱，脑子也都算清晰，李阿姨还能做账，陶老还能炒股，都算是老有所乐的人。

然而，岁月就是一把杀猪刀，不定什么时候，会举起那把无情的屠刀。老人总是害怕，哪天倒下了就再也起不来，自己痛苦

还连累小辈。陶老是无牵无挂、无声无息、安然祥和地走的，早上起来头晕，吃着李阿姨喂的粥就倒下去了，待急救车到，已经人事不省。他走得让子女措手不及，心痛有加。

死亡，几乎一直是老人们常念的主题，真当大限已至，走的便真是走了。

陶老走进了天堂，李阿姨却一时坦然不起来，她失魂落魄，顿时变成了一只可怜楚楚的失伴鸟。她巴巴地看着陶老的照片说："你丢下我，丢得我好苦，以后的日子怎么办?"

母亲想起了养鱼时看到的一幕情景：湖面上碧波荡漾，鸥鹭展翅，鱼翔浅底，蒲苇婆娑。一对白鹭夫妇出没其间，过着无忧无虑的日子，可是突然有一天，遭遇了生活变故，一只雄鹭受伤死了，一只雌鹭不离不弃，哀伤守护。回想此景，固然鹣鲽情深，但是母亲不希望李阿姨做那哀绝的鹭，希望她快速走出困境。毕竟生老病死，人生规律。

儿女们都是孝顺的人，不会坐视不管李阿姨，都争着要把她接走一起过日子。李阿姨轮番着住进了儿子的家、女儿的家。一个月中，母亲总是念叨着李阿姨："她不会回来了，这么一套房子，只她一个人住，她不敢的。"

一个月过去了，李阿姨突然出现在母亲的面前，说："老阿姐，我回来了。"

一个月让李阿姨历经了一场脱胎换骨的变化。非是小辈无情，而是，她找不到自我。小辈家里三层小楼，有时取个东西跑上跑下，她留恋与陶老一起住的平层套房，取个东西自由方便。小辈家三代人，插进一个四代同堂，她心里想着看电视打发无聊的时间，可是家有读书的娃儿，不便打扰，她留恋与陶老一起随心所欲爱赏戏曲便是戏曲，爱看新闻便是新闻。小辈家虽然都是自己的小辈，可是四代人在一起，总有诸多生活上的不便，上个卫生间要先刺探一下有没有人，每天中规中矩穿戴好，她留恋与陶老一起大眼瞪小眼的生活，衣服穿得宽松随便，爱坐则坐，爱躺就躺……

独自面对没有另一半的冷清屋子对于李阿姨确是一大考验，可是相较于强烈的回归愿望，她还是决定要咬一咬牙去学会独自适应。为此，她做了几天功课，白天回归，晚上撤离，小辈都顺从着李阿姨的决定，帮助她慢慢适应。母亲也在白天去她家陪伴着坐坐，李阿姨说："我也想通了，只要自己身体还算可以，总要一个人过下去的，不能一直讨忙小辈。住回来也没什么好害怕的，老头子走的时候就像是睡过去的。我跟他生活了几十年，现在看不到他人影，但我可以看他照片。你看，他穿着军装时多神气，他就在我身边，他看着我，我会好好过的。"

李阿姨很想回到小区，一如既往过她的晚年生活。小区里，有她说话投机的老姐，有她喜欢散步的便道，有她爱看的绿植，有她喜欢的飞鸟，有她依然坚持着在做的账目，也有儿女们时不

时来看她的身影。

老父母因为老村拆迁，暂时住到了我们身边。很快他们结识了一位金乡邻。

金乡邻李阿姨住在东边二楼，一见车库有人便吸引过来了，聊着聊着，母亲发现与李阿姨有许多共同的爱好，喜欢针线活，喜欢听戏曲，这一投机让她们相见恨晚。

其实李阿姨的老年日子并不舒心。她家老陶年纪比她大七岁，自然要衰老些，再加上患有糖尿病，如今行动不便，李阿姨就肩负起陪护任务，难得有空下楼也不敢走远，基本只能在母亲这边唠嗑一会儿便要回家。

母亲和李阿姨熟悉后知道她有时走不开，经李阿姨邀约后就上楼去做客聊天。每回回来总向老父亲感慨："李阿姨要伺候老陶，还能把家整理得那么干净，真是不容易。"

一日母亲上楼，看到李阿姨给老陶喂了半碗粥，老陶那天胃口不好就不再吃，李阿姨放下碗伺候他躺下，日子貌似往常一样平静。谁知母亲回家不到半天，那边开进来一辆救护车，上前一看，李阿姨哭着说："老陶不行了。"生命对于80多岁的老人而言如此脆弱。

李阿姨家办丧事极为简单，过了两天就在殡仪馆把事情办了。可是李阿姨的眉头紧锁，对着老陶的照片总嘀咕："你扔得我好苦。吵架还有个对头哩，现在你叫我怎么办？"

李阿姨家的小辈都极其负责，无论儿子还是女儿都争着要把她接过去住，唯恐她独自在这边房子里害怕。可是过了一段与小辈同住的日子她觉得不够自由，打搅小辈太多，总想着回来。她一回家总要腾出时间来到老父母这边唠嗑，日子一点点消解着老人的悲伤。

李阿姨一日有点不好意思地说："老沈，我有点事情要麻烦你，卫生间门上毛巾挂坏了。"父亲毫不犹豫和母亲一同过去，还随手在工具箱里带了几把工具。毛巾挂的一头总是脱臼一样，进不了榫头，换了方向也无济于事。父亲知道这毛巾挂对于李阿姨太重要了，里边洗澡可以抓扶，外边上马桶也可以抓扶，这孤老一人的不搞好怎么行？父亲把整个架子拆卸下来，一番仔细观察后终于明白，原来里边一颗螺丝顶上来了，稍稍放松，一头就稳稳当当地入了窝。这可把李阿姨高兴得直说："老沈有办法，真希望你这个金乡邻能在这里长居啊。"

其实，对于老人而言，晚年生活往往有许多不确定因素，要长居都不太可能。半年后，父母要搬去拆迁房住。李阿姨家也要将这大户卖掉，这是身居海外的小女儿的房子，卖了要买更好的房子筹备孙子的婚房。李阿姨对母亲说："老陶和我干了一辈子活，有一些积蓄，现在小辈让我自由支配这些钱，可怜老陶不能享受。我已经在儿子小区附近看上一套二手小户，买下后我就在

那里住到底不动了。"

母亲也说："我住拆迁房那里基本也到底了，我和老沈不定哪个先走。晚走的坚持到不能自理再和小辈一起住。"

无论父母还是那个金乡邻阿姨都在对自己的晚年做着规划，他们还是那样憧憬自由。他们的心中总想着尽少给小辈添麻烦。

愿天下老人皆能安度晚年。

辑五　心香一瓣

心香一辫

　　梳理生活是为了使以后的步伐走得更好，在艰难的跋涉之后不妨停下来做做整理的事吧，像鸟儿梳理羽翅那样从容，安静，不急不躁。

　　岁末，如果要画一幅游子归家图，那故乡村居之中，有一根笔陡烟囱的必定最是吸睛，炊烟袅袅，故乡的年味隆重地在囱管里升腾、喷吐，像种植了一棵树，越长越大，参入云天，那是无数游离在外的人最刻骨铭心的烟火味，那是故乡父母吸引游子脾胃最熨帖的法宝。

梳理生活

生活按部就班地在四季里轮回、在昼夜间往复，似乎井然有序，但走一段路回程望望，日子总会不经意间把一些东西积压起来，如衣物、书籍、照片和一些事情。于是不免停下来打点一番，如鸟儿停歇下来梳理羽翅而后再展宏图。

衣物已经积压一季度了，进入梅雨季节，有时天气闷热得措手不及，所以会把最薄最露的夏装拿出来穿。有时老天又会闷头闷脑地接连下雨，昏天暗地，总也舍不得将一些保暖性能良好的衣物收藏起来。一手防热，一手防冷，游移不定，衣物就像铺了三叠季，最顺手的橱柜堆叠得满满当当。遇上无常天气，需要学会考古，把三叠季里的东西往里挖掘，挖不到就只好忍受寒冷，挖得到算你时尚新人。麻烦了一些日子后，天气稳定下来，想好好整理，就把曾经异常喜爱的春装藏起，而薄薄的夏装占据了主导地位，算是有备无患了。不经整理的话，如木之塞渎，水不能畅，木何以流？整理衣物其实就是调整曾经滞后的步伐顺应新的

时空轮回。

书籍也堆得床头柜和书桌上见不得插针之缝了，就拿起来检点。发现好多翻过的、看过的《读者》，像见了小姑，异样亲切，凭着记忆检查一下在《邂逅自己》里又一次邂逅了自己。又发现了一些报纸，如忘记在某一旮旯的面粉，发黄发霉了，有书蠹在爬行。《扬子晚报》被日子压熨得平平整整，翻检起来，《老红军举瓶痛饮当年战地水》一行字赫然又跃入眼帘，禁不住好奇，兀地被一些文字拽回了曾经的时空，有幸补白了一个以前的盲点。再一一翻检，发现了《庄子选译》，不知庄子安然睡了多少时日了，该又梦上了许多蝶儿了吧，可笑自己在若干时日之前苦下了多少雄心壮志要好好深入庄子的境界的，到底是凡夫俗子，时间消磨了意志的棱角，竟然让庄子尘封了那么多时日。怀着敬仰之心，又一次捧起经典，设想着以后如何"续上一弦"，将蝴蝶的书签插向往后的梦里。整理书籍其实就是在整顿雄心，调整旅程中倦怠的步伐，重新插上希冀的翅膀在生活里翱翔。

梳理生活是为了使以后的步伐走得更好，那么在艰难的跋涉之后不妨停下来做做整理的事吧，像鸟儿梳理羽翅那样从容，安静，不急不躁。

装修好新居入住的日子里，大凡女人都是喜欢用加法操办日用品的，我也不例外。淘汰了以前一些旧的坏的，在博古架上填塞进了一些新的好的：书桌上虽不似古人会罗列什么文房四宝，但思来想去一些现代一点的文具用品都不可或缺，有太多的理由为自己添置而超脱，于是为了照明便有了台灯，为了取笔方便便添了笔筒，为了对时间有个掌握就备了台钟，为了出产的垃圾有归宿就补了台式小垃圾罐，极精致、极卡通的那种；在客厅的小茶几那儿更是竭尽了设计之能事，为了美观，在东北角置了古朴的雕花木根，在东南角又遥相照应地摆了一盆塑质阔叶兰。茶几上更是备了各式果盘，似乎天天有朋自远方来需要盛情款待一样。不只如此，为了方便在电视面前休闲还备了一套修剪指甲的套具，买了按摩眼眶、按摩脚板、捶背挠痒的休闲用品……搬新家的日子里，我竭尽全力做着加法。

有时想想这似乎有点奢侈浪费了，然而还是情不自禁地满足于这样巧立名目的安排。看，每个房间的床头柜都有纸巾盒，都有卡通垃圾桶，都有果盘，林林总总，不一而足。哈，好不得意的杰作，想来如此生活必是很方便，很快乐的。

可是日子一路走下去了，并没有觉得这些物什给自己生活带来多少方便快捷，相反，一件件都成了累赘。比如小垃圾桶到处有，有时积了一块橘子皮都发霉发酵了才知该整治了，结果卡通小猫身上的灰尘需要擦，身内的橘子皮已顽固地粘牢，需要费劲地铲除，如此折腾，当初还不如不兴这玩意，剥了橘子皮直接往桌上一扔，起身时随手拈来丢进家中大垃圾桶不也爽快？卡通垃

圾小塑桶们置在窗口徒积灰尘，也白白地在日光中退却了崭新的色调，变脆了，变旧了，变灰了，变脏了。它存在着，不再能为我发挥作用，反而成了需要我隔三岔五去擦洗的累赘，于是一一把它们淘汰出局，发现桌上空了，桌面宽了，阳光也足了，难得清扫时，一"抹"无余，畅通无阻，十分简洁。于是在日后的生活里就一直沿用着减法：撤了积尘的花盆，除了走走停停的台钟，退了繁复的果盘。如此换血，如同清除了肠道的污物，感觉日子越过越简单，越走越潇洒。原来过日子是不能复杂的。窃以为如果能走出复杂步入简单，应该才算是真正学会了生活，不由得沾沾自喜。

如今过日子，我的治家策略就是精兵简政。虽然简单了，然而我快乐了，方便了，也幸福了。

无论怎样的建房，厨房所肩负的功能应该是排在第一位的，"吃穿住行""吃喝玩乐"，人的最本能的这些活动，无论做得幸福还是做得痛苦，"吃"字总是首位的。

人的第一欲望是吃。"食色，性也"是说，人有难以抵制的两大欲望，那便是"食"和"色"，但要论轻重缓急，肯定还是"食"为先决，所谓身体是革命的本钱。所以，在厨房这个家庭的重镇区域里，人们为了满足欲望之口、填饱欲望之肚，往往会不惜代价竭尽所能去建设。

几千年的人类文明发展史中，厨房的革命不可小觑。最初，人类生吞活剥狩猎之物，那时候没有厨房。不，也可以说，厨房便是天地，人们群居一起，靠着共同的努力饕餮生灵，弄不巧，口福没有捞到，反而"人"入虎口。那时候，该是人类与万物互相较量，互为诱饵的，人绝对站不到生物链的最高层。

渐渐地，人类发现了火种，并学会了钻木取火，无意之中烧烤出来的多种生物肉身所散发的诱人香味开始深入人类的鼻翼，触动了人类的味蕾，触发了人类之口的强大欲望。为此，人类开始学会打磨各种石器，成为人类打杀万物生灵的最初武器。那时候，还是没有厨房，但集中的火种，发明的石器，可以聚集人类的氏族，他们的厨房还在天地之间。再后来，人类开始穴居，或者说渐渐学会了打造自己的蹲身之处，也许，那时候，完成"食"和"色"两大不同功能的大事的区域还没有区分，应该还没有厨房之"谓"吧。

我不是研究历史的，但，我小的时候经历过饿肚子的困苦。我才几岁就懂得在土灶的大火坑里不停地填塞软的、硬的各种柴，只有在经历柴的苦痛的焚烧后，我才能闻到灶间弥漫的山芋的香味，看到母亲在蒸汽中莞尔的笑容。那时候，我们的厨房就是这灶间。我还知道，我们的先祖经历了整整几千年，都是靠这样的方式获得延续香火的本钱的。

进入20世纪90年代，我所生活的地方开始有了大的厨房革

命，这是改革开放后的一次巨变。人们拆灶建厨，废炉砌台，摒弃了乌黑的煤球，变为燃烧瓶装的煤气，这果真是好东西，只在煤气阀的一开一关之间，生活的烟火就能被人类牢牢地控制了。曾经那样费力地去做的吃饭大事就这样轻而易举地被解决了，也就是那样的厨房革命让我深切地体会到现代生活的无穷乐趣。我像众多家庭主妇一样随心所欲地控制火苗，让它舔舐各种锅镬，钢的、铁的、陶的、瓷的，人类可以把不同时期的制作一股脑儿架上来，任人在其中烧煮、煎炸、炖闷各种食物，可以根据各种食欲的要求竭尽急火、文火、慢火之能事，鱼腥虾蟹、鸡鸭鹅狗、猪牛羊马，各种生灵齐来荟萃于人类的厨间，这些生灵摇身变成人类口中的美味。

厨间，虽然不是一个狩猎场，但作为一名家庭主妇，我深知，如今的人类都毫无疑问地坐在了生物链的最高层。我们虽然没有直接参与狩猎和杀戮的血腥场面，但我们间接地做了刽子手。我们也许借助了一把屠刀享受到了肥美的牛肉，也许借助了一张大网饕餮到了一盆鱼虾，也许借助了一颗子弹大快朵颐了一只野生的鸟儿。人们撩开漫长的岁月烟火后，越来越懂得互相配合亲密合作了，你挣我的钱，我饱我的胃；我买你的货，你赢你的利。所以，我们再也无须亲自狩猎，只须往菜场溜达一圈，这巨大的狩猎储所就能提供给我们各种物需，缤纷的世界就是这样便捷精彩。

　　又是年关将近了，为了这盛大的节日，人们理所应当地在菜场里大把撒钱，罗列各种自己喜欢的物种，经过砍、杀、剁、劈，肢解各种珍贵的生灵，然后拎回厨房，又一次精细加工，生灵的眼睛早已失去了目力，生灵的肌肉再也伸张不出生命的力量，它们再一次经历主妇巧手的切割、细剁，然后经历油炸、酱卤、盐腌、酒淋诸多功夫之后，生灵们将会散发出别具一格的诱人香味，这时，人类全然忘却了先祖茹毛饮血的艰辛和血腥，深深地陶醉在其中，加以烟酒的陪侍，人们的欲望之口得到一年之中最为长久、彻底的填塞，直到味蕾感觉不出酸甜、脾胃感觉不出饱胀。人类舒舒服服理所应当地饕餮大餐，坐在食物链的顶层享受着的时候，切记，我们的欲望是没有底的，然而造物主只给我们每个人制造了一张嘴巴、一只大胃。造物主在给予我们人类无穷杀生的本领的时候，也要时刻警钟长鸣——原本，那些填塞我们欲望之洞的生灵都是有生命的，所以，节制为好！

　　这是一个细雨霏霏、冷风飕飕的冬日，世界凝冻了我的一切快感，我像一只冬眠的青蛙丧失了任何活动的激情和动力，我将人生的渴求扼杀殆尽求得体能的最低付出，以期延长蛰伏的时间。可是我还是迫于饥寒和无聊闯入了阴冷的世界，我为了辘辘的饥肠得去买菜奔波。汽车在灰色的雨雾里忽闪着狡黠的眼，广告牌在寒冷的风雨里晃荡着破铜烂铁的声响，我缩着脖、窝着

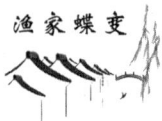

颈、夹着肩，只有脚在本能地前行。

我的目的很明确：菜场，那是我人生的加油站。无它，我将是一条一眼到底的蛇。

拐入农贸市场，门口湿漉漉的灰色水泥地上铺了一个地摊，眼前一闪：是一些缤纷的花的塑封照片。摊主丢过一句话来："买花吧。"哪里有什么花，塑封的东西还不是骗人的狗皮膏药？

"看看吧，花苞那么多！"有时一句话就是一条引人的路。不由得转过头来把错过的摊位重新瞧了一眼，照片后边果然摆满了一溜花根，都赤裸在萧瑟的寒风里，有一些连着花骨朵。

花曾是我生命的喜爱之一。在冬天冻僵了一切美好的感受，冷不防有花苞做了提示，内心的一股爱意迅即被激活了，不由得驻足蹲下。只一把小伞遮顶，四周全是风全是雨，可是花根释放的春意在巴掌大的地方温暖了我的心，我相信塑封的彩照是不久的明天。我选择了十里香、香水玫瑰、八彩牡丹。

于是，这个冬日，我的手里有了一捧新的希望。我的快感因了这·些花根在萧瑟的冬季里复活了。

冬日，阴霾笼罩的大街上，车子在奔驰，现代文明铸造了一只只钢铁的笼子，人们自得其乐地裹挟其中，制造一团人为的暖气，炮制一首歇斯底里的《忐忑》或诗情画意的《江南》，这些衣食无虞的人是没有冬天的。因为汽车可以阻隔世界的寒流，坐在车里的人照样可以在车内制造属于他们自己的暖春，他们度着春光，却能欣赏到窗外的冬景。冬景虽然衰败，但依然不乏鲜花、绿树、霓虹、彩灯。

冬日，对于奔忙生计的人才是严酷的。一个穿着军大衣的农民工驾驶着一辆电瓶车，用极为廉价的塑料和铁皮打造了一个笼子，试图阻隔寒流，可是没有不透风的墙，更何况，他哪里能够打造一堵流动的墙呢？笼子里钻进一对民工夫妇，他们像一对候鸟，要在这岁末去赶春运的大潮，回到他们心中的家乡，那里，哪怕在东北，也胜似南方，因为家乡总是令人温暖的。他们，也有心中的春天。民工夫妇佝偻着身子钻进笼子，军大衣民工迅即为他们关上了铁门，插上铁栓，虽然有风在各处钻隙，但民工夫妇心里升腾起一股念家的暖意，家，似乎就在眼前了。

拎着一袋子菜，行走在寒流里，我像极了一只遗落的小鸟，民工的故事上演在大街，反而使我越发寒冷，似乎，要去与肆虐的风儿斗争的不是他们，反而是我。拐入小区，行走在林荫道上，心里也在迫切地想着：家，快到了吧，尽管，家就掩映在不远处小土丘的树丛边了。眼前的小土丘，浓荫还在，但早就熟视无睹，尤其在冬日，一些树的绿色或灰色早已凝固，生机不再，树们失去了撩人心魄的魅力，我也失去了欣赏它们的激情。突然，一道黑影在树丛上盘旋，犹如婴儿的眼睛被人撩逗了一番，还没来得及看清什么，影儿不见了。不由得注目，又一道影儿飞

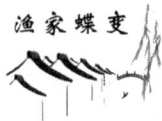

旋起来了，认出，是鸟儿！

不由得迟疑，不是说鸟儿都做候鸟南徙了吗？难道是几只喜欢醉生梦死的，宁做流连于花天美地的醉死鬼？还是几只缺钱的，胆小的，没有赶上迁徙的大潮，就留下过冬了？不管是怎样的原因，它们毕竟让我的眼睛一亮，因为，它们相比于那些静态的冬树是那样的鲜活，让我的心有了些许生机。

回到屋中，又开始了蜗居的生活。冬日的假期尤其适合蜗居，蜷缩着，蜗牛似的旋转一对触角，与世界的联结只剩下一扇窗，即便如此，还是有玻璃挡着。窗外，开始下雪，那是阴霾酝酿已久的结果。雪，悄无声息，在空洞的世界里纷纷扬扬飘散，风在满世界地制造各种旋涡，也因此塑造了雪花的不同轨迹。但，不管如何，雪花的目标都是向下附着，枯萎的枝丫可能就是一朵雪花的落脚，灰黑的瓦楞可能就是一朵雪花的归宿，沉寂的小河也可能是一朵雪花的终点……

我的思绪，也如同这飘飞的雪花，先是漫无边际，逐渐沉降着，突然，窗户下，一道黑色的剪影掠起，我迅速地意识到，莫非，那就是刚才我见识过的一只鸟？思绪追随着那道盘旋的黑影，又一道黑影从窗前掠过了。呵，真是刚才那几只鸟儿，它们犹如开在这漫天雪花中的黑牡丹，给我以动感的快乐。我的思绪激活了，哦，它们，应该不是遗落的倦鸟，它们没有赶上迁徙的春运，原来别有所图，就是要在这个冬日的季节奋争，与这里的树儿、园儿为伴，哪怕，冬雪飞至，它们也勇敢做冲天的逆流，如同一群叛逆的青春弄潮儿，只要飞跃这场最后的冬雪，春天，还会远吗？为了这几只遗落的鸟儿的胜利，我打开了心灵的窗户，为它们的奋飞，开始呐喊！

我想起了那个用铁皮、用塑料打造笼子在冬日里奔走做生意的民工，他沉重的军大衣，能像这冬日里飞鸟的翅膀，呼扇起来吗？

春风和煦，沿着小区小河畔的绿化带散步，虽然"花光浓烂柳轻明"，但"春光懒困倚微风"，感觉慵懒困顿，不由得想折返回家休息。

途经一排车库时，突然传来一阵低微的"呜呜"声，哪里来的小动物？目光游移搜索，毫无结果。起步再走，又一阵"呜呜"，这回警觉了，寻声回头，声源是在一道沉重的卷帘门下。

仔细一看，哇，原来，卷帘门下留了一道缝，一条黑色的小狗狗探头探脑的，却被我折返的脚步吓退，缩回车库里去了。

好家伙，还辨不明友善的脚步。我蹑手蹑脚地趋近，蹲身，弯腰，低头，从缝里探看那只小黑，小黑始终不肯出来。呵，多大的小不点，还挺有安全意识的，本性使然，太可爱了。

吸引不到小黑，就关注起那道门缝，我察觉卷帘门下的缝缝对于小黑是很安全的，顶着三块橙红色的八五方砖，小黑稍微猫

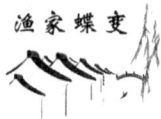

腰便能自由出进，不由得为主人的安置所打动。主人自己上班去了，但没有忘记给小狗留下一道爱心之缝，这道人性之缝为小黑开启了阳光、春风和自由的通道，也开启了外部世界中大人小孩与这条小狗的友好对接。

小黑初始还不通人性，蹲在里边，抱着"打死我也不出来"的态度静观变化，殊不知外边的人按捺不住迫切之心，要引逗这条春天里刚刚诞下个把月的小生命。

渔儿跑回家弄了一小块鹅肉，掐一小丁点儿在缝口做引诱的饵料，小黑禁不住诱惑，探出头来，叼到鹅肉就缩进里头。透过门缝看小黑上演饕餮之功，三下五去二，还没见水花，石子已经沉没了，这胃口还真大呀。

渔儿不甘心，又将鹅肉分而置之于外边场地，小狗试探着，终于逐渐撤掉警备的藩篱，一步步被吸引到外边。离开了那道缝，它走进了融融的春光，一圈人团团围着这个毛茸茸的家伙，贪婪地观赏个够。父亲说："它太像我们家以前养的阿宝了，也是黑狗，阿宝颈下到胸口有白色的毛，像十字架。"无独有偶，这条小狗颈项下的白毛与阿宝如出一辙，只是它的颈背处还多了一条白毛，如同围了一条白纱巾。

第二日，渔儿一早就起床，声称早饭自己做，匆匆忙忙吃过水煮蛋就一溜烟不见了。那神出鬼没还能瞒得了谁？跟踪追击，果真看到她又在那道卷帘门边了，低着头一心一意地呼唤小黑。

小黑像见了朋友，并不迟疑，就出来了，渔儿掏出保鲜袋包裹的一团东西，竟然是一个肉丸。问她哪里来的？她吃吃地笑，然后如实招来："我把家里昨天剁好的肉泥取一点做了丸子与蛋放一起煮的。"原来如此，但凡心中萌动爱，便会勤劳如小蜜蜂，还真得感谢这只可爱的小黑呢。

第三日，渔儿拿了一次性筷子，神神道道地说要做一个大工程。半天工夫，她从小卧室里出来了，一次性筷子的一头系着一根红色塑料包装带，带子一头系着一只苹果手机外包装网格膜，一挥一挥，如同观音挥动着杨柳枝，问她作甚，答曰："逗狗。"

渔儿奔赴卷帘门，小黑闻声从门缝下钻出来，像小马驹一样迎接这位古道热肠的朋友。渔儿挥动着手中的玩意，渐渐地把小黑吸引到草坪，小黑撒着欢儿上蹿下跳。渔儿又在山茶花树下捡了一个红色花苞丢向小黑，小黑扑打着，撕咬着，彻底沉浸在自然中，春光烂漫，一切如此美好。

主人给小黑的世界开启一道小小的门缝，小黑便渐渐地拥有了一片美好的世界。

想起教育，如若不一味闭门苦读，给一道自由的门缝，那么，也许，娃儿也会有意外收获的。

进入夏天，热浪滚滚，再热衷自然的人，一旦拥有机会就会往室内钻，蛰伏于空调制造的恒温里。有些动物要冬眠，人却在

做着夏眠。在自我幽闭中，对于自然界的享受变得弱视弱听，甚至有点弱智起来。

这不，囿于室内数天，不知紫薇花在枝头招摇明媚，也不知楼下草坪上蜻蜓来了几波，更不知那些河岸上的蟋蟀草抽了几根穗子。

虽然手不释卷，咖啡佐力，却依旧浑浑噩噩，在临窗就读的假象里欣欣然做着一个白日梦，梦见与荷有约，做了一条水中的鱼。

鱼儿悠悠地游，想冒出水面，却身不由己，闷头闷脑，浮头噘嘴。隐隐地，传来岸上树梢间的一种声音，像是召唤，又像是特立独行的自我释放，却总是闷声闷气，穿不透空气。我努力睁一睁眼睛，一条游鱼的意识慢慢恢复到三岁娃娃的智力，寻声而求："什么声音?"

摇摇晃晃地站立起来，拉开窗户，那声音突然像被放大了似的逼近而来，透过热浪翻滚的空气激荡耳鼓，"知——了，知——了"，三岁的智力顿时飙升到正常成年人状态，哦，原来是蝉儿在叫呀，如此真切，这般高亢。

室内是秋，室外是夏，室内的迟疑之人不能敏感于那夏日的代言，全是因为一窗所隔。内外两重天，把心扉幽闭起来，怎能感知自然之音的伟力?

怠慢了，这夏日里的一曲嘹亮高歌!

曾几何时，与蝉儿的生活如此贴近。时光流转，回归童年之夏，那是必有与蝉儿的诸多交集的。

最喜是在黄昏弯腰弓背，去偷看一出金蝉脱壳的小戏：一只丑黑的蝉儿蛰伏着，在久长的等待里，其背上启开一道裂缝，在颤颤抖抖、摇摇摆摆间，一只鲜嫩的蝉儿从背间向外奋力仰出头来，进而又抽出身来，最后摆脱沉重的枷锁一样的黑丑旧壳，获得重生。

蝉儿的一生苦难深重，在暗无天日的地底下吃尽死等的苦头，再出来经历一场脱胎换骨的阵痛，然后于光天化日下聒噪短暂时日，便将沉默于秋，它走不到人世间的冬日，也可以说是"夏虫不可以语冰"。

然而蝉的嘹亮之声是经常能掀起我们儿时的欢乐心潮的。

"池塘边的榕树上，知了在声声地叫着夏天。"在"等待游戏的童年"里，更多喜悦是于日暮时分约一二好友，手捏一团面筋，举着长竹竿去粘知了。将蝉儿玩于股掌之间的乐趣，是物资贫乏时代自然的无私馈赠，蝉满足了我们取之不尽、玩之不厌的捕捉贪欲。征服一只只小蝉，让成长路上多了些许成功的喜悦。

然而，自恃为人的，却也有失落于一只小蝉的地方。如果那只蝉站得够高，那么，擎着长竹竿也是徒劳，它只管无视人类，一任放歌，"知了知了"，清越邈远，声传八方，做得神仙。

儿童时代，总是沾沾自喜于所捕捉到的那些低处蝉，失落于

那些"歌声振林樾"的高处蝉。无论捕捉还是失落，都是与蝉儿有过极为深切的交集的。交集于蝉儿的身，小巧玲珑，可爱有趣；交集于蝉儿的声，高远嘹亮，始终是夏日里升入九天的绝唱，唱出了夏天的最强音。

在与蝉儿的交集里明白，蝉儿是夏日的一枚标签，无它，夏天是死寂的，是没有灵魂的。夏日的温度至高，夏日的声浪至高，这是自然向世界张扬出的两个蓬勃维度，无此，不足以证明夏天的特征。

然而，如今，我们将自己的手脚自缚于现代化的伟力间，享受了舒适的温度，却违避了自然的佳音。听不懂夏日的高歌，便不是生活在当下之夏。

摆脱空调所设的恒温空气，走出去，到林间听一曲"居高声自远"的蝉唱。向着自然致敬，感谢赠予一个热烈的夏怀。

在这个物资丰富的时代，我们有幸体验到了生活条件改善的种种便捷，也深受着物资泛滥的许多尴尬，不知不觉陷入淤塞的生活。

家中拆迁屋装修好后兴致勃勃地开始搬迁。搬迁，是告别淤塞的旧生活，在一堆堆物资中择优劣汰，走出物资羁绊的窘境。

椭圆形的花梨木老餐桌上有半桌面的各式杯具，一些是自己买的，比如那只立柱式的玻璃瓶，银色的金属旋口，蓝色的布裹套子，便携式，有些陈旧，但物尽其用的话，如一个知命年的老人完全可以为小辈看家带娃，奉献余热；一些是得到的学校奖励品，红色的金属壳杯，盈手一握，出门带在包里摔不碎，牢靠，虽然外壳刮出了印子，但敝帚自珍惯了的人心头总有许多不舍；一些是添置家用电器时的搭送，一对玻璃杯具洗刷之后还以清白之身，依然澄明透亮。更有高高低低、胖胖瘦瘦、材质不同、造型不一的杯具，它们在过往的生活里，有的虽然貌美崭新却还从未启用，有的却如半老徐娘风韵犹存，扔谁都不舍，一分为二，老家一半，新家一半，每家日后所用仍绰绰有余。

　　衣橱里新旧衣物挤挤挨挨，堆叠壅塞，如要分清季节，厘清内外，得下整理之功。旧的不去新的不来，平日里没有快刀斩乱麻，奉行的是新老兼收并蓄原则，这次第，发现经常被用的反倒逼仄到不知所终，而那些无暇问津的却占据了太多地盘。从来不膜拜品牌，但有时也会狠狠心买件心仪之品，不承想还没好好享用呢，身体早已发福不能受用，冷落的丽衣在时光里老去，心生痛惜。也有一些冲动之下购买的，显得不伦不类，穿了没几回，就觉得不合自己，便舍弃一旁。更有一些是一度被重用过，似乎还带着生活的余温，然而它们早已被时代的潮流淘汰，遗落在岁月的橱柜，橱柜护着它们，像一条拦河大坝，而沉积的衣物越来越多，橱门如同一个臃肿的男士穿了件西装，不能上扣，腆着大肚，破绽百出。

再看看那些不断生长起来的书，它们蓬勃恣肆，像阳春三月过后拼命生长一拥而起的杂树乱花。那些足有数十年头的汉语言文学读本都已泛黄，《咬文嚼字》等旧刊物已经软骨囊囊，更有积攒了数十年头的笔记本、备课本，还有一年一度的教育考核资料，先生戏言："可以开档案馆了。"呵呵，老沉睡在过往的日子里，让这后来的岁月如何迎接新一茬的麦苗青青？

更有那些包包、鞋袜、相册，等等，还有一度曾经很喜欢的玻璃装饰品和侍弄花鸟虫鱼的盆罐缸笼，在搬迁时候都令人大费周章……

其实，人活世间，一辈子，一张床，一间房，不需要太多的东西。勤俭持家的本分当牢记在心，日子渐好，并不表示可以随心所欲。从此，消减物欲，不再做物质的奴隶。

幸福如此简单

　　职业妇女，是无福消受周日的懒觉的，工作了一个星期，好不容易盼来休息日，却又要一头栽入无休无止周而复始的琐碎家务。必须赶早做好早餐，买菜也是需要格外地提前再提前，这样才能给一家子的周末尽心做上一顿假日午餐，平日里只顾着像陀螺一样旋转，晚餐常常是凑合，总觉得自己亏欠了全家。背负着歉疚和疲累，又一次起了早，尽管天气燠热，不似大冬天需要隆重穿戴，一抹脸就能拔脚走上买菜的征程，但这同样也是需要意志的，如果出门迟了，那么灼人的太阳会把人整个晒蔫，与其在后头遭殃，还不如识相地早早出行吧。

　　钥匙得带好，不然回到家中还要叫人来开，搅扰了家人的美梦可真有点于心不忍，或者搅不了美梦等不来开门，累的还是自己，可以想象提着沉甸甸的菜大汗淋漓地等在门口的模样有多窘；得带好一个大袋子，把菜全部容纳在一个大袋子里不容易丢三落四，也方便背负，要不然提着七零八落的小马甲袋够手指受

的；当然更得带好钱袋子，算计好一家子一天的大约用度，备用一张大钞是必须的，若干小钱也少不了，付零钱方便。如此一番折腾，心情一片大糟——走上灰头土脸的街道，看到修整不完的工程，闻到一股经久不息沉郁了一晚的污染之气，真是别有一番滋味在心头。走在路上就像游走于一张漫无边际的大网之间，总有一种欲脱不能的无奈。大街两边林立的大卡车像一座座高山压抑得人喘不过气来。

终于走到了拐角处，卡车是绕过去了，前边又出现了一片水洼，好端端的水泥路面充斥了周边居民昨夜无序生活带来的污秽。远处，正有一位穿着黄马甲的清洁工挥舞着长长的扫帚向着这边清扫过来，下意识地避之不及，唯恐被污水溅湿了裤脚。黄马甲的垃圾车歇在更远处的一边，绕过它，再前面就是被她打扫一新的开阔地带了，有一种迫不及待的感觉，下意识地想紧闭了鼻翼，因为垃圾车毕竟腥臜。我的鼻翼被暂时地关闭了，可是耳朵没法闭合，耳郭内异常地缥缈进一阵如丝如缕的声音，尽管被扫帚清扫垃圾的哗啦声划破了，我还是不由自主地循声看去，垃圾车上竟然安放着一只红色的半导体收音机，缥缈的声音正是从这里出发传入我的耳鼓的，心为之一动，为那巴掌大的一块红色！这红色的魔盒里一阵软糯的评弹像一股清泉流淌出来，滋润了我的心，我一下子感动了，震慑了！一个多么富有情致的清扫工啊，以清扫垃圾为任，竟然如此阳光、如此惬意地热爱着她的那个世界。

想起自己，不觉自惭形秽，工作虽然劳累琐碎一点，毕竟有双休日可以调剂；周末有家务所累，但毕竟有那么多亲人值得你去敬爱。而那位灰头土脸的清洁工呢？她如此全副武装地在燠热的天气里作业，谁也不会去刻意看她的脸，因为那脸被太阳灼烧，被大风肆虐，被尘土抹灰，如同一张重工业污染区边被折磨得气息奄奄的夹竹桃叶子，太沉郁了，可是她一点也没有抱怨生活的意思，她身手居然如此敏捷地履行着她的使命。当她清扫完了一块地方，推着垃圾车前行的时候是她最为享受的时刻，半导体里的评弹转而变作了锡剧《双推磨》，她用肩上的毛巾擦一擦脸，惬意而又满足地欣赏她的仙乐，那只红色的魔盒将会源源不断地为她创造劳动的乐趣和生活的情致。

默默无声的清洁工阿姨如此简单地享受着属于她的幸福，为她高兴，更应向她致敬！我出门时的那点怨怼消散得无影无踪，如同被她清扫过的那片街区——清新宜人。我突然发现，生活原来如此美妙，幸福原来如此简单，无须多少物质和精神的准备，就像那位阿姨，拥有一只小小的收音机足矣！

当今时代的发展，体现在个人的命运中，如果用坐标中的抛物线表示，我想，我从知命之年跨越到近花甲之年的这条线，内涵无论是生活还是工作，都是属于自足的昂扬向上的态势。可

能，我们这些芸芸众生，在这十年里都像蓬勃成长中的春树，真真切切地感受到了新时代的美好。

其实，这种幸福指数的狂飙突进并不属于偶然，也是改革开放的成果显现。前数十年一直在默默地奋斗、积累，当量变突破之后，便收获了质的飞跃。我们这些60后是十分幸运的一群，从青少年时代赶上了改革春潮，然后在人生的美好岁月里竭尽所能地在各行各业努力。时代赋予我们成长的沃土，我们就长出了自己的风景，尽管我们都是普普通通的人，但伫立在这个新时代，我们共同蔚然成祖国欣欣向荣的壮阔气象，可以自豪地向着世界堂堂正正地挺直腰板，说："我是中国人！"

是的，我是中国十四亿分之一的一名极其普通的教师，四十年耕耘在教育领域，祖国的春潮渗进这片芳草地，我在前三十年感受到的是基础教育的不断晋级发展，一所农村小学迅速成长为远近知名度很高的江苏省实验小学。近十年，学校更是有了飞跃的发展，建筑了粉墙黛瓦的教学楼，置身现代化的教室内，像乐园；建设了亭台廊榭的向诚园，容身微自然的景观中，像花园。我爱上了这样的工作环境，不知老之将至，乐在其中。

至于个人的小家庭生活，也是芝麻开花节节高。犹记得十年前，全家鼎力合作，买起了汽车，购起了商品房。当站在高高的楼层，隔着活力岛看到前方华灯初上时玉宇琼楼般的高楼大厦，真是感慨万千：想年少之时这里曾是田野一片，怎知时隔数十年这里跃然变成苏州一个现代化的城区，如同梦幻一般。

美满的生活中，家中添了第三代，我荣升为奶奶，虽然工作尚未退休，但全家四世同堂，长辈们都铆足了劲，每个人都在为着这个小家庭尽自己所能。我们深知一个家庭便是社会的一个细胞，把自己的小家庭搞好就是对社会的尽责，我们责无旁贷。

除了在学校的大家庭尽职做好一名教师，在自己的小家里尽好多重角色的本分，我在这十年中还收获了一份文学果实。这原本是我做梦都不曾想过的，以前一直忙碌于烦琐的小教工作，但正是这份工作让我在与学生的双边教学中体会到了教学相长的乐趣。特别是在辅导学生作文中，我渐渐练就了对文字的敏感，在与活泼天真的孩子相处中也长葆一颗幻想的童心，竟然在这十年中爱上了文学，我引领学生一起写童话，渐渐地，自己也写出了散文，写出了小小说，见诸报刊的频率也提高起来。

我还参与到家乡街道的历史文化研究小组中，先后担任了副主编和执行主编之责，从《黄土桥》内刊，到《撷采渔乡》三部曲，倾出了自己一腔热情。我逐步积累文字，著书《姑苏渔姑情》《行云止水》。

凭着努力，我实现了从相城区作协到苏州作协，再到江苏作协的三级跳，成为一名江苏省作家协会会员，后来又经过努力终于加入中国作协。这让我坚信，努力就会有回报，这是我这十年令自己极为欣慰的事，这既是拜自己努力所致，也是借时代的东

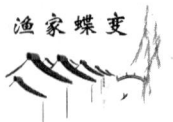

风，我这是以一名家乡女儿的身份在记录时代的浪潮呀。

我从青少年时代走近花甲之年，最美好的时光正好与这个辉煌的时代同频共振。我目睹家乡由一个渔乡变作了一个老板镇，又变作了生态园。

近十年我完成了人生走向老年的蜕变，但人老心不老，依然能做力所能及的事，因为我的心间蓄足了十年美好生活的能量。当我徜徉于家乡虎丘湿地、荷塘月色、植物园、梅花园等美好的景点，我怎能不满怀欣喜之情而舞动自己的一杆拙笔呢？

尽管能力有限，但我就是爱写，写家乡的变化，写时代的磅礴气象在这片土地上滋养的美丽风景，写我们为之所做出的各种奋斗，写新时代中我们扬眉吐气的生活，尤其要写我们近十年的喜人变迁，我见证了家乡的父老乡亲从农村的小楼搬进了高楼，过起了城市生活，出行有汽车，养老有保障，工作有动力……

这十年让我体会到了个人的幸福，折射的是时代的伟力。愿每个人都能乘上高速列车，与时俱进，奔向美好的新生活。

渔村拆迁后，在翘首期盼几年后，昔日渔民终于在 2023 年陆陆续续搬进安置小区，住进高楼。因为地段边上有苏州第二图书馆，又有书香公园，乔迁新居时大家都带着一股子喜气劲。

分散在各处的村民又聚在一起了，免不了互相邀约参观新居。

周末的暖阳里，我和父母也准备去表哥家看看。途经一片绿化带，正有几位老人在孵太阳，听到我们说去看表哥新居，就有人咯咯地笑着说："哎呀，他们家啥东西都不舍得扔，像个旧货摊，这是改不了渔民本色，哈哈哈……"

住高楼里的新屋，不同于以前在渔村的小楼房里可以随心所欲，啥都搬进去会是个什么样？犹记得最近参观过几家，基本是忍痛割爱，只有删繁就简，去旧置新，才能享受到其间的方便和舒适啊。

门铃响起，表哥引进我们三口，洞开在眼前的大厅两边的墙边摆满了格式的家具，全是沿用以前的老式家具，没有任何新的添置。因为没有顶天立地式的橱柜，倒也不显得局促，但数色并举，互相叠加，真有点令人唏嘘。哇，一个130多平方米的新居客厅竟然填塞得如此五花八门，忍不住感慨地说："表哥你也太省钱了，旧的不去新的不来。"

表哥笑笑："这些看起来旧，用起来结实，扔了可惜，反正就我们老两口用，儿子女儿难得才会回来，添置新的也是浪费。"

我说："为什么不弄简洁点？"

表哥笑出一口白牙："扔掉了就再也捡不回来，我们已经习惯用这些东西了。"

表哥表嫂所习惯的这些家具积攒了整整三个时代，有自己结婚时的，有儿子结婚时的，也有后来喜欢了零星添置的。灰色

的、红色的、黄色的各种桌台椅凳似乎贴了每个时期的标签，每一件都凝聚着劳动的结晶，每一件都蕴含着添置时的兴奋，他们的生活在数十年间逐渐好转起来，他们珍惜着每一个物件诞生时的故事。那个搁置在东墙电视下方的桌子是表姐赠送的，可以抽拉变形，家里留客了是个大圆桌，平常不用了叠合就是小长桌；那个红木搁几两头弯弯，像极了电视里大户人家的琴台，那是盼了多久才打造起来的呀；那张黄色的书桌上培养出一个上海交通大学的学子，桌面上渗进勤奋苦读的汗水；那张普普通通的八仙桌也是一斧一凿造就起来的，餐桌边曾经洋溢过多少团团一家人的欢声笑语。转入卧室，一张高大的三门橱挡住了南窗阳台上一半透亮的光，即便这样，表嫂也不舍得扔，摸摸结实的身子骨露出无限爱怜；床尾靠墙处一张高高的被橱虽然让人坐卧床上有一种压抑感，但表哥惜物之心不改，非留不可，始终认为把被子置于其间，取用方便。

唯有给儿子留的大卧里放着一张大床，可是因为儿子人在上海，难得回还，边上也搁置着一些大物件，说是等空了一定要归置好。北边的小卧更是直接变成了一个储物间，表哥指着一摞塑料方便椅大方地赠送我家，说那是以前做小生意留存的，喜欢了就拿。

表哥兴冲冲地介绍完这些家具，就把我们领到阳台上。哇，阳光里，竟然有一只兔子蹲在笼子里，我颇为匪夷所思，怎么还养兔子？表哥说他在虎丘湿地公园里偶然捡到一只奄奄一息的兔子，捉回来养养就好了。每天照顾好兔子成为两人的乐事，表嫂为兔子回归了那个养鱼时代，隔三岔五到外面去割草回来喂养。兔笼是搁置在一个红色的大塑料盆里的，应该也是养鱼时代的用具，我认为怎么也用不上的东西在这里毫无违和感地派上用场了。他们虽然走出了渔耕时代，可是依然保留着勤劳节俭的本色，为一只兔子可以付出全部心血，表哥还说等些日子要把它放回湿地。表嫂开玩笑说："还不如杀了吃兔肉。"表哥也笑着说："如今日子好过了，谁还烦那个心思去杀兔子？还不如成全它去湿地。"

我似乎懂得一点表哥的用意了，他们的日子由他们过，爱怎么来就怎么来，何必用自己所谓的理由去强加或干涉？表哥自始至终都流露着一种喜悦，这是在经历拆迁时代后努力保留老物件的胜利，他的欢欣溢于言表，那么在他喜欢的物件里生活应该是多么自洽。

生活真是没有对错，只有按着自己喜欢的路数来才是最好的，与别人的审美无关。

老渔民虽然走进了现代高楼，但他们骨子里的渔民本色是改变不了的呀。

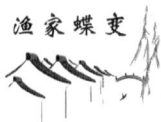

年　味

在物资贫乏的年代，年味，更多局限于口欲之味。一顿年夜饭是企盼了整整一年，可以正大光明将物资荟萃一起，而后大行饕餮之道的家庭顶级大餐。无论有多艰难，父母总要借这年节为我一饱口福而竭尽所能。

其时，一粒花生可以嚼得齿颊生津，半只挖去了烂疤的苹果可以咬得嘎嘣声脆，一口凭票供应得来的蛋饺肉可以吃得肥厚甘醇，甚至一口咸肥肉可以在嘴角边溜出鲜美油渍。这是儿时，父母给我的过年食单上留下的美味。

数十年的光阴滤走了生活中的诸多况味，却将年味格外清晰地烘托得有情有趣有滋有味，幸福便满溢在童年的记忆里。可以说童年的幸福记忆基本是有这年味的不朽功勋的。

那一种幸福实际是在久长期盼、延迟口腹之欲后隆重获得的。为吃上一碗油面筋塞肉，要特意起早赶个集市，然后践行剁肉、塞肉、烧肉的全过程。为吃一顿鸡肉，要对一只公鸡精心饲养一年，然后在年节快来临前，看父母摆开阵势烧水、杀鸡、沥血、烫毛、拔毛、剖肚、洗肠、淘鸡胗，而我在一侧厢挑选好几根彩色的尾羽做毽子，在踢踢飞飞中有鲜美的心灵鸡汤味如海潮般汹涌而来……

这种年味是用久等的光阴文火慢煮出来的，童年的朵朵味蕾颗颗晶莹饱绽，滴流出对年味最为虔敬的馋涎，因而幸福感深入骨髓，浸润在记忆的缸鬶，经久发酵，回味无穷。

而今满足口腹之欲实在是一件轻而易举的事情，无须久长期盼，随便哪一个平常日子，哪怕窝在家中，只须手机在手，轻轻点击，外卖小哥便会如约而至，将酸的、甜的、糯的、脆的送上门庭，区区小口被填被塞，岂有不麻木敏感度之理？往往到过年，各种物质的年味杂陈而来，没有消受的能耐，反倒怨怼起其年味也淡来了。其实，怎是年味淡了？是众多人等在充分享受现代物质文明之后的一种"餍足"，并不是矫情，真正是过量的享受破坏了脾胃的功能。

所以，年之将至，念及过年置酒，家中倒有别样的声音响起："少买点吃的，吃多少买多少，不要浪费。现在吃吃喝喝不稀奇，过年图个热热闹闹在一起就行。"

如今再怎么节俭，可能一桌年酒还是比我 60 后儿时要丰盛多了，然而，却是年味淡了。非是菜品的问题，实是因为家中那些 10 后们，全然没有了体验杀鸡剁肉的全过程。他们对年酒餐

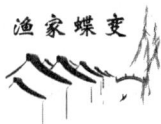

桌的体验仿佛来自神奇的童话王国，只须孙悟空拔下一根毫毛轻轻一吹说"变"，便立马有了速冻的饺子、速成的熟菜，一应俱全，酸甜辛辣，多味杂陈，就区分不出那在油锅里煎炸、在鸡汤里煲煮的年味了。

亲爱的孩子，今年过年，待60后奶奶操刀为你们杀只鸡去。过年，不能总图省事，重振过年的仪式感，让年味浓起来！

年梢，盼来了假期，忍不住喜悦和热情要外出采办年货。

寒风凛冽，冬雨飘落，雨珠调皮地跳跃到挡风玻璃上，雨刮快乐出手，车内的温馨迅速瓦解了星星点点的冬雨。

街区上，一年即将到头的这个时节，处处洋溢着欢快。在人流里穿梭，一个个摊点走过去，忍不住发动口鼻，竭尽看、闻之功，挑识家人喜欢的食物。在交杂的各种味道中，突然有一股浓烈的香味穿透一切，钻入鼻翼，忍不住猛一嗅鼻，那不是爆鱼香吗？寻味到摊，摊主架着大锅，正在现场直播他的煎炸能事，滚烫的油以热烈的情怀熏蒸着，把鱼肉之香发挥到极致，那香与幼时母亲熏鱼的味道何其相似，如出一辙。

有多久没有看到母亲的现场熏鱼了，想念儿时渔家人等过年吃鱼饭的日子。年梢，正是父亲每日忙碌的时节，自己家要牵网捕鱼，人家也要，人手不够，村里人便互相帮衬。

父亲几乎每天都被请去帮忙，都能拎回两条网头鱼，实际是牵网人家对相帮人的酬谢，一般都是鲢鱼。有时年末要与亲戚朋友礼尚往来，父亲也会在当日的主人那里买点鲫鱼之类回来。家中鱼来鱼往，想平日里头，父母养鱼艰辛，渔家人吃的都是死鱼烂虾。唯有到了这年头，才有享不尽的时鲜鱼。

杀大鱼，特别是杀"庄基粉青"，必定要父亲亲自操刀。父亲的手指粗壮有力，也不失灵活，鱼身贴地，沿着背脊中线平剖一刀，干脆爽利。又将刀头吃准鱼头中线，用力一摁，咔嚓一下，鱼头劈开，干净利落。

腌鱼、晒鱼、卤鱼、烧鱼，基本归母亲操作。这个时节，瓦缸里填着腌制的鱼块，竹棒上吊着剖杀好的整鱼，木盆里还游动着鲜活的鲫鱼。

做鱼菜是母亲的大戏。年终的那几天几乎每日都能吃到花鲢头，透亮的鱼汤上撒一层碧绿生青的蒜叶，一青（清）二白，食欲大振，吃到开心处，还剔出"鱼仙人"，许下一个心愿，在桌面上丢十下，三角形似的骨头一旦站直，便欣喜若狂，似乎一切都能如愿以偿了。

母亲也喜欢煮鲫鱼汤给我吃，年梢的日子里，吃鲫鱼特别奢侈，往往是一整条连汤带水一大碗端给我，我像一只猫咪开吃，细细碎碎的鲫鱼尾梢骨头基本不梗喉咙，这也算渔家人练就的强大功能了。

最吊人胃口的鱼菜便是熏鱼，这是一桩大工程。待父亲斩

杀好"庄基粉青"后，母亲搬上小板凳开始精打细作，切成一条条鱼块，在盆里加上盐、淋上酱油和黄酒，放在竹匾里，有时竹匾不够用，就动用网篮，底上铺开鱼块还不够，连篮沿上都挂满了，让它们充分地在风和光中入味，第二天就能开锅做爆鱼了。

母亲气定神闲地坐在煤炉边，等得油温渐高，就将鱼块夹入其中，噼里啪啦，油锅唱响渔家人快乐过年的交响曲。"粉青"鱼块浮在金黄的菜油里，由软变脆，皮缩肉绽，那是我们大渔乡特培的食螺青鱼，兼有鱼香和螺味，熏蒸开来，香溢满屋，透入鼻翼，钻入心脾。与今街上爆鱼有着异曲同工之妙，同样鲜香扑鼻，但是总觉街上那味缺失了一种母亲的味道。

买回一盆热腾腾的爆鱼送老父母。一盆鱼不足以报父母之恩，也没有女儿亲自劳作回敬的味道，唯愿以此得父母开心一笑耳。

表妹夫给老父母送来年礼，相较于那些包装得严丝合缝的花花绿绿的盒装年货，这份年礼显得很另类，赤裸裸、黏糊糊、湿漉漉、滑腻腻，是一条肥硕膘壮的大青鱼，足有 20 来斤，是娃儿们难得一见的淡水鱼中的巨无霸。

新邻居见这样大的鱼，充满惊喜，然而一说起宰杀就畏难揣度："哎呀，这怎么杀呀？还不如拿到菜市场加工吧！"

　　确实，如今吃条鱼在菜市场买，基本是让卖主代为加工的。哪怕是杀黑鱼开片也是无需多时，至于杀青鱼、草鱼之类都是预先之功，杀好后分段售卖，哪里还要自己动手操刀？可以说现代人吃鱼基本是省却了杀鱼的工序，也少了我们小时候看杀鱼迎新年的仪式感。

　　老父亲卷起袖管，要亲自操刀杀鱼，做了大半辈子渔民，这该是他老人家的拿手绝活。鱼平躺在纸板上，开杀前不忘念叨一句："这鱼真大，送客人的大标配。"

　　的确，大青鱼送客是 20 世纪家乡年礼的重要标记，是高规格的独一份。随着生活的日新月异，青鱼逐渐从年礼的高位上慢慢淡出，被丰富的物品替代，可以说现代人鲜少送大青鱼，知道杀鱼是一件纠结人心的事。

　　有个笑话，某人给亲戚送大青鱼，但亲戚嫌杀鱼烦，就开始了接力送，你送我，我送他，送来送去，兜了一圈最终回归原主。青鱼历经数天考验开始有异味，原主硬着头皮宰杀腌制，虽没吃到喷香的熏鱼，却吃到类似于安徽臭鳜鱼的美味。一个大笑话，凸显的是现代人生活变好之后越来越疏于劳动，对于过大节的事情已经简便到可以不动双手，甚至不开烟火，然而，这样的年味看起来丰富实质是越来越清寡了，中间失去了劳动的乐趣。

　　杀鱼，应该是过年的序曲。小时，看到父亲连连出征，在渔

村里与渔民互相帮衬着牵网，带回网头鱼，天天宰杀，我就知道要过年了，一种喜悦便像升起的日光越来越红艳，亮了心头，这是期盼了整整一年的极致欢愉啊！

而今，看父杀鱼，仿佛给娃儿辈补起这缺失的一课。父亲左手摁住鱼头，右手执刀倒刮鳞片，飞出的大鳞片足有一元钱那么大，娃儿也不嫌腥抢着玩得不亦乐乎。随着鳞片刮落，青鱼肥硕的肉身尽显，黑背白肚，渗着红色血丝，十分新鲜。开背是个技术活，父亲一手扶着鱼防其滑脱，一手刀锋平侧着在鱼背划开一个口子，沿着脊骨一路把背部切开。劈头是重点一环，将鱼翻身，刀锋在颈项处楔稳，借助斧头重锤刀背，又用巧力反复摁压，只听咔咔之声，头部劈开了。将鱼背翻开时，肉面平滑，没有一点开破的样子。这杀鱼之功真是了得。

这是渔民生活久经历练的结果。想当年我们这个依傍在虎丘山北麓的黄桥大渔乡养殖了"庄基粉青"，名闻遐迩。每每过年，多少上海人都会特意前来采购，回家过年，他们的餐桌上就有了青鱼美食。"庄基粉青"是养殖了足足四五年吃着螺蛳长大的，肉质鲜美，在油锅里煎炸的效果最诱人，皮缩肉绽，外脆里嫩，是一道深受人喜欢的年味，这永远是父亲一辈老渔民心中的自豪。

后来黄桥大地上掀起工业浪潮，渔民上岸，渔乡变作了城区，吃青鱼反倒要从市场上买。村内人之间互相送年礼还是非常钟情大青鱼，这是岁月沉淀之中留在身心的家乡之味，虽然离开了那个永远的村庄，但鱼香还是会在岁末的油锅内特别浓烈地飘出，撩人心魄……

岁末，如果要画一幅游子归家图，那故乡村居之中，有一根笔陡烟囱的必定最是吸睛，炊烟袅袅，故乡的年味隆重地在囱管里升腾、喷吐，像种植了一棵树，越长越大，参入云天。那是无数游离在外的人最刻骨铭心的烟火味，那是故乡父母吸引游子脾胃最熨帖的法宝。

生活离不开烟火，但随着现代化进程的推进，烟火也经历着重大的变化。犹记得 20 世纪 80 年代，母亲张罗年夜饭，首先要解决的是生炉子、引烟火的问题。她把炉子搬到场上，从自来火小纸盒中抽出一根火柴梗，用火柴头在火柴盒一侧的黑色磷皮上一擦，一星火苗夹杂着一股硫黄烟味腾然烧起，母亲迅速用它引燃准备的木花或布条放进煤炉膛子，又逐步烧旺木柴。烧旺蜂窝煤球，前后需要半个来小时。

这是一个家庭主妇要操持烟火生活必做的功课，年夜饭的功课基本是要提早做的。别小看一个简单的擦举，擦出的是生活必需的星星之火。为了这一星之火，人类文明经历了漫长的等待，从茹毛饮血，到钻木取火，再到火药引燃，人类最终把智慧汇聚于这一星火柴头，擦出了维系美好生活的火花。

　　为了一年一度的大团圆，再苦再累的日子也是需要在旧年的告一段落中隆重地引燃年味之火，以期待着薪火相传，奔赴来年更美好的日子。那时的年味最期待的是能吃到肉，用带着柴木香的烟火烧煮的肉最是年餐记忆中的绝佳美味。

　　进入20世纪90年代后，这烹制年夜饭的手法彻底改变。煤气灶头出现，只需用手将按钮一旋，随着"啪"的一声响，火就从圆形炉盘的每一个空隙中腾出，可以随时舔舐锅底，还能调节大小。虽然省事了，然而一种以前生炉等待的仪式感再也找不回来。这时的年味比之以前变得错综复杂起来，因为煤气灶可以同时开启两个灶眼，这边在慢炖一锅鸡汤，那边可以烈火烹油地煎煎炸炸，常常是还未吃呢，年味已经将脾胃充溢得麻木饱和。

　　进入21世纪10年代、20年代后，年夜饭变得形式多样起来，有时是直接上饭店，竟然冷了家里的煤气灶头；也有直接买来年饭简单加工一下，摆上满桌，荤素齐全。这样的年味已然没有了操持烟火的欢欣，吃得漫不经心，吃着吃着就玩手机、打牌、看电视。菜味多了，年味却逐渐不入人心，每一年过年总有人说："吃年夜饭越来越没有滋味了。"

　　今年过年，家里人一致提出，开源节流，不上饭店，不点外菜，烧火锅吧，电磁炉只须手指轻轻一点按钮，绝然不见烟火，但年味特别容易在热汤热水中蒸腾，而且涮点吃点，不会浪费。

团团围炉，此炉不是白居易笔下的红泥小火炉，是现代文明之下便捷到不见烟火、只须一点按钮便能迅速加热的烧煮神器。愿围着这顿年饭放下手机，好好唠唠一年中家人的乐与累，在蒸腾的一锅热气中找回属于家的浓郁年味。

年的脚步越来越近，总想着往外跑，去街上走走。芸芸众生都这样翘首盼望着、忙碌着，置办年货，街道一天比一天热闹红火起来。

刚到电梯口，就遇着邻居大包小包地歇了一地，这是乘地铁去山塘街菜市场出征的战果。小区门口光秃秃的枝丫垂挂着一串串灯笼和一挂挂灯串，仿若陡然之间盛开的一树树春花。还没到黄桥农贸市场，就远远地瞧见彩虹一样高高隆起的拱门，"开心的锣鼓敲出年年的喜庆……"欢快的音乐节奏激荡得空气都变暖了，不由得加快步伐，入得焕然一新的菜场，大厅内搭建的一溜简易小木屋，披红挂彩，兜售着春联、窗花、中国结，红色炫亮了人们的双眼。

扑鼻的香味，缤纷的色彩，欢腾的声浪，绽放的笑脸，最大限度地充盈着人们的各种感官，眼睛来不及看，眼花缭乱了；鼻子来不及闻，香辣错综了；耳朵来不及听，喧嚣沸腾了；此时此刻的心，也振奋激荡了。久违的浓郁的年味终于回来了，这是一

种传统的复苏，是一种人情的回暖，是一种美好的凝聚。

关于年味，久长的记忆中的罐头最有发言权，它存储着人生各个阶段的味浓浓淡淡，经历了起起落落，这关乎社会变化的大气候，也关乎家庭经营的小气候。

打开年少之时父母为我倾情打造的那罐年味，特别浓醇。那是物资比较贫乏的岁月，可是母亲深深懂得怎样积攒年味。平日里没有少调教我耐心等候，于是我懂得品享哪怕是一粒糖、一堆烂苹果、一碗肉，都是需要在反复憧憬后到过年才能实现的，年味便是那些美好的食物在期待到热情澎湃时的集中亮相，每一味都如此沁入心脾。

那些味浓郁到舌尖上，琥珀色的糖果以一点点一滴滴的甜度逐渐融化，流淌到喉间，再浸润到心间。那时常常拿着一颗糖和小邻居互相比较，有时分不出伯仲，便兑换一颗。记忆里就鲜明地留存着两种味，一种酸溜溜，一种甜津津，浓醇到如今，舌尖依然会回流出幸福贪婪的哈喇子。

那时的年味也浓郁到鼻尖，苹果不是有多鲜美，但香味绝对冲鼻子，那是苹果的创伤里流溢出来的，带着些许浓烂之后的酒香，母亲削去烂疤，将苹果肉切成一片片，果肉焕发出成倍的甜美浓香，从鼻尖一丝丝一缕缕渗进心肺。也许，对于一个渔村长起来的小娘鱼来说，这来得太不容易了，格外珍惜，久久地不敢饕餮，因而，那留存在鼻尖的味萦绕不息。这种享受自然要比食不甘味的狼吞虎咽高明得多，它久久地贮存心间，酿成一罐记忆的琼浆，这样的年味让我永远记着父母对我的爱和好。

当肉渐吃渐少，父亲会将浸泡好的笋干烧在肉汁间，这种搭配延长着肉的鲜美，也以笋干的清香渐渐地把日子过渡到平常。年味不是一忽就散的，而是可以在反反复复地烧煮中百吃不厌的，年底吃剩菜以这种节俭的方式妥妥地将年味延续到元宵节，绵长而又幸福。

后来，生活发生了巨变，许多人家过年的方式也变了，有好几年的年味不是自己家中蒸腾出来的，而是在店里由厨师炮制的。大厨杂陈出各种美食，杂糅了食物的美味，可是，美味加美味，没有产生一加一等于二的效果，恰恰是在过度之中削减了人的嘴鼻唇舌的功能，特别是麻木了味蕾的感知度。这一家吃，那一家吃，一个家族之间的亲戚频繁往来，从年前吃到年后，脾胃不堪重负，反酸反胃，更是冲击着对美味的享受，于是每每于过年之时，便觉吃来吃去好没味。尤其是有批量的剩菜留待处理，可是脾胃无法消受，丢之又可惜，在反复地蒸煮之间，曾经鲜美的食物终至腐烂。年味以这样的记忆存储，糟心！

前些年，各种因素相杂，年味淡了许多。

其实，年味不单纯是食物的表达。

今年春运期间，看到一个视频，某一日在广东各出省高速路

上灯火通明，十余万春节返乡人彻夜难眠。芸芸众生，带着各自人生里的甜酸苦辣千里迢迢奔赴家乡过年，要在最安心的地方化解各种滋味。又看到一条引力播的信息："春节期间，苏州端出260多项文化惠民重点活动。"如许多的安排，百般的努力都是要召唤出民生的幸福味啊。

后 记

　　社会是由无数个家庭组成的，就像由无数块木板组合成的一艘大船。社会的大船在时代的洪流里航行要依赖每一块良好木板的组合，而家庭这一块块木板要得以顺风顺水也须依靠船的正确领航。所幸，我们遇到了一个好时代，社会这条大船劈波斩浪，引领许许多多家庭走上了幸福之路。

　　如果用一条线轴来表现老父母的生活走向，他们的前半生基本是隐忍在一条平衡线上的，日出而作，日入而息，过着一成不变的渔家人的生活，引燃生活的永远是那只小煤炉和那只土灶头。但当改革开放的新时代到来，出现了很多意想不到的巨变，引燃他们生活炉灶的按钮变得如此快捷，只须一旋便是红红的火焰升腾，他们在后半生过上了芝麻开花节节高的生活。一条昂扬向上的线轴，是社会发展的康庄道，许多人都在这条道上奋力前行攀登。

　　父母总向我忆苦思甜，他们感恩美好的新生活，念及旧生活

不免唏嘘感慨。年轻结婚时，母亲出嫁的棉被是有破洞的，父亲所穿的袜子是不一样的鸳鸯组合，与爷爷奶奶所住的房间分割的是芦席，房子低矮到像棚棚，地面没有砖块铺设。这样的渔家生活里，他们艰辛地培养我长大。

当我进入青春岁月，恰遇改革春风吹拂大地，所以，总有人羡慕我们 60 后这一辈，我们个人的成长与新时代的发展同频共振，一路经历了祖国走向繁荣的许多大事情。而自己小家庭的命运也在不断地变变变中，脱胎换骨。我们渔村人在 20 世纪八九十年代先是推翻老旧的小棚屋造成宽敞的平房，再平地起楼，一个原本低矮的渔村在短短的十来年中愣是长高了一截，然后逐渐引进了现代化的生活用品。进入 21 世纪，有些渔村人转渔为工，他们向外发展，在城镇购房，变作了城里人。再过二十来年，所有的渔民都先后住进了生态社区。拆迁固然是一种痛，但现代化的新生活里有花园一样的环境，有相对周全暖心的服务，他们逐渐在顺应着这些变化。在蝶变中，要数我们老一辈的父母经受的考验最多了，他们追随新时代生活节奏的步伐不免有点跟跄滑稽，乘地铁，用手机，吹电扇，住高楼，守孤寂，认新路，年轻人有着与生俱来的适应能力，而做了半辈子的渔民，他们的根永远在那方渔村的水土之间，他们对故土有着深深的眷恋，同时他们也在努力地一点点啃着新生活的甘蔗，分享着这个社会给予的一些红利而怀揣一片感恩。

我一直有一种想法，要及时记录这些生活的巨变。我的笔力没有能力勾画时代变迁的洋洋大观，但我可以采撷家庭这个社会细胞的种种蝶变，去映现时代。我以改革开放来的数十年时间为纵轴，写就《清风一园》《渔民一双》《新城一对》《情意一片》《心香一瓣》五个专辑的长篇散文，愿这些非虚构的真实文字能成为新时代人们生活物质之变、精神之变的注脚，以一滴水的方式植入时代洪流民众生养的气息，真实而又活泼地跳跃、流淌……

成此书要特别感谢中国作家协会会员韩树俊老师，这位出生于古城区的苏州籍作家，非常留意家乡苏州的文章，特别看到我颇多渔村的文章散发着乡土气息，就鼓励我结集成册。我以为这些写渔民家庭之变的内容太过微小，他却以为时代的洪流恰恰就是需要采撷无数浪花才能映现，这也许就是显微知著吧。在他的鼓励下，我方成此书。

我要感谢中国作家协会会员、中国书法家协会会员王猛仁老师为我题写书名，感谢王猛仁老师和韩树俊老师为我撰写序文，这些都让我质朴的文字濡染了儒雅的风尚，感谢他们对我这个乡村女作者的支持。我将以饱满的热情继续讴歌家乡新时代。

沈惠勤

2024 年 7 月　苏州黄桥家中